내 몸의 별자리

삶의 빛

시네이드 글리슨

내 몸의 별자리
삶의 빛

이나경 옮김

이 책은 아일랜드문학원(Literature Ireland)의 지원을 받아 출간되었습니다.

모든 점에서 고마운

스티브에게.

그리고 테리 글리슨을 추모하며.

일러두기

주 : 모든 주는 옮긴이와 편집자.
강조 : 대문자 강조는 방점으로, 이탤릭체 강조는 *이탤릭체*로 했다.

"몸을 검열하면 숨 쉬고 말하는 걸 동시에 검열하는 것이다.
자신에 대해 써보라. 몸이 전하는 말을 들어야 한다."
— 엘렌 식수, 『메두사의 웃음』
Hélène Cixous, *Le Rire de la Méduse*(1975)

"경험적으로 말하자면, 우리는 별로 만들어졌다.
그 점에 대해 좀 더 이야기하는 게 어떨까?"
— 매기 넬슨, 『아르고호에 탄 사람들』
Maggie Nelson, *The Argonauts*(2015)

"질병은 모든 인간 경험의 일부다. 그것은 우리의 지각을
향상시키고, 자의식을 줄여준다. 그것은 고해성사를 불러온다.
건강할 때 감춘 것들을 말하고, 진실을 털어놓게 된다."
— 버지니아 울프, 「병듦에 대하여」
Virginia Woolf, *On Being Ill*(1926)

"어쩌면 몸은 답으로 끝나지 않는 유일한 질문이리라."
— 오션 브엉, '이민자의 하이분(俳文)', 『총구멍 난 밤하늘』
Ocean Vuong, *Immigrant Haibun*,
in *Night Sky with Exit Wounds*(2016)

푸른 언덕들과 무른 뼈

찰나

몸은 어떤 일이 벌어지고 나서야 생각하게 된다. 우리는 하던 일을 멈추고 심장이 계속 뛰는지 생각하지 않는다. 발걸음을 내디딜 때마다 중족골이 펼쳐지는지 확인하지도 않는다. 쾌감이나 통증과 관련이 없는 한, 우리는 움직이는 피와 살과 뼈대를 무시하고 지낸다. 폐가 부풀고 근육이 수축하는 과정이 갑자기 멈출 거라는 생각을 할 까닭이 없다. 그러다 어느 날, 무엇인가가 변한다. 신체가 삐이 소리를 낸다. 몸—그 존재와 무게—은 무시할 수 없는 독립체이면서도 늘 당연시된다. 나는 열세 살이 된 후 몇 달 동안, 자꾸 몸에 관해 관심이 생겼다. 새롭고 끈질긴 통증으로 쇠약해지기 시작했다. 몸이 당황해서 신호를 보냈지만, 나는 그 의미를 알 수 없었다. 왼쪽 골반의 윤활액이 사막의 빗방울처럼 증발하기 시작했다. 뼈들이 맞닿아 갈리면서 말 그대로 가루가 됐다. 마술사의 트릭을 거꾸로 돌리듯—자, 이제 안 보이죠. 자, 이제 보이죠—, 순식간에 벌어졌다. 농구를 하고 단거리 달리기를 하다가 관절이 아파

다리를 절뚝이게 됐다. 입원을 자주 하게 되더니 4년 연속 학년 초마다 석 달을 내리 결석했다.

의사들은 이 미스터리를 풀기 위해 온갖 치료를 다 시도했다. 먼저 "슬링과 스프링"(slings and springs) ― 멋지다고 붙인 골절치료 견인법의 이름인데, 내가 보기에는 어릿광대 한 쌍을 가리키는 말 같았다 ― 을 적용했다. 그다음에는 수술. 여러 차례의 조직검사. 채취[1]는 희망을 뜻하는 이름이지만, 아무 결과도 내지 못했다. 대모님이었던 테리 고모가 날마다 저녁거리와 인형뽑기 기계에서 딴 봉제 인형을 가지고 찾아왔지만, 내 뼈는 계속해서 분해됐다.

결국 진단명은 단관절염이었다. 의사들은 관절 고정술을 들먹였지만, 이미 1980년대 후반에도 꺼리는 시술이었다. "특히 여자아이들에겐 그렇죠." 의사가 내 부모님에게 헛기침을 계속하면서 말했다. 하지만 나는 그 의미를 훨씬 나중에야 알게 됐다. 오랫동안 내 몸이 불가능한 일을 해내기를 바라고, 내 상태에 대해 남들에게 해명하며 살아야 한다는 뜻이었다.

숫자와 의식

성경 창세기에는 야곱이 천사라고 하는 낯선 이와 씨름하는 이야기가 있다. 천사가 야곱을 이기지 못하자, 환도뼈를 쳐서 탈골시키고 평생 다리를 절게 했다. 야곱은 신중했고, 이를 자신의 유한성, 천사가 자기 목숨을 살려준 사실을 깨우치게 하려는 것으로 보

---

1   aspiration. '희망'(hopefulness)의 뜻도 있음을 말함.

왔다. 영적 자아가 신체적 자아보다 더 강하다는 것.

나는 신앙심이 깊은 아이였다. 매주 미사를 드리고, 정기적으로 고해성사를 했으며, 무엇보다도 신과 천국, 모든 성자를 열렬히, 깊이 믿었다. 이는 학교의 강력한 주입식 교육으로 더욱 강화되었다. 우리 교구성당 고해소 옆에 가판대를 연 내 할머니의 친구에게서 종교시집을 여러 권 샀다. 자연에 관한 시였다. 범신론이 스며든 진부한 가운의 시였다. 표지에는 항상 들판과 하늘, 꽃이 그려져 있었다. 주님의 진정한 권능 따위 — 하지만 나는 싸구려 제본을 한 조그만 이런 책들을 탐냈다.

1980년대 말, 아일랜드 가톨릭은 아직 건재했다. 사제들은 여전히 신도들에게 공포를 불어넣었고, 그중에 아동을 강간한 자들이 있었음이 밝혀지기 한참 전이었다. 여성에게 특정한 학대가 이뤄졌다. 1979년까지 피임이 불법이었다가, 나중에는 처방전이 있어야 가능해졌다. 피임이 어려우니 위기임신[2]이 흔했다. 1960년 대까지 기혼여성은 끝없이 임신할 수 있었다. 여덟, 열, 열두 번의 임신도 드물지 않았다. 숫자는 상관없다는 듯 한 단어로 — "eighttentwelve" — 부르기도 한다. 10회 이상의 임신을 독감이나 두통처럼 굳세게 견뎌내야 한다는 듯. 내 어머니의 친구들은 잉글랜드로 가서 여행 가방에 콘돔을 가득 구해 와 전시 배급품처럼 주위에 나눠주었다.

1970년 오빠가 태어났을 때, 어머니는 미사에 다시 참여하기 전

---

2 crisis pregnancy. 참조. "'위기임신출산'이란 고립되어 혼자서 맞이하는 임신과 출산을 말하며, 비혼임신과 출산, 이혼, 배우자의 사망, 유기, 학대, 알코올, 약물중독, 청소년 노숙인 등의 경우가 포함된다"(©「여성신문」, 2019년 5월 4일, 진혜민 기자).

"축성"을 받아야 했다. 사제가 새로 어머니가 된 사람들을 모두 축복하고, 아이를 낳는 불결함을 정결하게 해주었다. 성스러운 남자의 눈에는 출산마저 여성의 몸을 더럽히는 행위였다. 교회는 자율성을 빼앗기 위해 항상 "죄!"라고 외쳤다. 혼전 성관계와 막달레나 세탁소[3]에 감춘 임산부들에서부터 기본적인 피임에 이르기까지. 2018년이 되어서야 아일랜드는 낙태에 관한 국민투표를 실시했고, 특정 경우에 한해 12주까지 임신중절을 가능하게 하는 법을 통과시켰다.[4]

수영장 레인 로프

첫 입원은 3주간이었고, 그 후 다양한 물리치료를 받았다. 외래진료를 예약하고, 의무적으로 매일 수영을 했다. 겨울 석 달 내내 어머니는 매일 나를 수영장에 데려갔다. 우리 모두 추위와, 하나같이

3 Magdalene laundries. 18세기에서 20세기 말에 걸쳐 '몸을 버린 여자'들에게 거처를 제공한다는 명목 하에 아일랜드 천주교 세력의 주도로 세워진 수용시설. 최초의 막달레나 수용소는 1765년 더블린에 세워졌고, 마지막 수용소인 워터로드의 수용소는 1996년에야 폐쇄되었다. 자급자족적 시설이었기 때문에 입소자들은 세탁업으로 대표되는 고된 노동을 해야 했고, 그들에게 가해진 폭력, 억압, 야만은 어마어마했다.

4 한국의 상황은 더 열악하다. 참조. "헌법재판소가 '낙태죄'를 규정한 형법 조항에 헌법불합치 판정을 내린 건 3년 전인 2019년 4월 11일이다. 이 판결로 2021년 1월 1일 0시부터 낙태한 여성과 이를 도운 의사를 처벌하는 법의 효력이 상실됐다. 당시 헌재는 보완 입법 시한을 2020년 12월 31일로 뒀다. 하지만 '임신 14주까지 낙태 전면 허용, 15~24주 조건부 허용, 25주부터 처벌'하는 정부의 개정안은 지금까지 국회 문턱을 넘지 못했다. 부모에게 신체·정신적 장애가 있는 경우나 강간에 의한 임신·혈족 간 임신 등 제한된 조건으로만 임신 중지를 허용하는 모자보건법 14조도 손봐야 하지만 관련 개정안 모두 국회에 계류 중이다"(ⓒ 「중앙일보」, 2022년 5월 5일, 이우림 기자).

똑같은 푸른색이 지겨웠다. 나는 모자이크 타일 수영장을 자유형과 평영으로 오가는 것이 지겨웠다. 며칠은 몇 주가 됐고, 나는 별 탈 없이 미지근한 염소 물로 가득 찬 레인을 빠르게 가로질렀다. 그러나 어느 날 밤, 소란스러운 십대 남자아이들이 들어와 한쪽 발로 내 골반을 찔렀다. 뜻밖의 통증은 정전 효과를 일으켰다. 몸은 정지됐고, 뇌는 무슨 일이 벌어진 것인지 알아내려고 했다. 버둥거리지도 못하고 그저 정지 상태였다. 흐릿한 염소 물속을 멍하니 보며 관절이 상한 것인가 궁금해하며 구조대원이 뛰어들어 건져낼 때까지 가라앉았다.

할머니는 다른 지역 수영장에서 일했던 분이라, 동료들을 설득해 수영장이 문을 닫은 뒤 내가 수영할 수 있도록 해주었다. 수중 라이트를 켜고 혼자 수영하면 타일을 깐 수영장은 으스스했다. 전부 파랗고, 조용했고, 천장에 물그림자가 어른거렸다. 아래 무엇이 있을까 상상하면 겁이 났다. 매주 더 빨리 수영하고, 더 튼튼해졌다. 몸은 반대로 됐다. 약한 왼쪽 다리는 움직이지도, 근육을 만들지도 않는데, 팔은 강해졌다. 왼쪽 다리는 야위어져서 지금도 오른쪽보다 가늘다. 내 비대칭은 계속된다.

1988

1988년, 더블린은 천 살이 되었고, 시는 퍼레이드와 기념 우유병으로 축하한다. 그해 표적집단[5]의 표어는 "88년 더블린은 위대하다"

---

5   focus group. 시장(여론)조사를 위해 뽑은 각 계층을 대표하는 소수의 그룹.

이다.

1988년, 나는 열세 살이고, 아일랜드 대표 팀의 레이 호턴이 유럽 축구 챔피언전에서 잉글랜드를 상대로 득점한다. 내 할머니처럼 머릿수건을 쓴 여자들이 소련(과 비긴다)과 네덜란드(에게 진다)를 이기게 해달라고 성당에서 촛불을 켠다.

1988년, 어머니는 나를 더블린 사우스 서큘러 로드 근처 오래된 적벽돌 집으로 데려간다. 거기 사는 여자는 비오 신부[6]의 뼈를 담은 작은 성유물을 가지고 있다. 그 여자가 그 성유물을 내 허리에 문지르며 기도하자, 내 허리와 가톨릭 성인의 뼈가 잠시 맞닿는다. 그 후 몇 주 동안 아무 일도 없지만, 내 믿음은 흔들림 없다. 나는 미사에서 성수에 손가락을 담그고 대충 골반 쪽으로 몇 방울을 튕기는 습관이 생긴다.

1988년, 내가 다니던 학교는 프랑스로 수학여행을 가기로 한다. 그 전 해에는 러시아로 갔고, 오빠는 물물교환을 하려고 따로 가방 하나를 껌과 초콜릿바로 채워 갔다. 오빠는 레닌과 우주개발경쟁 금속 배지, 나무로 조각된 크렘린 궁, 우샨카 털모자를 가지고 돌아왔다. 프랑스 여행에는 파리와 루르드가 포함되고, 자리가 모자라(루르드가 아니라 파리 때문에) 추첨한다. 나는 자리 하나를 자동으로 얻는다. 내가 짚고 다니는 목발이 연장전 무실점에 해당하고, 나랑 가장 친한 친구는 동반자 자격을 얻는다. 그 애는 개신교 신자라 성모 마리아를 우리처럼 숭배하지 않는다. 우리 둘 다 마리아가 나를 위해 중재에 나서 줄 것인지 알 수 없다. 모두가 나를 지켜

---

6 Padre Pio. 생전에 성흔을 지녔던 것으로 유명한, '비오 신부'라는 이름으로 널리 알려진 이탈리아 신부. 본명 Francesco Forgione(1887~1968).

본다. 그들은 나를 기적을 목격할 기회로 생각하니까.

1988년, 윤년, 나는 그해 366일 내내 목발을 짚고 보낸다.

(Hip)포크라테스의 바람

관절염 때문에 다리가 질질 끌렸다. 절뚝거림에도, 목발에도 적응했지만, 그것 때문에 새로운 자의식이 생겼다. 상점 창문에 비친 내 모습이 보일까 싶어 피했다. 댄스 플로어나 복도, 아무것도 모르는 행복한 사람들이 웅성거리는 곳을 가로지를 때면 나는 벽 쪽에 붙어 먼 길을 돌아갔다. 절뚝이는 걸음걸이를 감추려고 실내에는 오른쪽으로 들어섰다. 누가 무슨 일이 있었냐고 물으면 늘 넘어졌다고 답했다. 그 짧은 대답이 사연을 전부 이야기하는 것보다 훨씬 빠르고 덜 창피했으니까. 그것이 핵심이었다. 그 시절 내가 무엇보다 절실히 느낀 감정은 압도적인 창피함이었다. 내 뼈와 흉터와 절뚝이는 걸음걸이가 부끄러웠다. 나는 더 작아져서, 차지하는 공간을 최소화하고 싶었다. 뒤쥐와 족제비는 뼈를 줄여 살아남는다는 글을 읽었다.

척추측만증 검사를 하러 일찍 병원을 찾았을 때, 수영복을 입으라는 말을 들었다. 나는 수치스러워 검사 내내 울었고, 짜증이 난 의사는 내 하체에 수건을 덮었다.

"자, 이제 괜찮아?"

물론 그렇지 않았다. 나는 수치심을 느끼는 것이 부끄러운 자의식 강한 여자아이였다. 십대 시절 자의식을 느끼지 않는 사람은 드물지만, 여성 신체에 관한 수치심의 복잡한 뿌리는 일찍부터 자리

17

잡는다. 나는 대중문화를 통해 타인의 시선을 *얻어야* 한다는 것을 알고 있었지만, 나는 누군가가 나를 볼 때 어떤 감정을 느껴야 할지 알지 못했다. 의사-환자 사이에는 불균형이 있었다. *누워요, 앞으로 숙여요, 걸어 봐요,* 하는 지시를 받을 때 느끼는 무력함을 그 후로도 잊은 적이 없었다. 수술실의 삭막한 불빛 아래서 10부터 거꾸로 셀 때도 그걸 느꼈다. 혹은 살갗을 매끈하게 채취할 때도. 그럴 때면 타인의 손에 나를 맡기게 된다. 차분하고 유능한 손이길 바라지만 ―환자가 상황을 통제하는 법은 없다. 병든 자의 왕국은 민주주의가 아니다. 그리고 그 시절 나를 진찰한 정형외과 의사는 전부 남자였다.

평형감

루르드(Lourdes)는 메주고레(Medjugorje)나 노크(Knock)와 마찬가지로 가톨릭 교인에게는 중요한 순례지다. 오늘날 아일랜드에서는 아직도 각 성당에서 프랑스 순례여행을 조직하고, 대절한 버스에 신자들을 태워 간다. 1980년대, 저가 항공사들이 페르피냥(Perpignan)과 카르카손(Carcassonne)행 37유로짜리 항공편을 내놓기 전, 가장 저렴한 여행 방법은 버스와 페리였다. 순례자들은 술과 쇼핑의 주말을 즐기러 "Perp"로 떠나는 졸부 아일랜드인 옆에 앉아서 갔다. 오늘날 루르드에는 공항이 생겼고, *타르브-루르드-피레네*라는 여행상품으로 자리 잡았다.

1988년의 순례는 몹시 복잡한 대장정이었다. 넘실대는 영국해협을 페리가 흔들거리며 건넜다. 모두 선실에서 토하고 있었다―그나마 선실이 안심되고, 화장실까지 가려면 결연한 의지력이 필요

18

했으니까. 우리가 탄 버스는 루앙을 가로질러 베르사유 궁전의 푸른 잔디밭으로 올라갔다. 거기서 카페와 상징적인 탑이 있는 파리로 갔다. 우리는 수없이 많은 사진을 찍고 기념품을 닥치는 대로 사댔지만, 내 머릿속에는 동굴과 앞으로 벌어질 일뿐이었다. 남쪽 루르드로 가는 데는 하룻밤이 걸렸고, 통증 때문에 잠들 수 없었다. 포도밭을 지나갈 때 나는 별을 보며 깊이 잠든 사람들의 평온한 숨소리를 들었다. 목욕하고, 믿음이 충분하다면 낫게 될 것인지 궁금했다.

Os Sacrum (천골, 엉치뼈)

성경은 여성이 문자 그대로 뼈에서 창조되었으며, 우리는 아담의 갈비뼈로 만든 존재라는 이야기를 짜낸다. 우리는 아이를 잘 가지려면 엉덩이가 커야 한다고, 분만에는 튼튼한 골반이 필요하다고 이야기한다. 근육과 인대 뒤에 자궁이 자리 잡고 있다. 생명을 가능하게 하는, 생식의 성배다. 척추 맨 아래, 골반 사이에 천골이 있다. 그 뼈를 가리키는 라틴어 "os sacrum"은 "성스러운 뼈"라는 뜻이다. 고대 그리스의 동물 제의에서는 몸의 특정 부위를 신에게 바쳤다. 천골도 거기 포함됐고, 부술 수 없다고 했다. 물론 우리의 몸은 성스럽지만, 종종 그 몸은 우리 자신의 것만이 아니다. 온갖 흉터가 새겨진 병원의 몸, 세상에 내어놓는 일상의 몸, 연인들에게 보여주는 신성불가침의 몸—우리는 마트료시카처럼 겹겹의 몸을 만들어내고, 우리만의 몸을 가지려고 한다. 하지만 어느 몸을 가질 것인가—가장 큰 것 혹은 가장 작은 것?

19

Lapis Lazuli(청금석)

　루르드의 언덕들은 아찔하다. 마치 만화에 나오는 지형처럼 우뚝 솟았다가 푹 내려앉기를 반복한다. 양옆에 피레네산맥을 낀 루르드는 매년 6백만 명의 관광객이 찾는 곳이며, 프랑스에서 그곳보다 호텔이 많은 도시는 파리뿐이다. 샤토 포르 드 루르드 성은 사방에서 볼 수 있고, 과거 샤를마뉴 대제로부터 공격받았다. 그곳의 지형에 관한 이야기는 틀리지 않았다 ─ 도로는 좁고, 바실리카로 가는 내리막은 급하다. 그 옆의 갸브 드 포 강은 내가 본 것 중 가장 빠른 강이다. 그 강은 마사비엘 바위를 끼고 도는데, 그 바위에서 베르나데트는 처음으로 마리아의 모습을 보았고, 바로 그 바위 정면에 동굴이 있다. 목발과 부목이 대형 크리스마스 장식처럼 그 벽에 걸려 있다. 나는 중앙에 모여든 사람들을 보고 놀란다. 그곳이 이렇게 인기 있는 줄 몰랐다.

　산과 골짜기에 에워싸인 루르드는 외지고 독립적인 곳이다. 신앙이 증폭되는 곳을 이렇게 말하기는 이상하지만. 형이상학적이든 만질 수 없든, 종교의 모든 요소가 이 성스러운 곳에서는 현실이 된다. 신자들은 그들의 마음속에 기도문을 가지고 다니며 머릿속으로 소리 없이 기도하지만, 이곳에서는 그들의 신앙이 ─ 그 손에 잡히지도 보이지도 않는 것이 ─ 분명히 실재하게 된다. 사방에, 상업화와 함께, 물리적 기표가 존재한다. 온갖 형태의 기념품을 가지고 돌아갈 수 있다. 성모 마리아 모양의 성수 병, 베르나데트와 친구들의 모습을 설화석고로 본뜬 상. 유리 묵주 화관. 바다와 하늘빛의 성유물이 고등어처럼 양동이에 쌓여 있었다. 파랑은 성스러움, 자연, 진실과 천국의 색으로 여겨지고, 이곳 상점들은 청금석(azure)

20

과 페리윙클(periwinkle)을 쌓아둔다. 나는 기적의 메달이나 십자가를 피하고, 바실리카, 베르나데트, 동굴의 네모난 사진이 돌아가는 뷰마스터를 동생에게 주려고 산다.

"우리가 어딜 가든지(우리가 어딜 가든지)"

그런 언덕들 때문에 나는 휠체어를 가져가야 했다. 어머니는 거리에 오르막과 내리막이 많다는 말을 듣더니 아일랜드 휠체어 협회에서 휠체어를 빌려왔다. 학교에서 출발하기로 한 날, 단체 버스가 나타났을 때 나는 우리 차에 앉아 울었다. 며칠 동안 나는 고집을 부렸다. 휠체어는 필요 없다고. 그걸 타자마자 나를 보는 모두의 시선이 달라질 거라고.

동정할 거라고. 여물통 마냥 깊이.

불구가 된 소녀.

부모님은 뜻을 굽히지 않았다 — 편하고, 안전하며, 그곳 언덕이 가파르다고. 차창 밖에서 아이들은 신이 나서 떠들어대고, 부모들은 십대 자녀의 손에 여분의 프랑을 더 쥐어주었다. 아버지는 나를 포함해 모두가 버스에 오른 후에 휠체어를 짐칸에 싣기로 약속했다. 아버지는 기다렸다가 몰래 휠체어를 여행가방 더미 위에 밀어 넣었다. 버스는 그 무게에 움찔했다. *절대 안 쓸 거야*, 라고 나는 다짐했다. 병원에서 수영복을 입던 때나 댄스 플로어를 돌아갈 때처럼, 웩스포드(Wexford)에 페리를 타러 갈 때 익숙했던 수치심에 얼굴이 달아올랐다.

바퀴 공전

우리가 도착한 날은 어느 봄날, 아직 쌀쌀하던 때였다. 지금 그때 사진을 보면 펌을 한 친구들의 머리와 어깨 패드를 넣은 파스텔색 블라우스에 미소가 떠오른다. 내가 입은 데님 스커트와 발목 양말에도. 우리는 우리의 앞날도, 어떤 사람이 될지도 모른다. 수줍음이 그대로 보인다. 호텔 바에서 작은 흰색 컵에 담은 카페오레를 3프랑에 팔았고, 우리는 처음 해보는 프랑스어로 그것을 주문해 세련된 사람이 된 기분으로 홀짝였다. 버스 기사 아일랜드 아저씨는 버스에서 휠체어를 내려주면서, 나더러 말할 때 자기 눈을 보지 않는다고 했다. 나는 휠체어를 거부했다. 새 학교에서 학기가 시작하자마자 석 달 동안 결석한 것만으로도 나는 동떨어졌다. 이미 아이들은 빠르게 친구가 됐고, 나도 따라잡으려고 애썼지만 섞이지 못했다. 동급생들에게서 떨어진 섬 같은 존재였다. 그래서 여덟아홉 명의 남녀 학생들이 말없이 휠체어를 보고 있는 동안 나는 완강히 버텼다. 그때를 여러 번 생각했고, 매번 그 순간 느낀 당혹스러움이 온몸을 엄습한 것을 기억한다. 몸 안의 위장이 뒤집히고, 몸 밖의 뺨은 달아오른다. 반응을 기다리며, 주위는 온통 정적에 휩싸인다. 남자아이들은 휠체어를 잡더니 호텔 앞 도로에서 밀고 다니기 시작했다. 그 애들이 휠체어를 타고 서로 한 바퀴씩 돌려주자 도미노 효과가 일어났다. 모두 다 타 보고 싶어 했다. 우리가 타자를 인식하는 방식은 종종 틀리다. 우리는 지레짐작하고, 가정한다. 휠체어는 희극의 장치가 됐지만, 나는 놀림의 대상이 되지 않았다. 거기 프랑스의 햇살 속에서 우리는 웃어댔고, 나는 친절한 아이들이 좋았다. 기도보다 그게 더 중요했다.

물의 무게

1858년 성모 마리아가 베르나데트에게 출현하셨을 때, 루르드 아래 온천이 있다고 알려 주셨다. 그 물에는 치유의 힘이 있다고 해서 유명한 욕장으로 연결됐다. 동굴과 비슷한 석조 구조물 안에 있는 욕장은 건장한 여자들이 관리했고, 그들은 수천 명의 방문객을 물속으로 안내했다. 우리는 줄을 섰고, 내 차례가 되어 어두운 실내로 들어갔다. 한 여자가 옷을 벗으라고 하더니 내 몸에 젖은 흰 수의를 감아주었다. 목발 없이 걸을 수 있냐고 해서 나는 짧은 거리는 가능하다고 했다. 욕장은 커다란 석조 여물통을 닮았고, 동굴과 마찬가지로 자궁의 형태를 했다. 살이든 돌이든, 그것은 강력한 힘을 가진 공간이었다. 나는 계단을 하나 내려가 물속으로 들어갔다. 차가움―따가울 정도로 심한 냉기―이 충격적이었다. 그 침침한 실내에서 팔 힘이 센 여자들이 나를 천천히 뒤로 눌렀다. 나는 기도와 희망을 품고서 물에 잠겼고, 한순간 물의 냉기가 모든 것을 지워버렸다. 그 물이 내 뼛속에 스며들어 나를 새롭게 만들어 주기를 바랐다. 그 기분이 어떨지 몇 달을 생각했었는데, 벌써 끝나버렸다. 살갗이 곧 말랐다. 추워서 생긴 자주색 반점 이외에는 아무것도 달라지지 않은 느낌이었다.

해가 진 후, 폭우가 내려 개울을 이루며 언덕에서 흘러내렸다. 매일 밤, 수천 명이 풀줄기처럼 가는 초를 들고 횃불 기도행렬을 이뤘다. 파란 잉크로 마리아를 그린 흰 종이에 촛농을 받았다. 그때 날씨와 지형 때문에 한 선생님이 내게 촛불을 자유롭게 들 수 있도록 목발을 짚는 대신 휠체어를 타라고 조언했다. 비에 불꽃이 피시식거렸고, 사람들은 성당 주위를 구불구불 돌며 기도를 읊조리고,

손에 든 묵주를 돌렸다. 엄숙하지만 편안한 분위기였다. 그리고 그 신도의 무리 속에서 내 신앙이 흔들렸다. 도착한 이후 처음―성수에 목욕한 지 겨우 몇 시간 뒤―그곳에 더 이상 나를 위한 기적은 없다는 생각이 들었다.

De Profundis(저 깊은 곳에서)

마지막 날, 우리는 아침 미사를 드리러 동굴 입구에 도착한다. 수백 명의 순례자가 모이고 보니 얼마나 다양한 질병이 있는지 놀랍다. 중환자를 데리고 온 보호자들도 있다. 노쇠한 부모와 함께 온 성인 자녀들도 있다. 한 선생님이 내 휠체어를 밀고 우리가 있을 만한 자리를 찾는다. 간사 한 사람이 다가오더니 프랑스어로 빠르게 말하지만 나는 알아듣지 못한다. 그는 휠체어 손잡이를 잡더니, 움직이지 못하는 중환자들이 줄지어 있는 앞쪽으로 밀고 간다. 그들 중에는 휠체어가 아니라 침상에 누운 이들도 있다. 산소탱크를 가지고 온 사람들, 남녀를 구분할 수 없는, 일어나 앉지도 못하고 웅크린 사람들도 있다. 간사는 금속 프레임으로 내 머리를 고정시키고, 휠체어를 탄 남자 옆에 둔다. 남자는 이따금 씰룩거리지만, 그 외에는 움직이지 않는다. 그의 얼굴에 침이 흐르고 있고, 나는 뭐라고 말을 걸고 싶지만 그럴 수 없다. 앞에는 예순일 것 같기도 하고 아흔일 것 같기도 한 남자가 병원 침대에 누워 있다. 작은 몸을 담요로 단단히 감싸고 있는데, 손뼈가 금속 세공 같다. 살갗에는 멍이 들어 있고, 혈관이 부어 있다. 정맥절개술 때 혈관을 찾으려다 생긴 것이다. 담요 아래 그는 껍데기만 남아, 거의 존재하지 않는 것 같다.

열세 살인 나는 죽음을 알지 못했지만, 그곳에서 그것을 감지한다. 죽음이 공기를 흐린다. 그 사람들을 보고 싶지 않지만, 그래도 본다. 그것은 뼈가 내려앉고, 심장이 느려지는, 육신의 한계다. 과거에는 활기차게 본능에 따라 생명력으로 가득해 세상을 향해 뛰어나갔던 이들. 하지만 내가 느끼는 공포는 다른 것, 더 강한 것에 제압된다. 나는 시시한 무른 뼈를 가진 사기꾼이 된 느낌이다. 내 뒤의 여자가 훌쩍이기 시작한다. 처음에는 나직이, 그러다가 그 울음소리가 점점 커지더니 미사의 소리를 집어삼킨다. 미사는 오래 계속되고, 나는 오르내리는 반응에 집중한다. 사람들은 울거나 매트리스 위에 가만히 누워 있다. 어두운 동굴 속에서, 나는 집에 돌아가 불완전한 몸으로 살아가게 될 것을 깨닫는다. 수술로 교정한 뼈가 나를 오랜 세월 버텨줄 것임을. 그리고 먹구름이 낀 프랑스의 하늘 아래서, 나는 그것에 감사한다.

Via Dolorosa(고통의 길)

2주 뒤 골반 엑스레이를 찍으러 병원에 다시 갔다. 의사는 내 상태가 급속하게 악화했고, 큰 수술이 필요할 거라고 했다. 나는 충격에 빠져, 또 결석하게 될 거라는 생각보다는 복잡한 수술에 대비해서 마음을 다잡는 데 집중하려 했다. 느리게 반복되는 회복 과정. 지루함. 지금은 정형학적 치료로서, 관절 고정술은 말에게만 실시한다―왕들이 소유한, 가망 없는 순수 혈통의 말들이 소염제에 절어 있는 모습이 떠오른다. 그것은 통증 해소를 위한 최후의 수단으

25

로서, 금속판과 나사로 절구공이 관절을 고정해버리는 것이다. 완전히 나으려면, 10주에 걸쳐 뼈가 굳는데, 그러는 내내 고관절 스파이커 석고붕대를 하고 지내야 했다. 석고붕대가 가슴부터 발끝까지, 내 몸의 3분의 2를 덮고 있어서, 몸을 뒤집으려면 두 사람이 필요했다. 누런 기가 있는 흰색 석고였다. 겹겹의 붕대와 석고를 합치면 닻처럼 무거웠다. 10주간 침대용 변기를 쓰고 갇혀 지내면서 부모님이 나가 있을 때마다 그 석관처럼 무거운 석고붕대 덩어리를 (소리 없이) 침대에서 들어 올리는 법을 깨우쳤다. 뼈는 서서히 들러붙었고, 움직임이 최소화되며 다리를 짧게 만들었다. 그것은 20년 동안, 16개월 간격의 두 차례 임신으로 뼛속에 폭탄을 터뜨릴 때까지 단단히 붙어 있었다.

회전, 외전[7]

10주간 고관절 스파이커에 갇혀 지낸 후(내 자신이 석고상이 됐다), 의사가 석고 톱으로 그것을 제거하려고 한다. 칼날이 살갗에 닿고, 나는 석고 밑에서 무슨 일이 일어나는지 상상하지 않으려고 애쓴다. 통증은 불에 덴 후 열기가 퍼지는 느낌이다. 그것을 정형외과 의사 — 만난 적 없는 사람이다 — 에게 설명하자, 그는 남자 의사들의 으레 익숙한 행동을 한다. *내가 과민반응이라는 것이다.* 회전하는 칼날이 살갗을 가르지만, *진정해야 한다고.* 실내에 비명이 가득 찬다. 나는 복화술사처럼 통증을 내지른다.

---

7 abduction. 外轉. 팔다리를 바깥쪽으로 뻗는 동작.

어머니가 울기 시작하자, 의사는 어머니에게 나가 있으라고 청한다.

칼날은 리듬에 맞추어 자르고 또 자르고, 이 남자는 경주마처럼 톱을 재촉한다. 15분 후, 나는 그만하라고 사정하고, 그제야 그는 짜증이 난 표정으로 그만둔다. 이튿날 수술실에서 조각가의 주형처럼 석고를 잘라낸다. 석고 아래 묵은 피부와 갓 생긴 상처가 있다. 양쪽 다리에 비죽비죽 벌어진 열상이 잘린 경계선처럼 그어져 있다. 그 둘레는 그을린 듯 보이지만, 그건 그동안 켜켜이 쌓인 각질이다. 그날 밤 다리가 부어오르자 간호사가 압박붕대를 감는다. 붕대를 제거할 때마다, 새로 생긴 딱지를 떼어내고, 다시 출혈이 시작된다. 20여 년이 흘렀지만, 아직도 내 허벅지와 무릎에는 여섯 개의 희미한 흉터가 있다. 분홍색의 선연한 수직선이 사연을 전한다.

엉덩이와 제작자

두 번째 임신 중, 골반은 결국 회생불능으로 악화가 되었는데도 의사는 그 통증이 그저 "산후우울증"이라고 설명해 치우려고 했다. 나는 24시간 내내 계속되는 통증을 해결할 방법은 전고관절 치환술(THR)뿐이라고 끝내 의사를 설득했다. 이것은 필수 치료가 아닌 특혜로 주어졌다. 내가 의료적 개입을 받을 가치가 있는 사람임을 사정하고 설득하고 증명해야 하는 데는 이미 익숙해졌다. 내 몸은 의문부호가 아니고, 통증은 협상이 아닌데도.

2010년, 내 아이들이 아주 어릴 때 난 전고관절 치환술을 받았다. 그러자 20년 만에 다리를 꼬고 앉을 수도, 자전거를 탈 수도 있게 됐다. 공항 보안검색대를 지나면 삐 소리가 난다. 나는 내 몸속의 모든 금속을, 살갗 밑에서 빛나는 인공별이라고, 오래되고 새로운 금속들이 이룬 별자리라고 생각하게 됐다. 하나의 지도, 연결의 자취, 그리고 사물을 다른 각도에서 볼 수 있게 하는 하나의 지침이라고. 오랜 세월 받은 의료로 흉터는 두 자릿수가 되었지만, 그것 역시 익숙한 풍경이 됐다. 관절은 교체할 수 있고, 기관은 이식할 수 있으며, 혈액은 수혈할 수 있지만, 우리 삶의 이야기는 여전히 하나의 몸이 전하는 이야기다. 질병부터 상심까지, 우리는 같은 살갗 속에 살면서 그 연약함을 인지하고, 불멸의 조건과 싸운다. 수술은 흉터를 남긴다. 통증과 마주하며 살아온 경험이 몸에 남긴 표식이다. 내 아이들을 생각하면, 그들의 삶에는 그런 순간이 없길 바란다. 격세유전이 아이들을 면제시켜 줄 것이고, 아이들의 몸은 나보다 건강할 것이다.

이따금 루르드에서 세라믹과 티타늄으로 만든 관절로 언덕들을 오르는 나를 떠올려 본다. 그곳의 바위와 종교적 분위기, 두려웠던 거대한 동굴을, 사라진 신앙과 무신론의 눈으로 바라보는 것을.

하지만 사실 나는 믿는다. 신과 동굴과 성유물이 아니다. 언어와 사람들과 음악. 우리의 몸은 그것이 지닌 성스러움으로 삶을 헤쳐나가게 한다는 것을.

성유물과 뼈.

성배와 관절 접합 부위.

동굴과 자궁.

머리를 식힐 때면, 마음속 저 밑에서 종종 떠오르는 크리스틴 허쉬의 노래가 있다. 나는 그 가사를 노처럼 밀었다 당겼다. 아이들에게 자장가로 불러주기도 했다.

우리에겐 엉덩이도 있고 제작자도 있어요
우린 즐거운 시간을 보내죠
덕분에 계속 춤출 수 있어요
드디어 아무 걱정 없어졌어요[8]

그리고 다 좋아졌다. 통증이 없는 날, 햇빛이 비치거나, 호기심 많은 아이들이 내 피부에 난 줄이 뭐냐고 묻는 날이 있다. 나는 더 이상 나빠지지 않는다는 사실에 감사하며 내가 겪은 행운을 설명한다. 나는 잠 못 드는 밤과 입원해서 보낸 그 숱한 나날이 축적되어 만들어진 존재다. 병원 예약을 기다리며 그날 가지 않아도 되기를 바라며 보낸 시간들. 질병이 안겨주는 그 삭막한 권태와 자의식들. 그런 경험이 없었다면, 나는 갈가리 찢긴 그 경험을 종이 위에 모아 모양을 만들어 보는 사람이 되지 않았을 것이다. 내 골격이 건강했다면, 나는 전혀 다른 사람이 되었을 것이다. 다른 자아, 다른 지도가.

---

8 Kristin Hersh(1966~), *Hips and Makers*, 1994년 발표한 데뷔 앨범이자 15번째 트랙(3:19).

머리카락

1980년대에는, 내가 아는 여섯 살 난 여자아이는 거의 모두 평범한 갈색 머리카락을 길게 기르고 있었다. 나처럼. 이 색조를 가리키는 단어는 다양했지만, 내 머리색은 종종 "생쥐색"이라고 해서, 나는 소심하게 생울타리 속에 숨은 생쥐들을 떠올린다. 학령기의 여자아이는 놀랍고 신기한 비밀을 전수받는다. 머리를 땋고 자면 이튿날 아침 아름다운 변신을 하게 된다는. 이 계시를 받은 나는 머리카락을 꼭꼭 땋은 후 담요를 머리 위로 뒤집어쓴다. 기대감, 눈을 감을 수 없는 흥분에 첫날밤에는 제대로 잠들지 못한다. 땋은 머리가 배겨 잠자기 힘들다. *괴로워도 참아야 해.* 나는 새로워진 나를 상상하며 생각한다. 일찍 일어난 나는 파랑과 빨강이 섞인 어머니의 머리빗을 든다. 아프로 빗[9]인데, 어머니가 어떻게 그걸 갖게 됐는지는 모르겠다. 선물인지, 잡화점 계산대에서 충동구매한 것인지. 어머니와 나의 섬세하고 가는 모발에 쓰기에는 과한 도구다. 나는 땋은 머리를 풀고 빗기 시작한다. 양모 타래처럼, 머리카락이 펼쳐진다.

---

9 Afro comb. 아프리카계의 촘촘한 곱슬머리와 부풀린 헤어를 빗는 도끼빗.

그리고 거기 내 모습이 보인다. 탑 없는 라푼젤. 여섯 살밖에 안
됐지만, 나는 이미 왕자들에게 엇갈린 감정이 있다. 한 가지 기억이
등장한다. 「탑 오브 더 팝스」[10]의 비디오에 나온, 맹렬하기 그지없
는 적갈색 머리털을 휘날리는 케이트 부시[11]. 그 머리카락은 케이트
부시의 핵심이자 에너지였다. 가장자리가 얼룩덜룩한 화장대 거울
앞, 풀어진 땋은 머리. 나는 머리카락의 바다에 구불거리는 파도를
빤히 바라본다. 그리고 그 후로 데이비드 보위의 「라이프 온 마
스」를, "생쥐 머리를 한 여자아이"[12] 대목을 들을 때마다 나는 그 옛
날 땋아 내린 머리와 오래된 거울이 떠오른다. 자신의 머리카락으
로 마술의 주문을 엮었던 것도, 한 번의 행위로 하룻밤 새 스스로를
변신시킬 수 있었던 것도.

몇 달 뒤 나는 충동적으로 어머니에게 머리를 자르고 싶다고
한다. 미용사인 이모는 테라스가 딸린 집에 살면서 주방에서 머
리를 ─ 남자들 빼고 여자들만 ─ 잘라준다. 이모는 늘 립글로스를
바르고 아이라인을 그리고 정교하게 잿빛으로 부분 염색을 한, 완
벽하게 꾸민 모습이다. 한 시간도 안 되어 이모 집 주방 리놀륨 바
닥에 쥐색 머리털이 흩어진다. 나는 곧바로 후회하며 몇 년 동안 어
머니에게 다시 기르게 해달라고 조른다. 어머니는 짧은 머리가 "관
리하기 쉽다"면서 안 된다고 한다. 이모는 그것을 급사 소년 단발머
리라고 부르고, 머리를 다듬으러 갈 때마다 어머니는 잡지를 뒤적

---

10 *Top of the Pops*. BBC 음악차트 프로그램(1964~).

11 Kate Bush(1958~), 「워더링 하이츠」(*Wuthering Heights*, 앨범 *The Kick Inside*,
    1978, 4:29) 뮤직비디오. 잉글랜드 싱어송라이터, 음악가, 무용가, 프로듀서로,
    19세에 발표한 이 앨범으로, 영국 싱글차트에서 4주간 1위를 했다. 영국 음반차
    트 1위를 달성한 첫 여성 가수.

12 David Bowie(1947~2016), *Life on Mars*(앨범 *Hunky Dory*, 1973, 3:48).

이며 이모에게 "다이애나 왕세자비"처럼 잘라 달라고 한다. 나는 어깨에 스치는 내 머리카락의 감촉이 그리워진다. 밤중에 머리를 땋고, 아침이 되면 썰물이 빠진 후 주름진 모래 같은 머리카락을 더는 볼 수 없다. 리버풀의 친척 결혼식에 갔을 때, 어떤 남자가 나를 남자로 착각하고 *자네*라고 부른다. 나는 몇 시간 동안 운다. 늘 짧은 머리를 하셨던 대모님이 나를 달래준다. 대모님은 내게 처음으로 양장본 책을 선물한 분이다. 붉은색 모조 가죽에 금박 글씨를 박은 책이었다. 루이자 메이 올콧의 『작은 아씨들』을 읽기는 하지만 다 이해하지는 못한다. 거기 나오는 소녀들은 비슷하면서도 독특하다. 그들의 친밀하고 진한 우정을 보고 나는 80년대 더블린 근교를 떠나 그들의 19세기 세계에서 살고 싶어진다. 그리고 조(Jo) — 당연히 다들 『작은 아씨들』에서 가장 좋아하는 인물 아닐까? — 의 행동에 나는 그녀를 더욱 존경하게 된다.

조는 말하면서 보닛을 벗자 모두 비명을 질렀다. 그 풍성한 머리카락이 짧게 잘려 있었기 때문이다.
"네 머리! 네 아름다운 머리! 오, 조, 대체 어떻게 한 거니?"

조가 머리를 짧게 자른 모습은 공포를 불러일으킨다. 머리카락을 자르고 심란한 게 확실한 때에도 조는 "무심한 태도"를 취한다. 오, *조! 우린 짧은 머리의 닮은 영혼이야!* 나는 그렇게 생각한다. 처음 읽은 책은 영원히 강한 인상을 남긴다. 등장인물은 그저 우연히 다른 시대, 다른 장소에 살게 된 현실 속 인물처럼 느껴진다. 소녀 시절 나는 조와 자매들이 부러웠다. 그들의 친밀한 유대관계는 내 오빠와 남동생과의 관계와 다르지는 않았지만, 머리카락에 대해서는 남자 형제와는 이야기할 수 없었다.

조가 "단 한 가지 아름다운 것"을 자른 까닭은 돈이 필요한 가족을 돕기 위해서였다. 조의 희생은 마찬가지로 머리카락이 등장하는 오 헨리의 「크리스마스 선물」과 비슷하다. 이 단편에서 델라(Della)는 문학사에 길이 남을 특별한 머리카락을 갖고 있다.

델라의 머리카락은 갈색 폭포처럼 눈부시게 물결치며 흘러내렸다. 그 머리카락은 무릎 아래까지 닿았고, 그 자체로 거의 옷이 되어주었다.

델라의 동기는 조와 비슷하다. 때는 크리스마스 이브, 첫 문장은 델라가 얼마나 쪼들리는 상태인지 알려 준다―"1달러 87센트." 남편이 아끼는 시계에 달 백금 체인을 꼭 사주고 싶은 나머지, 델라는 무릎까지 닿는 머리카락을 가발 장사에게 20달러를 받고 판다. 짐이 퇴근하기를 기다리는 동안, 델라는 생각한다. "하느님, 그이가 제가 여전히 예쁘다고 생각하게 해주세요."

귀가한 짐은 델라의 행동과 변한 외모에 충격을 받는다. 그가 소중히 여기던 시계를 팔아 값비싼 (그러나 필요 없어진) 델라의 거북등갑 머리빗을 샀다고 밝히자 그들의 비극적 상황은 한층 강화된다. 그들이 서로를 위해 소중한 것을 희생한 것은 사랑을 증대시키지만, 그 전에 델라는 짧고 여성적이지 않은 머리카락 때문에 짐이 자신을 원하지 않을 거라고 두려워한다. "어떻게 하든 나를 전처럼 좋아하지 않을 거지? 나는 머리카락이 없어졌잖아, 응?"

델라의 자아 규정은 외모, 특히 남편이 그토록 찬탄하던 머리카락을 통해서 이뤄진다. 그녀의 정체성은 독자적으로 존재하는 것이 아니라 외모에 묶여 있다. 이 단편은 1905년, 많은 여성이 가정을 돌보며 일하지 않던 시절 발표됐다. 델라는 경제적으로 짐에게 의존하며, 머리카락을 판 날 남편의 퇴근을 집에서 기다린다. 경제적으로 무능한 델라는 자신이 가진 한 가지를 재화로 사용하는데, 머리카락을 자른 행위는 거세 혹은 권력의 획득으로 볼 수 있다. 내게는 델라처럼 풍성한 머리카락이 없었지만, 일곱 살 때, 머리카락을 자르는 게 처음에는 짜릿했다. 다시 기르고 싶어지기 전까지는. 나는 장난치기를 좋아했지만, 여자아이가 아니라는 느낌은 없었다. 여성성이란 어떤 추상적인 개념, 내가 몰랐던 단어였다.

✳

머리카락이 죽는다.

염색하거나 제품을 사용한 머리카락 한 가닥 한 가닥이 고이 잠든다. 전에는 죽은 뒤에도 머리카락이 자란다는 미신을 믿었지만, 살아 있는 부분은 두피 아래 모낭 안에만 있다. 그리고 내가 보기에 머리와 사타구니, 겨드랑이의 털을 "종말모"(terminal hair)라고 하는 것은 지어낸 소리거나, 아니면 굉장히 적절한 말이라고 느껴진다. 그 근본을 이루는 단백질, 케라틴은 동물의 발굽, 파충류의 발톱, 호저의 가시, 새의 부리와 깃털에서도 발견된다. 날개 끝에서 갈라진 머리카락으로, 발굽에서 앞머리로, 우리 포유류는 다양한 폴리펩타이드 사슬을 전시하는 존재다. 각각의 단백질 가닥에는 우리의 혈류 속에 들었던 모든 것이 포함된다. 기억도 거기, 골수와 큐티클(角皮) 사이에 숨겨져 각인되어 있을까?

죽는 것이 아니라, "종말"이다. 단백질과 변화. 혈액처럼 머리카락만으로는 남녀를 구별하기 어렵지만, 역사적으로 머리 모양의 선택으로 판단 받는 것은 여자다. 누아르 영화에서 금발 혹은 빨간 머리, 갈색 머리로 단순하게 표시되는 것도 여자다(특권을 대놓고 암시하는, 유색인과 여타 민족을 배척하는 관행이다). 머리카락은 여성을 인종적, 성적, 종교적으로 정의하는 데 이용됐다. 머리카락은 여성을 유혹자로 만든다. 여성성, 생식능력, 섹스 가능성이라는 삼두체제를 대변한다. 그 갈등은 베누스가 "태어나는" 보티첼리의 「베누스의 탄생」[13]에도 내재되어 있다. 아기처럼 순수하게 갓 태어난 것으로 묘사되었지만, 완전히 자란, 관능적인 여성으로 재현된 베누스. 당연히 그녀는 알몸을 가려야 한다 — 물결치는 머리카락 말고 무엇이 있겠는가? 라파엘 전기 회화 속 여인들은 단테 가브리엘 로세티의 「레이디 릴리스」[14]처럼 풍성한 머리카락을 풀어헤치고 있다. 유대교 전통에 따르면, 릴리스는 아담의 첫 아내였고, 그 이름은 여성 악마와 오랫동안 연결되었다(릴리스라는 이름은 "밤의 마녀"night hag로 번역되기도 한다). 릴리스는 아담과 함께 창조되었고, 이브처럼 갈비뼈에서 만들어진 존재가 아니었다. 릴리스가 자신이 아담보다 못한 존재가 아니라 동등하다고 여겨 복종하지 않으려고 하자, 둘의 관계가 틀어졌다. 로세티의 그림에서 유혹을 상징하는 그녀는 탐스러운 머리를 빗는 데 여념이 없다. 존 에버렛 밀레는 셰익스피어의 오필리어가 강에 익사하는 모습을 그리며 머리카락을 수의로 만든다.[15] 풀어헤쳐 흐트러진 머리카락이 여성의 윤리적 문제를 암시한다면, 핀으로 고정하고 뒤로 묶은 머리는 그 반

13 Sandro Botticelli(c1445~1510), *Nascita di Venere*(1484~1486), 캔버스에 템페라, 278.9x172.5cm, 피렌체 우피지 소장.

14 Dante Gabriel Rossetti(1828~1882), *Lady Lilith*(1866~1868, 1872~1873), 캔버스에 유화, 85.1x96.5cm, 미국 Delaware Art Museum 소장.

15 John Everett Millais(1829~1896), *Ophelia*(1851~1852), 캔버스에 유화, 118x76.2cm, 런던 Tate Britain 소장.

대를 의미한다. 점잖고, 단정하고 순종적이라는 뜻이다. 기표와 상징으로서의 머리카락은 사회적 지위로부터 결혼 여부, 성적 유효성에 이르는 모든 것을 나타낸다.

✳

삼손
태양처럼
반짝이는
너의 머리칼
아
그 머리칼이
내 것이었다면[16]

PJ 하비의 1992년 앨범 「드라이」에 수록된 곡 「헤어」에서, 가수는 가장 악명 높은 머리카락 이야기의 주인공인 성경 속의 여성, 델릴라에게 목소리를 준다. 델릴라는 바리새인들에게 삼손의 힘의 근원을 알려 주기 때문에 역사 속에 배신자이자 타락한 여인으로 남아 있다. 하비의 노래에서, 델릴라는 삼손을 사랑할 뿐 아니라 "태양처럼 반짝이는" 그의 머리카락도 감탄하며 바라본다. 델릴라는 그 머리카락이 지닌 두 가지 힘을 인정한다―그것이 실제로 힘을 지니기도 했지만, 그 자체를 탐낸다. 하비의 가사 속에서 델릴라는 "나의 남자여 / 나의 남자여", 라고 애원한다. 델릴라는 배신으로 삼손, 혹은 그의 머리카락을 가질 수 없게 되었음을 깨닫기 때문이다. 삼손은

---

16 PJ Harvey(1969~), *Hair*(앨범 *Dry*, 1992, 3:45).

머리카락을 잃고 약해져서 패배하지만, 머리카락을 잃음으로써 다른 가능성이 생긴다. 십대 시절, 나는 결핍에 힘이 있음을 배웠다.

워건 이발소는 더블린에서 오래전 사라진, 낡은 판자로 지은 곳이었다. 어느 토요일 오후, 열여섯의 나는 결심하고 시내로 가는 버스를 탔다. 그곳의 어두운 방 (다른 대기실이었다) 안에서 나는 노인들과 한 시간 동안 줄을 섰다. 차례가 되어 나는 가죽 의자에 편안하게 앉았고, 나이 지긋한 이발사가 검은 케이프를 내게 씌웠다. 내 요구사항을 듣더니 이발사는 고개를 저었다.

"그건 여자아이들에겐 안 합니다."

호기심에 찬 손님들의 눈길에 얼굴이 빨개진 나는 슬그머니 나와서 다른 이발소로 향했다. 또 다른 가죽 의자에 앉았고, 케이프를 씌우는 과정이 반복됐다.

"확실하니, 얘야?"

"네."

"마음을 바꿀 마지막 기회인데?"

"해주세요."

라디오에서는 1980년대 히트곡이 울려 퍼졌다. 염색한 머리카락 뿌리를 가위가 지나갔고, 귓속에 싹둑싹둑 소리가 들렸다. 이발사는 가운데서 시작해 바깥쪽으로 머리를 잘랐고, 처음에는 사무라이의 촌마게[17]와 비슷했다. 5분 만에 머리카락은 모두 사라졌다. 「잔다르크의 수난」[18]에 나오는 마리아 팔코네티처럼(1920년대 여자배

---

17 chonmage. 丁髷. 에도 시대에 유행한 사무라이들의 상투머리.

18 *La Passion de Jeanne d'Arc*(1928). 덴마크 감독 드레이어(Carl Theodor Dreyer, 1889~1968), 주연 마리아 팔코네티(본명 Renée Jeanne Falconetti, 1892~1946)의 프랑스 무성영화(110분 ; 복원판 82분).

우가 배역을 위해 머리를 미는 건 어떤 일이었을까?). *민머리.* 집으로 가는 버스에서 나는 2월의 추위에 모자를 썼고, 그 말이 구슬처럼 내 머리 주위를 굴러다녔다. *민머리.* 학교에서는 난리가 났다. 상담. 모방 삭발의 우려. 건강에 관한 질문. 그 주 텔레비전에 나와 상을 받은 시네이드 오코너[19]에 대한 농담. 그 후 몇 달 동안 나는 종종 그녀로 오인을 받았다. 어떤 남자는 내가 런던의 필시 맥네이스 티스 펍에서 셰인 맥고완[20]이랑 술을 마셨다고 주장했다. 머리를 밀거나 머리가 아주 조금씩 다시 자랄 때마다, 사람들, 특히 남자들이 반응했다. 그들은 주로 경악하거나 당혹스러워했다. 매력적이라는 남자들도 있었다. 하지만 나는 항상 나 자신을 정당화해야 했다. 내가 한 행동을 설명해야 했다. 그 까닭을.

"무슨 짓을 한 거야?"

"잔디 깎기와 한 판 붙었어?"

"너 레즈비언이니?"

"왜 못생겨지려는 거야?"

"하지만…… 너 자신을 파괴하는 거지?"

"어머니는 뭐라고 하셨어?"

(주 : 절대 "아버지"라고는 안 한다.)

『소녀들은 소녀들이 될 것이다. 남다른 행동을 위한 변장, 연기, 대담성』에서 이머 오툴[21]은 젊은 시절 머리를 민 행동에 관해 이야기한다. 오툴은 자신의 성과 성적 유효성에서부터, 성격유형과 태

---

19 Sinéad O'Connor(1966~). 아일랜드 싱어송라이터.

20 Shane MacGowan(1957~). 아일랜드 가수. '더 포그스'(The Pogues)의 리드 싱어.

21 Emer O'Toole, *Girls Will Be Girls: Dressing Up, Playing Parts and Daring to Act Differently*, London, Orion, 2015, 288p.

도에 이르는 온갖 추정들을 설명한다. 머리카락이 없어지면 편견도 뒤따르는데, 남녀차별적인 것이 많다.

처음 머리를 깎은 것은 페미니스트로서 한 행동이 아니었지만, 그 덕분에 나는 페미니스트로서 자각하고 말았다. 머리를 깎았다고 사람들이 나를 공격적이라고 여긴다면, 마찬가지로 긴 머리를 보고 수동적이라고 여길 것임을 알게 됐기 때문이다. (……) 짧은 머리를 보고 사람들이 나를 동성애자로 여긴다면, 나의 긴 머리는, 나를 이성애자라고 여기게 할 것이다. 긴 머리, 짧은 머리, 순응주의, 반순응주의, 여성적, 남성적. 나는 늘 젠더 고정관념의 대상이 됐다. 나는 갑작스레 새로운 시각을 갖게 됐다.

✸

1944년, 프랑스, 디데이. 해방의 소식에 거리에는 기쁨과 축하가 가득하다. 모인 사람들의 환호를 받으며 트럭이 선다. 고개를 숙이고, 슬픔과 두려움이 섞인 표정의 여자들이 천천히 좁은 거리로 내린다. 이 여자들 — 가족에게 먹일 것을 구한 젊은 어머니들, 십대 소녀, 성 노동자 — 은 적과 성적으로 공모했다는, "수평적 부역"(collaboration horizontale)으로 비난을 받았다. 그로 인해 독일 병사와 낳은 아이를 갖기도 했다. 그들은 거리를 돌고, 줄지어 선다. 매력적이고 결연한 얼굴의 남자가 면도칼을 든다. 한 명씩 사람들 앞에서 머리가 깎인다. 이 처벌은 그들의 여성성을 제거하고 반역 행위를 꾸짖으려는 시도이지만, 그들의 성을 드러내는 데 더 주력한다. 이들 여성은 프랑스어로 "민머리 여자"라는 뜻의 "레 통뒤"(les tondues)로 알려졌다. 프랑스뿐만 아니라 독일에서도 수치를 당하고, 성적으로 낙인찍힌 여성들. 그보다 앞서 아일랜드에서도 독립전쟁 중 그런 여성들이 있었다. 야유하는 큰 군중 앞에서 이루어진, 여성혐오적인 처벌 행위였다.

✳

처음으로 머리를 민 건 열여섯 살 때였지만, 그 후로도 여러 번 밀었다. 한 번은—고전적인—이별 뒤였다. 그리고 대학 졸업시험 중에. 또 한 번은 탈색한 머리 때문에 두피가 손상을 입어 세심한 관리가 필요해서였다. 마지막은 2003년이었다. 동기부터 방법까지, 당시 머리를 민 것은 내 뜻과 거의 무관했다. 그때만은 미적인 이유가 아니라 실용적인 이유에서 머리를 깎았다. 진단을 받은 것이다—희귀하고 공격적인 백혈병이었다. 진단을 받은 날, 화학요법을 비롯한 치료가 시작됐고, 아이다루비신(Idarubicin)이라는 약을 많이 썼다. 나는 약 이름을 "아이다 루비슨"(Ida Rubisson)이라고 들었고, 근엄하지만 상냥한 유대인 여성 가장을 떠올렸다(그녀가 가발을 쓰고 있던가?). 모든 화학요법이 머리카락을 빠지게 하지는 않지만(아이다루비신은 빠진다), 만화처럼 단번에 빠지지는 않는다. 짠! 하고 사라지는 게 아니다. 일어나 보면 베개에 빠진 머리카락이 보인다. 빗질하면 머리카락이 뭉텅이로 빠져나온다. 두피에서 떨어지는 머리카락을 보면서 할 수 있는 일은 없다. 머리카락을 전부 없애기로 한 결정은 한 가지 때문이었다. 눈. 머리카락이 자꾸 떨어지니 눈꺼풀에 자극을 주었고, 시력은 이미 약물 때문에 나빠진 상태였다. 속눈썹도 절반은 빠졌다. 눈썹은 숱만 줄고 남아 있었다. 친절한 인도인 간호사—혈관 찾기가 어려울 때 자주 호출된 간호사였다—는 불안한 표정으로 웃었다. "확실해요?" 간호사는 병원용 가위를 들고 물었다. 그 순간 나는 12년 전 이발소로 돌아갔다. *확실하니?*

그때도 역시 2월의 추운 날이었지만, 모자를 쓸 필요가 없었다. 병원 공기는 뜨겁고 강렬했다. 푹 익힌 음식과 손 세정제 냄새가 났다. 거울 앞에서, 정맥 카데터가 파자마 밖으로 삐져나온 채, 나는 머리를 밀기 시작했다. 지타는 입을 딱 벌리고 서서 충격과 격려 사이를 오가는 말을 했다. 지타는 내 망가진 혈관에서 피를 뽑아보려고 달랠 때도 그렇게 말했다. 3분 만에 비싼 값을 준 부분 염색 머리카락이 사라졌다. 어깨에서 머리카락을 털어내며 나는 정맥주사 스탠드를 밀고 두 개의 기밀식 출입구가 있는 격리병실로 돌아갔다. 백혈병에 걸린 사람들은 대부분 골수이식이 필요하다. 나는 몸이 치료에 빠르게 반응해 회복했으므로 골수이식이 필요 없었다. 나는 신체 중에서 골수 다음으로 머리카락이 가장 빠르게 자라는 조직임을 알게 된다.

✳

1980년대 이모의 부엌에서, 1990년대 더블린의 이발소에서, 2000년대 백혈병 전담 병동에서, 나는 내 머리카락의 여파를 응시했다. 바닥에 물음표처럼 구부러져 있는 머리카락도 보았다.

F. 스콧 피츠제럴드의 「버니스 단발로 자르다」[22]를 읽을 때면 그 순간들이 떠오른다. 1920년 처음 발표된 이 단편은 아름다운 사촌 마저리와 함께 지내는, 내성적이고 세련되지 못한 위스콘신 출신의

---

[22] *Bernice Bobs Her Hair*. 1920년 5월 *Saturday Evening Post*에 발표(국내에 박경서 역, 아테네, 2007 ; 하창수 역, 현대문학, 2017 ; 김보영 역, 이소노미아, 2020).

여자 이야기다. 마저리는 재미없는 버니스와 그녀의 부족한 사교성에 금세 지겨워진다. 그들은 다투지만(우연히 『작은 아씨들』을 인용한 것을 훈계하기도 한다), 마저리는 버니스에게 호감이 가고, 인기 있는 사람이 되는 법을 가르치기로 한다. 버니스는 빠르게 배우고, 주의를 끄는 매력적이고 건방진 태도를 알게 된다. 그녀의 위트는 미리 연습한 대사 속에서 빛을 발하는데, 그중에는 머리를 단발로 자르겠다는 요염한 제안도 있다.

"난 사교계의 뱀파이어가 되고 싶어요." 그녀는 차분하게 말했다. (……)
"단발머리의 힘을 믿나요?" G. 리스가 물었다. (……)
"부도덕하다고 생각해요." 버니스가 진지하게 단언했다. "하지만, 물론, 사람들을 즐겁게 하거나 만족시키거나 충격을 주거나 한 가지는 해야죠."

마저리가 오랫동안 밀고 당기던 구혼자 워런이 버니스에게 관심을 보이기 시작한다. 마저리는 자신이 남자를 가지고 노는 괴물을 만들어냈음을 깨닫고 버니스를 방해하기 시작한다. 그래서 마저리는 이발소에서 깜짝 놀란 사람들이 지켜보는 가운데, 버니스의 길고 소중한 머리카락을 자르게 만든다.

버니스는 아무것도 보지 못하고, 아무것도 듣지 못했다. 유일하게 살아 있는 감각을 통해, 흰 가운을 입은 이 남자가 거북등갑 장식 빗을 하나씩 빼어내는 것을, 그의 손가락이 낯선 헤어핀을 서투르게 만지고 있다는 것을, 그녀의 그 머리카락, 그 훌륭한 머리카락이 사라지고

43

있다는 것을, 그리고 다시는 길고 풍만한 머리 타래가 흑갈색으로 빛나며 등에 늘어지는 것을 느낄 수 없다는 것을 알 수 있었다.

「크리스마스 선물」의 델라처럼, 버니스는 거북등갑 빗을 쓸 수 없게 된다. 셸리 듀발이 주인공을 맡은 1976년 영화[23]에서 그녀의 머리카락은 갈색이 아닌 정교하게 손질하고 분홍색 새틴 리본을 단 금발이었다. 이발소 장면에서 버니스는 물러설 수 없음을 안다. 그녀가 자리에 앉자(나는 다시금 워런의 이발소에서 검은 가죽의자에 앉았던 때가 떠오른다), 이발사가 말한다. "여자 머리는 잘라 본 적이 없습니다."

이발사가 머리카락을 잘라내기 시작하면서 카메라는 이발소를 돌며 마저리와 워런, 모인 그녀 "친구들"의 얼굴을 비춘다. 카메라는 실제 커트의 공포는 보여 주지 않지만, 모인 사람들의 얼굴이 모든 것을 말해준다. 그룹 '디바인 코미디'의 닐 핸넌은 한 노래에서, 시련이 끝난 뒤의 버니스의 반응을 이렇게 정리한다. "거울이 그녀의 실수를 말해주네 / 그녀의 마음은 너무 심약하네."[24]

버니스는 외모만 변한 것이 아니다. 마저리가 건넨 격려의 말과 연애 수업은 버니스에게 속임수와 배짱을 가르쳤다. 버니스는 위스콘신으로 돌아가기 전, 마저리가 자는 동안 땋은 머리를 몰래 잘라, 성경 속 델릴라처럼 복수한다.

23 미국 PBS 방송의 TV 드라마 시리즈 「미국 단편선」(*The American Short Story*, 1974~1980, 총 17개 에피소드 방영) 중 하나(1976). 당시 27세의 셸리 듀발 (Shelley Duvall, 1949~)이 버니스로 분함.

24 Neil Hannon(1970~), *Bernice Bobs Her Hair*(앨범 *Liberation*, 1993, 4:00). 핸넌 은 아일랜드 싱어송라이터이자 그룹 Divine Comedy(1989~)의 리드싱어.

✴

옛날 사진을 보면 내 머리에서 변하는 유행, 잘한 선택과 잘못한 선택이 드러난다. 1980년대 견진성사 때 도저히 용서할 수 없는 "보디 웨이브"[25], 십대의 핑크, 파랑, 탈색 실험. 헤어스타일과 길이와 색상이 호박(琥珀, amber)에 갇혀 정지된 순간 같다. 밤에 머리를 땋던 시절 이후, 난 진짜 긴 머리를 가져 본 적이 없었다. 어릴 적 나는 천 조각과 스카프를 땋아 가짜로 머리를 꾸몄다. 다른 사람들의 허리까지 닿는 머리 타래를 보면 찰랑이는 머리가 부러웠다. 정말-비싸-보이는-진짜 가발을 한 번 가진 적이 있었다. 검고 윤기가 자르르한, 자연스러운 합성모발이었다. 잊을 수 없는, 뚜렷한 물건이었을 텐데, 내게 그 가발에 대한 기억은 하나뿐이다.

화학요법 중 환자는 머리카락을 "잃어버린다." 지겨운 완곡어법이다—그 누구도 자기 머리카락을 열쇠나 안경처럼 잘못 두지 않는다. 머리카락은 빠지는 것이고, 건강보험사 중에는 가발 비용을 보장하는 곳도 많다. 전화를 걸어온 친절한 상담원은 고급 가발은 "다리처럼 — 인공기관"으로 간주된다고 설명했다. 나는 프리다 칼로의 정교한 붉은 부츠와, 제1차 세계대전에서 팔다리를 잃은 군인들과, 없어진 뼈와 살의 말단이 아직 거기 있다고 믿는 그들의 환각지[26]를 떠올렸다. 병을 앓은 뒤, 나는 머리카락이 없어졌다고 느낀 적이 없다. 스프레이로 고정하거나 틀어 올렸던 머리가 하루아침에 사라졌다고 생각하지 않았다. 건강보험사 고객서비스 담당자는 특수 미용사 이름을 알려주었다. 상담 중 그는, 머리카락을 잃는 것에

25 body wave. 머리카락 전체를 구불거리게 만드는 펌.
26 phantom limb. 幻覺肢.

45

나보다 훨씬 더 큰 상처를 입은 여자들을 상대하는 데 익숙한 듯, 달래는 어조로 말했다. 대부분은 예전 머리 모양과 똑같은 항암 가발을 선택한다. 나는 그러고 싶지 않았다. 반대로 나는 그 모든 일이 일어나기 전의 나와 다른 것을 원했다. 나는 길고 검은 것을 선택했고, 미용사는 진짜 머리카락을 다루듯 가발을 공들여 자르고 다듬었다.

그가 그렇게 애썼는데, 나는 가발을 딱 한 번 쓴 기억이 난다. 몇 주 동안 가발은 상자 속 종이포장 안에 들어 있었다. 친한 친구에게 이것을 주제로 글을 쓴다고 하자―이 글 때문에 과거의 책들과 이발소, 예술과 병원으로 되돌아가고 있다―친구는 바로 그 가발 이야기를 하나 들려주었다. 친구는 내가 처음 퇴원하고 몇 주 후 놀러 나간 이야기를 했다. 친구들과 금요일 밤 어두운 지하 바에 모였다. 그때만 해도 바에서 흡연이 허용됐고, 공기가 탁하고 답답했다. (그 친구 생각에는) 누군가의 생일이었거나, (내 생각에는) 친구의 밴드가 연주했다. 그 친구가 방을 가로질러 걸어왔을 때, 내가 비싼, 내 머리가 아닌 가발을 쓴 모습을 보았는데, "길고, 검고, 뱀파이어 같았다"고 묘사한다.

"너는 재미있는 이야기를 하는 연약하고 작은 새 같았어. 모두 너에게 다가가 어서 나으라고 했고, 너는 그들에게 더 흥미를 느꼈어. 그 가짜 머리를 한 네 모습을 보니, 눈물이 날 것 같았던 기분이 지금도 생생해. 난 네 앞에서 울지 않으려고 자리를 피해야 했어."

난 그날 밤이 기억나지 않는다. 그걸 쓰고 나간 다른 모임도 기억나지 않는다. 긴 머리카락 혹은 머리카락의 모조품이 허리까지 닿은 기억이 없다. 질병이나 슬픔을 겪을 때, 뇌가 상처를 선택적으로 저장하는 건 알고 있지만, 어째서 가발이 검열된 것일까? 내 친구 이야기 속 그 바와 거기 모인 친구들을 나는 잘 알지만, 내 머릿속 나는 그곳에 간 적이 없다. 백혈병 이후, 사람들과 만나는 상황에서 나는 많이 말하고, 질문과 독백으로 대화를 채워, 내 기분이나 의사의 소견을 말하지 않으려고 노력했다. 그날 밤 이후 가발은 곧 없어졌다. 700유로짜리 반짝이는 가발이 사라졌건만, 나는 그게 어떻게 되었는지, 어디 있는지 모른다. 유실로 인해 그 가발은 일종의 상징으로 변한다. 민담 속의 상징처럼, 내게 필요할 때 잠시 나타났다가 임무를 마치고 곧바로 사라진 것이다. 혹은 어딘가에 잘 포장되어 있을지도 모른다. 한 번밖에 안 쓴 채.

✳

쥐색 머리카락의 소녀는 오래전 사라졌다. 하지만 내 삶 속에는 그런 아이가 하나 더 있다. 날마다, 나는 인류가 아는 가장 까다로운 일을 시도한다. 등교 전 내키지 않아 하는 어린 여자아이의 머리를 빗긴다. 브러시와 실패를 든 이 전투를 조금이라도 쉽게 치르기 위해, 전략을 구상해야 했다. 주의를 끌 수단을. 닌자의 잠행도, 뇌물도, 전면전도 아니다(사무라이의 상투가 또 생각난다).

나는 가사를 이용한다. 그리고 음악을.

딸은 노래를 좋아해서 끊임없이 노래를 가르쳐 달라고 한다. 나는 머릿속을 뒤져 후렴이나 가사, 곡조의 토막을 미친 듯이 찾는다. 발라드와 팝송, "게일어"(아일랜드어) 노래를 찾는다. 비틀스의 노래와 함께 본 영화의 배경음악. 머리카락을 빗고 씨름하며 매듭진 곳을 풀 때마다 새로운 음을 부른다. 아이의 달콤한 머리카락—아이만 할 때 내 머리카락과 색이 똑같은—을 한 줌 쥐어 보지만, "쥐색"이라고 부르진 않는다.

내 머리카락. 딸의 머리카락. 나. 딸아이. 우리.

노래를 흥얼거리며―블루그래스[27]에서 테일러 스위프트로 넘어 간다―빗살 위로 아이의 보드라운 머리 엉킨 부분을 올린다. 아이에게 밤에 머리를 땋으면 아침에 머리카락이 바다가 되었던 이야기를 들려준다. 구불거리는 머리카락이, 밀물이 떠난 모래사장 같았다고.

---

27 bluegrass. 미국 컨트리뮤직.

96,000킬로미터의 피

A+

1월이었다. 어두운 아침, 서리 앉은 언덕, 얼은 입김.

1월이었다. 높이 쌓인 한해의 젊음, 눈보라.

1월이었다. 6개월 전 그날, 우리는 결혼했다.

1월이었다. 우리 삶이 영원히 달라졌다.

✻

1891년 카를 란트슈타이너[28]는 식습관과 영양이 혈액에 미치는 영향에 대한 논문을 발표했다. 비엔나에서 태어난 그 과학자의 관심사는 항체였고, 그는 소아마비 바이러스를 발견해 유명해졌다. 그의 혈액연구는 (혈액세포가 서로 들러붙는) 응집 가능성으로 인해 수혈이 위험할 수 있는지를 시험했다. 1900년, 란트슈타이너의 연구는 적혈구 파괴와 면역체계의 관계도 밝혀, 20세기에 가장

---

28 Karl Landsteiner(1868~1943). 미국 병리학자, 혈청학자.

중요한 의학적 발견을 이루어 낸다. 그것이 바로 혈액형이다. 처음에 그는 혈액형을 A형, B형, C형(현재 O형이라고 부름)으로 분류했다. 이 알파벳은 (신체에 이질적인 물질이라서 항체 생성을 자극할 수 있는) 항원의 존재 혹은 부재를 가리킨다. 란트슈타이너의 첫 발견으로부터 2년 후, 비엔나의 두 동료가 드문 AB형을 확인해냈고, 1907년 체코의 과학자 얀 얀스키[29]가 모든 혈액형을 구별하고, 거기에 로마숫자를 붙여 표시했다. 이 체계가 없었다면 수혈로 인한 사망률이 높아졌을 것이고, 인간의 혈액은 모두 같다는 생각 역시 논란의 여지없이 지속됐을 것이다.

사람들 대부분은 자신의 혈액형이 무엇인지 모르고 살아간다. 수술 받아야 하거나 아이를 낳지 않는 한, 영영 알지 못할 수도 있다. 내 혈액형은 A+인데, 의사들이 문제가 있다고 하기 전까지는 잊고 살았던 사실이다. 오래전, 아동병원 복도에서 남자의 발소리를 들으면 두려움이 몰려오곤 했다. 사혈전문의(瀉血, phlebotomist) — 환자에게서 피를 뽑는 의사—가 다가와 내 팔에서 말 잘 듣는 혈관을 찾았다. 이십대 시절 내 피를 뽑아간 의사는 그럴 수 있나 싶을 정도로 키가 크고 머리가 엉망이었다. 어머니는 그가 프랑켄슈타인 같다고 했다. 그 시절 만난 의사들이 대개 그렇듯 그는 말이 없었지만, 내가 물어보니 적어도 A+라는 정보는 주었다.

이 물질에 대해 호기심을 갖기는 어렵지 않다. 필수적이며, 소리도 존재감도 없이 온몸을 돌아다니니까. 나는 다른 사람들이 좋아하는 책이나 앨범에 대해 묻듯 혈액형에 대해 질문하는 것을 좋아한다. 회복하고 몇 년 후, 나는 수천 유닛의 헌혈을 한 헌혈자들의

---

29 Jan Janský(1873~1921). 체코 혈청학자, 신경과 및 정신과 의사.

공헌을 치하하는 만찬에서 연설해 달라는 초청을 받았다. 그들의 공동의 선의에 경의를 표하기 위해, 나는 그들의 도움 없이는 살아남지 못했으리라고 내 사연을 전했다. 중요한 헌혈자들에게 훈장도 수여됐다. 만나지도 못할 사람을 위해 자신의 시간 — 그리고 자신의 혈액 — 을 내주는 동기는 무엇일까?

모든 체액 중에서 — 내겐 — 혈액이 가장 흥미롭고 가장 복합적이다. 혈액은 예술, 섹스, 영성과 혈통을 뚜렷이 암시한다. 역사에는 피와 관련된 이야기, 희생과 전쟁, 의학과 신화의 이야기가 가득하다. 헤로도토스는 기원전 5세기, 스키타이인들이 적을 살해하고 그들의 해골을 잔 삼아 피를 마신다고 적었다. 고대 로마에서는 죽은 검투사의 피를 마시면 간질이 낫는다고 믿었다. 혈액은 우리의 언어와 어원에 — 유동적이고 비타협적으로 — 스며들었다. 냉혈한 살인자나 다혈질의 연인들, 피의 마법과 피의 다이아몬드, 블러드 문, 핏빛의 비와 핏빛 욕망. 늘 듣는 이야기지만, 피는 물보다 진하다. 정맥과 동맥을 순환하며, 본연의 방향 규칙에 따라 작업한다. 심장은 매일 7,500리터의 혈액을 온몸으로 보낸다. 혈액은 체중의 7퍼센트를 차지하며, 손끝에서 두피, 주름살 하나하나 등, 신체의 모든 부분에 존재한다. 유방암, 팔다리 골절, 간경변은 국소적으로 일어나지만, 혈액질환은 몸 전체의 문제이다. 가만히 있지 않고 돌아다니는 혈액은 그 자체로 디아스포라이다. 혈액이 닿을 수 없는 신체의 부분은 없다. 망가진 정맥을 전문으로 담당하는 간호사가 내 "말초혈액", 즉 정맥주사 라인이 아닌 팔에서 피를 뽑으러 오곤 했다. 말초라는 말은 내게 내 몸의 경계들, 장벽으로서의 내 피부를 생각하게 했다.

혈액은 자상, 홍조, 발기처럼, 특정 부위로 쏠릴 때 신체적으로 매우 뚜렷해진다. 심장이 외상, 공포, 흥분이 일어나는 위치로 혈액을

51

보낸 것이다. 남녀의 성적 자극에 혈액이 함께할 때면, 비대화—굉장히 고귀하고 사용 빈도가 낮은 단어다—는 남성 성기에만 일어나는 것으로 간주된다. 붉은 액체보다 더, 산소연료 이상으로, 혈액은 혈소판과 백혈구, 혈장과 호중성 백혈구로 이루어진 복잡한 혼합물이다. 혈액은 우리 몸속에서 강과 지류처럼 흐른다. 장기들과 인대 아래로, 뼈 주위의, 삼각주를 누빈다. 하지만 혈액은 산을 오르거나 바다로 나가지 않는다. 그것은 잘 때나 마비 혹은 코마 상태에서도 우리 몸속을 끊임없이 순환한다.

헌혈이야말로 귀하고 복잡하지 않은 이타적 선행의 사례다. 헌혈 장소를 찾아가는 시간을 들이고, 간호사가 혈액을 채취하도록 허용하는 제의와 같은 행위다. 아일랜드 헌혈원은 혈액, 혈소판, 혈장을 "혈액제제"(blood products)로 통칭한다. 거래 법칙이 전무한 행동임에도, 기묘하게 소비주의적인 어휘를 쓴다. 헌혈자에게는 금전 혜택도, 감사 편지도 없다. 익명성은 헌혈자-수혈자 관계의 핵심으로, 그럼에도 불구하고, 나는 내가 받은 모든 피에 대해 늘 궁금했다. 수술 후, 출산 후, 화학치료 중 나는 150유닛 정도를 수혈받았다. 1유닛은 혈액 한 백이다. 한 백에 혈액 470밀리미터가 들어 있으므로, 타인의 피 70,500밀리미터 정도가 내 몸에 들어온 것이다. 누가 자기 피를 받게 될지 모르는 이들이, 타인을 구하는 부대를 이룬 셈이다. 그들의 일부가 이제 내 일부가 되었다.

헌혈이 존재하기 오래전, 의사들은 다르게 정맥 치료를 처방했다. 피를 더하는 것이 아니라, 뽑는 것이었다. 조지 워싱턴은 1799년 사망 몇 시간 전, 5파인트[30]의 피를 뽑았고, 모차르트는 류머티스성

---

30 five pints. 약 2.4리터.

열을 치료하기 위해 피 뽑기에 동의했다. 이발사들이 머리 자르기 이외에 피 뽑는 일도 담당했고, 그래서 전통적인 이발소 표식의 흰색과 붉은색은 피와 붕대를 나타낸다. 수술에서 피를 얼마나 잃을 수 있는지는 내가 여러 차례 수술을 받고 나서야 알게 됐다. 제왕절개를 하느라 수술대에 누워 보니 흘리는 피의 양만도 충격이었다. 나중에 남편은 그곳이 살인현장 같았다고 했다.

피는 그렇게 쉽게 흘리면서도 여전히 귀한 것이다. 혈액에는 시장가치가 있다. 1998년에서 2003년 사이, 아일랜드에서 혈액의 가치는 3배로 증가했다. 미국에서는 스타트업 기업인 '앰브로지아'가 25세 미만의 혈액을 채취해 60세 이상의 부유한 수혈자에게 8천 달러가 넘는 돈을 받고 수혈했다.[31] 트랜스휴머니스트들은 소위 개체결합(parabiosis)이라고 불리는 것에 관심이 있다(수십 년 전, 쥐의 혈관계血管系를 함께 꿰매면서 시작되었다). 억만장자 사업가인 피터 틸은 타인의 피를 주입했다고 하며, 그 연구에 재정적 도움을 주었다고 한다. 당연히, 그것은 영생에 집착하는 큰 부자에게만 가능한 선택이다.

몸 표면의 어디든지, 찌르면 즉시 피가 나온다. 나는 다친 상처 모든 곳을 떠올려 본다—자전거 사고 후 피가 난 다리, 십대 시절 다리를 면도하다가 생긴 상처, 머리에 돌을 맞은 뒤 생긴 작고 붉은

---

31 참조. 「가디언」(2017년 8월 21일)은 "뱀파이어 스타트업인 Ambrosia는 32세의 제시 카마진(Jesse Karmazin)이라는 의사가 운영, 일명 '연구'로 명명된 작업 참여에 8,000달러(6,200파운드)를 청구한다. 지금까지 그는 600명의 고객을 보유했고, 평균 연령은 60세이다"라고 보도했다. 2년 뒤인 2019년 1월, 미국의 *Business Insider* 지는, "스탠퍼드 졸업생 제시 카마진이 설립한 앰브로지아가 미국 5개 도시에서 운영되고 있다"고 했고, 그해 8월 15일자 기사에서는, "올해 2월, FDA의 경고 이후 운영을 중단, 대표가 회사를 폐업, 새 회사를 개업했다"고 보도했다.

틈. 차로 치었을 때는 피가 나지 않았고, 봉합해야 할 만큼 크게 벤 상처는 없었다. 혈소판은 살갗을 다시 연결하면서 벌어진 곳에 고여 말 그대로 상처를 막는다. 혈액은 몸이 스스로 낫도록 도와주지만, 여전히, 다른 모든 것처럼, 가격과 시장가치가 있다.

A-

성인의 몸에서 혈관—정맥, 동맥, 모세혈관—을 모두 꺼내 직선으로 펼치면 96,000킬로미터가 된다고 한다. 이 글을 쓰며 손가락으로 자판을 누르면 창백한 살갗을 가로질러 힘줄의 움직임이 보이지만, 가장 눈에 띄는 것은 파란 정맥이다. 혈액을 전달하는 가느다란 혈관 하나하나가 아무도 모르게 일하고 있다. 그동안 서너 번 팔에 삽입관을 꽂았다. 수술 전이나 팔꿈치의 정맥이 광산 터널처럼 무너질 때였다. 매번, 의사는 마음의 준비를 하라고 말을 건네지만, 늘 그다음 감각을 정확히 전달하지는 못한다. "긁히는 느낌이나 따끔한 느낌이 날 거예요", 라고 그들이 말한다. 둘 다 그 느낌은 아니다.

20대 말, 남편과 결혼한 날로부터 6개월 전, 나는 춥고 유리처럼 맑은 1월의 어느 아침 구급차에 타고 있었고, 구급대원이 나를 똑바로 세워 붙잡고 있었다. 앉기도, 들것에 눕기도 너무 아팠기 때문이다. 나중에, 병원의 소음과 혼돈 속에서 나는 혈액 속에 우려스러운 것이 있다는 말을 들었다. 오른쪽 다리에 무게를 전혀 실을 수 없게 될 때까지 아무런 문제도 의심하지 못했다. 근육이 결리는 줄 알았다. 그래서 다리를 올려놓고 붕대를 감았다. 욱신거리고 화끈거리는 감각이 계속됐고, 의사는 나를 응급실로 보냈고, 연금수급자 두 사람과 함께 작은 방에서 간이침대에 누워 기다렸다. 결국 받은 진단은 심부 정맥 혈전증(DVT)이었고, 지금 와서 생각하면 가만히 누워 72시간이나 기다렸다는 사실은 무시무시하다. 종아리 정맥의 혈액 흐름이 느려져 혈전으로 뭉쳤던 것이다.

의사는 그것이 피임약 때문이라고 추측하고, 항혈전제를 어마어

마하게 투여했다. 와파린(Warfarin) 클리닉에 매주 찾아갔다. 답답한 실내에 열처리한 머리카락이 은빛 파도를 이루는 노파들 사이에서 나는 수십 살 어린 최연소자였다. 대량판매용 혈전증 치료제 와파린은 3가지 강도와 색으로 나온다. 분홍색이 가장 강하고, 그다음이 파랑, 그리고 갈색이다. 분홍색을 한 줌 받는다는 것은 혈액이 시럽처럼 걸쭉하다는 뜻이다. 어떤 색의 약을 무지갯빛 조합으로 먹어도 내 혈전 응고 수준은 강물에 던진 돌처럼 이리저리 튀었다. 끈덕진 기침이 폐에 파고들었고, 어느 날 아침 일어나 보니 다리에 검은 멍이 점점이 들어 있었다. 몇 개가 아니라, 20개 이상의 둥근 얼룩이 생겼다. 외상으로 인한 것이 아니라서 아프지 않았다─그리고 이젠 그 현상에 이름이 있음을 알고 있다. 라틴어로 *ecchymosis*, 그리스어로는 *ekkhúmôsis*, "쏟아내다"라는 뜻이다. 멍의 원인은 살갗 아래 혈관에서 혈액이 샌 것이었다. 검은색에 나는 겁을 먹었다. 그것은 밤하늘 색이나 자주색, 초록색인 여느 멍과 달랐다. 모든 것이 불길하게 느껴졌다. 밤이면 땀이 나서 계속 잠에서 깨어났고, 더 나쁜 일이 일어날 것 같았다. 무슨 일이 벌어지는 것일까?

병에 관해서는 항상 "이전"과 "이후"가 있다. 모든 것이 밝고 안정되고 정상적인 이전, 질병 앞에서 그 단어의 모든 의미는 사라진다. "이전"의 마지막 순간, 나쁜 소식이 도래하고 있음을 서서히 깨달을 때, 한 혈액학과 수련의─친절하고 금발이고 내 나이 또래인─가 "모세포"(blast)라는 용어를 썼다. 그녀가 인용한 「스타워즈」의 총질이나, 당신을 반으로 잘라버릴 세찬 바람[32]은 재미있지 않았다. 그

---

32 blast. (명사) 발파, 폭발, (혹 밀려드는 한 줄기) 강한 바람 ; (동사) 폭발시키다, 폭파하다, 발파하다, (특히 음악이) 쾅쾅 울리다.

건 골수모세포(myeloblast), 골수에서 흘러나오는 미성숙한 백혈구 세포를 가리켰다. 의료 상황에서 처음 듣는 이 단어는 시냅스를 충분히 자극했고, 난 그에 대비했다. 그때만 해도 "모세포 수준"(blast level) — 골수 중 20퍼센트 이상 골수모세포가 있는 것 — 이 혈액암의 강력한 표지임을 알지 못했다. 나는 이 낯선, 무시무시한 물속에 낚싯줄을 던져 대답을 건져 올렸다. 혈액학 의사는 신중했고, 결국 골수에 이상이 있음을 인정했다. "백혈병처럼요?" 내가 물었다. 그 순간, 그 질문이 어디서 나왔는지, 내가 어떻게 골수에서 암으로 어떻게 비약했는지 모르겠지만, 그때 내가 "이전"의 땅에서 무엇을 알았겠는가? 진단받지 못한 환자로 사는 것은 끊임없는 두려움 속에서 계시를 기다리며 사는 것이다. 위험한 짐작을 하는 것은 진실을 계산하거나 재촉해보려는 시도이다. 그 일요일에, 내 몸의 사실들을 가늠해보는 느낌이었다.

검은 멍과, 한밤중에 흘리는 땀과, 폐부로부터 올라오는 기침은 *어딘가*에서 기인했다. 공황 상태의 그 추측이 어디서 나온 것인지 깨닫는 데는 몇 주가 걸렸다. 내가 십대였던 1980년대 후반, 어머니 친구가 백혈병을 진단받았다. 나는 그분의 암에 관한 이야기를 할 때 "골수"(bone marrow)라는 말을 들었다. 그분도 내가 그때 있던 더블린의 병원에서 치료받았다. 혈액학과 병동은 오래된 건물이며, 나는 진단 초기부터 거기로 다녔다. 온갖 종류의 혈액질환을 치료하는 곳이었다. 그분이 있던 층의 다른 병실에는 아일랜드방송 사회자 빈센트 핸리가 있었다. 나는 그의 뮤직쇼, *MT-USA*[33]를 열심

33 Music Television-USA. 아일랜드국영방송(RTÉ)에서 Vincent Hanley(1954~1987)의 사회로 방송된 음악 프로그램(1984~1987).

히 보았었다. 그가 방송한 「뮤직 논스톱」 비디오 덕분에 나는 크라프트베르크[34]를 알게 되었다. 나는 때맞춰 녹화했고, 로봇 그래픽을 친구에게 엄숙하게 보여주며 반응을 살폈고, 열두 살 때 곧바로 열렬한 팬이 됐다.

핸리는 개인병원에서 세인트 제임스 병원으로 옮겨 왔고, 그의 사생활을 지키려는 팀의 보호를 받았다. 아일랜드는 1980년대 초 HIV의 첫 사례가 확인됐다. 많은 이들은 감염된 것을 모르고 정상적인 혈액응고를 돕기 위해 제8인자와 9인자를 수혈 받은 혈우병 환자였다. 성매매 종사자, 정맥 약물 이용자, 남성 동성애자들이 진단받았고, 그와 함께 낙인도 찍혔다. 1987년, 언론은 이미 핸리가 동성애자로서 에이즈로 죽어간다고 추측하고 있었다.

투병 초기 몇 달 동안 나는 그 오래된 건물의 1층에서 외래환자로 긴 시간을 보냈다. 1992년 백혈병으로 사망한 어머니의 친구와 1987년 에이즈 관련 질병으로 서른셋에 사망한 핸리를 자주 떠올렸다. 복도는 으스스하고 어두웠으며, 낡은 문틀은 1950년대를 연상시켰다. 지금 그 중앙복도 옆 칙칙한 방들을 떠올리면 조금씩 늘어났던 안 좋은 소식들이 연상된다. 감염과 큰 혈종 등. 동그란 창문이 달린 높은 천장의 대기실은 모두 멀리 항해를 떠나고 싶게 하거나, 혹은 이미 바다에 나가 있게 했다. 다들 이곳이 아닌 어디라도 있고 싶었다.

내 종아리의 혈전이 팽창해 떨어지더니 밧줄타기 선수처럼 허벅

---

34 Kraftwerk. 독일의 선구적인 전자음악 그룹(1970~). *Musique Non Stop*은 1986년 발표한 싱글앨범(4:13).

지를 기어올라 폐로 향했다. 한 교수가 함께 온 인턴들에게 ─ 마치 타이어를 가는 법을 이야기하듯 ─ 폐의 혈전에는 특정한 소리가 있어서 확인 가능하다고 설명하는 동안, 의사들이 돌아가며 청진기로 소리를 들었다. 나는 그 첫 주에, 기침으로 혈전 일부를 토해냈다. 병원 세면대의 깨끗한 에나멜에 떨어진 그것은 짓이긴 라즈베리 같았다.

진단명은 급성 전골수구 백혈병(APML)이었다. 공격적이고 빠르게 진행되는 급성 골수아구성 백혈병의 희귀한 종류이다. 2017년은 노르웨이의 혈액학자 라이프 힐레스타드(Leif Hillestad)가 그 병을 분류한 지 60년이 되던 해였다. 그것이 발견되었을 때, 진단부터 평균 생존 기간은 1주일이 채 안 됐다. 오늘날 대부분 사람은 그보다 오래 생존하지만, 일반적인 사인은 뇌출혈이나 (나와 비슷한) 폐출혈이다. 이런 사망통계는 인터넷에서 알게 됐다. 당시에도 질병을 검색하는 것은 좋지 않다는 걸 알고 있었지만 어쩔 수 없었다. 온라인 진단은 눈을 떼기는 어렵지만, 미묘한 차이를 알 수는 없다. 입원한 첫날 밤, 나는 서너 차례 혈액과 혈소판을 수혈 받았다. 약물 펌프에 매달린 채, 끈적이는 액체가 내 혈관으로 들어가는 것을 지켜보았다. 힘겨웠던 정형외과 병력을 생각하면, 혈액암이 골수에서 시작하는 것이 참 아이러니하지 않은가. 두 개의 진단은 별개이고, 몇 십 년의 차이를 두고 있지만, 희한하게 뼈로 연결된다. 나는 침상에서 오스트레일리아에 있는 오빠에게 전화를 걸어 오빠가 우는 소리를 들었다. 아침에 약물과 혈액으로 가득 찬 시커먼 것을 몇 리터나 토했다. *저게 암일까?* 궁금했다.

이튿날 화학치료가 시작됐고, 세 갈래의 히크만 카테터(Hickman line)를 가슴에 삽입해 여러 가지 약물과 항응혈제를 투여했다. 그

플라스틱 튜브가 흉벽 피부 아래, 심장의 우심방으로 이어지는 큰 정맥, 상대정맥(上大靜脈) 속으로 삽입됐다. 튜브는 거기, 내 가슴에 파묻힌 관처럼 있었고, 그 주위에 세포가 자랐다. 6개월 후 제거할 때가 되자, 그것은 꼼짝도 하지 않았다. 그것은 내 몸의 일부가 되었고, 내 일부가 그것을 꼭 붙들었다. 간호사가 마취 없이 메스로 우리를 떨어뜨리려 했고, 피가 사방으로 튀었다. 그녀의 시도는 내 목에 네 군데 영구적인 흉터를 남겼다.

B+

한 남자가 하얀 무대에서 무릎을 꿇고 몸을 꼿꼿한 L자로 만들고 있다. 뒤꿈치에서 머리까지 온몸에 흰 페인트를 두껍게 발랐다. 웅 웅거리는, 불협화음의 배경음악이 연주된다. 1960년 밀라노에서 태어난 아티스트 프랑코 B[35]는 그림도 그리지만, 팔에 바늘을 찔러 피를 흘리는 퍼포먼스 작품으로 가장 유명하다. 「난 당신의 아기가 아니야」(*I'm Not Your Babe*, 1995년 6월)에서 관람자는 그가 고통을 연기하는지, 정말로 혈액 손실에 기운을 잃고 고통 중에 있는지 생 각해야 한다. 장례식일 수도, 부활일 수도 있는 종잡을 수 없는 작 품이다. 그의 모든 혈액 작품 중 내가 여러 번 본 것은 「오 러버 보 이」(*Oh Lover Boy*, 2001년 5월)이다. 관객은 병원의 가림막 뒤에 앉 아 있고, 가림막을 치우면 빈 캔버스 같은 곳에 비스듬히 누워 있는 예술가가 나타나 피를 흘린다. 프랑코 B는 우리의 소비를 위해 최 소한으로 꾸며 관찰자에게 제공되는 예술가이자 오브제이다. 눈앞 에 수술대나 부검대가 보인다. 이 작품은 그의 작업 중 가장 외과 적이다. 팔에서 흐르는 피만 빼고, 머리부터 발끝까지 번쩍이는 흰 색을 칠한 그의 자세는 치유된 그리스도, 지울 수 없는 성흔을 나타 낸다.

이전 퍼포먼스 작품과 달리, 「오 러버 보이」에는 피가 빨리 흐르 도록 프랑코 B가 주먹을 쥐는 것 말고는 동작이 거의 없다. 하얀 페 인트는 그의 백인 남성성을 과장해서 보여 주지만, 벌거벗은 모습 은 그가 얼마나 연약한지 강조한다. 그의 피는 도랑으로 흘러가 고

---

35 Franko B(1960~). 런던에서 활동하는 밀라노 출신의 행위예술가.

이고, 끝날 때가 되면 그는 일어나 앉아 아이처럼 어리둥절한 표정을 짓는다. 그는 테이블로부터 자신을 치우고, 흘러내린 피, 몸의 자국을 남긴다. 그곳에 남겨진, 자아의 거의 완벽한 복사본이다. 나는 우리의 유한성, 몸과 삶의 덧없음을 드러내는 이 작품에 매혹당하고 감동했다.

그 작품은 후대를 위해 (혹은 그가 잃은 혈액과 달리 영구성을 위해?) 촬영되었고, 그중 오버헤드 촬영은 마치 유체이탈 경험처럼, 그 장면 전체를 응시하는데, 흡사 성모 마리아가 없는 피에타 같다. 그걸 보고 있노라면 삶과 죽음, 정지와 움직임, 예술과 생물학이 보인다. 프랑코는 육체적인 것을 철학적인 것으로 바꾸어놓는다. 그의 퍼포먼스를 보는 것은 복잡한 만남이다. 그것은 캔버스도 조각도 아닌, 살아 있는 것이다. 프랑코는 단순히 어떤 주제를 재현하는 예술가가 아니다. 그가 바로 작품이고, 작품이 그다. 나는 그가 피를 흘리는 것을 이해하고, 활기를 느낀다. 정적인 회화에서는 그런 느낌을 받은 적이 없었다.

예술-로서의-피-흘림 혹은 나 자신이 수혈 받는 것을 지켜보면, 피라는 액체 그 이상의 관심이 생긴다. 색깔의 깊이, 점도, 무게. 비닐 백 속에 든 혈액은 더 짙고 좀 불길해보인다. 진공상태 속 혈액은 벤 상처에서 흐르는 피와는 다른 강렬함이 있다. 아주 가까이 피에 다가가 본 적이 없는 사람들은 단지 화면에 담긴 영화 소품을 참조할 뿐이다. 「사이코」의 샤워 장면에서 하수구로 흘러 들어가는 액체는 초콜릿 소스다. 「캐리」에서 가장 생생한 장면은 피뿐만 아니라, 그것의 출처와 질감에도 집중한다. 댄스파티의 여왕처럼 띠를 두르고 왕관을 쓴 시시 스페이식이 아웃사이더랜드(Outsiderland)의 경계를 넘어 들어오면서 페인트처럼 끈적이는 돼지 피가 폭포처럼 그녀 위로 쏟아져 내린다.[36] 헤모글로빈에 흠뻑 젖은 캐리는 염력을 써서 붉은 안개를 일으키며 복수한다. 이 장면은 속도와 긴장감에서 걸작이다. 영화 전체에서 내 기억에 가장 남은 것은 양동이에서 넘실거리는 돼지 피의 색과 질감이다.

---

36 Brian De Palma(1940~), *Carrie*(1976, 98분). 시시 스페이식(Sissy Spacek, 1949~)이 캐리 화이트로 분했다.

B-

생식의 권리 없이 평등은 없고, 여성의 몸에 대한 존중 없이 생식의 권
리는 없으며, 피에 관한 지식 없이 여성의 몸에 대한 존중은 없다.
—크리스텐 클리포드, 「당신의 피를 원해」[37]

벽에 묻은 핏자국만 보고는 남자인지 여자인지 구별할 수 없다.
실험실에서 특정 표지 혹은 Y 염색체 유무를 찾아야 한다. 남자들
은 혈소판 수와 헤모글로빈 수준이 더 높지만, 그것이 확정적으로
식별하는 수단은 아니다. 피를 뿌리는 것은 역사적으로 남성의 영
웅주의적 행위로 여겼다. 통과의례의 주먹싸움에서부터 접촉 스포
츠와 전투에 이르기까지. 출혈은, 그 자체를 중요한 표지로 보는, 흔
치 않고 무작위적인 사건이다. 고통—그리고 충분한 시간—이 지
나가고 나면 그건 무용담이 된다. 여성의 출혈은 그보다 일상적이
고, 자주 일어나며, 그저 겪어내야 하는 사건이다. 그 존재 때문에
모든 생명이 시작하는데도 말이다.

월경은 이제 불편하고 고통스러운 것으로 잘 기록되어 있으며,
대부분의 여성은 일생의 절반 동안 견디어야 하는 주기적인 의례
이다. 월경이 남기는 붉은 자국과 팬티 보이기, 첫날의 선명한 진
홍색에서, 차츰 짙어지고 끈적이는 파편. 월경 중 자궁내막이 저절
로 떨어져서 수정되지 않은 난자와 함께 흘러내린다. 월경혈은 사
실 50퍼센트만 혈액이다. 나머지는 자궁경관 점액과 자궁내막 조

---

37 Christen Clifford(1971~), *I Want Your Blood*. 월경혈을 이용한 3부작 설치미술
'1WantYour3lood'(2013~2019 ; 2020, Galerie Eva Presenhuber, NYC)의 3부.

직이다. 매달 이렇게 몸 밖으로 빠져나오기 때문에, 이 물질은 모순적이다. 즉, 그것은 새 생명의 가능성을 상징하면서도 폐기물에 더 가깝다. 다산으로서, 임신의 기표로서의 출혈. 임신하지 않았다는 안도감 혹은 임신하지 않았다는 실망으로서의 혈액.『여성, 거세당하다』[38]에서 저메인 그리어는ー성전환에 반대하는 그녀의 주장과 강간에 대한 논쟁적 관점을 드러내기 오래전 일이다ー여성에게 자기 몸을 알기 위해서는 이 분비액을 직접 채취해야 한다고 했다. "해방됐다고 생각한다면, 자기 월경혈을 맛볼 생각을 해 봐야 해ー구역질이 난다면 아직 멀었어, 아가", 라고 그리어는 적었다. 그것은 시큼한 쇠 맛이 나고, 나는 첫 임신 초기에, 금속의 맛밖에 느낄 수 없었다. 입안에 녹이 가득한 것 같았다.

그것이 생물학적인 진실로는 붉은색이지만, 얼마 전까지도, 생리대 흡수력을 시연하는 텔레비전 광고에서는 파란 액체를 사용했다. 2017년, '바디 폼'의 "정상적인 피"[39] 캠페인에 와서야, 한 광고에서 붉은 액체를 보여 주었다. 실제 피를 보여 주는 공포는 감당하기 어려웠다. 한 세대의 젊은 여성들은 TV 속의 우리가 하얀 바지를 입고 롤러스케이트를 타며 장난치는 모습을 비웃었다. 새어 나온 붉은 얼룩은 전혀 보이지 않는다ー그럴 리 없다. 2015년 루피와 프랍 코어[40] 자매가 인스타그램에 처음 올린 연작 사진, 「월경」과는 달

38 Germaine Greer, *The Female Eunuch*, London, MacGibbon & Kee, 1970, 354p. (『여성, 거세당하다』, 이미선 역, 텍스트, 2012, 450p.)

39 'Blood Normal'. '바디 폼'(Bodyform. 스웨덴의 다국적 여성 위생제품 브랜드 Libresse의 자회사)이 2017년 10월 영국 TV에서 진행한 캠페인 광고.

40 Rupi and Prabh Kaur. 루피는 인도 출신의 캐나다 시인(1992~). 소위 '인스타그램 시인'(Instapoet)으로 유명. 국내에 루피 카우르, 『밀크 앤 허니』, 황소연 역, 천문장, 2017 ;『해와 그녀의 꽃들』, 신현림 역, 박하, 2018.

랐다. 루피 코어는 자신이 경험한 월경혈을 이미지로 기록했다. 핏
자국이 보이는 옷을 입고 누워 있고, 샤워하는 중 다리에 피가 묻어
있고, 세탁기에서 얼룩진 시트가 흘러나온다. 코어의 작품은 여성
이 감춰야 하는 것을 보여 준다. 그것은 남몰래 월경을 처리하고 실
내에서 버티며 감춰야 한다는 금기를 지운다. 그 이미지들은 사적
인 것을 공개적으로 드러낸다.

　20년 전, 트레이시 에민의 상징적인 설치작품 「내 침대」가 1999
년 테이트 갤러리에 처음 전시됐을 때, 반응은 빠르고 다양했다.[41]
에민이 생리혈이 묻은 속옷을 전시한 것에 특히 경악하는 사람들
이 있었다. 예술은 한계를 벗어나라고 격려하지만, 에민은 도를 넘
었다고 말했다. 그녀의 몸에서, 그녀의 여성 자아에서 나온, 드러내
지 말아야 할 것을 드러냈다고. 예술적인 몸은 언제나 공공의 것이
라는 사실에도 불구하고 말이다. 차라리 에민이 옷을 다 벗고 침대
에 누워 스스로 설치물이 되었다면, 피 묻은 속옷만큼 큰 실망을 자
아내지 않았을 것이다.

　2015년, 당시 공화당 대통령 후보 도널드 트럼프는 저널리스트
메긴 켈리가 사회를 보는 폭스 뉴스의 토론에 참석했다. 이어지는
질문이 못마땅했던 트럼프는 나중에 이렇게 말했다. "그 여자 눈에
서 피가 흐르는 게 보였어요. 그 여자의 온몸에서 피가 흘렀어요."
포틀랜드의 화가 새러 레비는 트럼프의 말을 듣고 그의 초상화를
그렸다―자신의 생리혈로.[42] 여성에 대한 트럼프의 성차별적인 비
판을 되돌려 준 것이었다. 레비 이전에도 그런 작업을 한 여성 화가

41　Tracey Emin(1963~), *My Bed*(1998 ; Tate Gallery, 1999). 2014년 7월, 크리스
　　티에서 £2,546,500(40억)에 경매.

42　Sarah Levy(1989~), *Whatever*(*Bloody Trump*), 2015, 29.2x34.3cm.

들이 많았다. 1970년대 주디 시카고의 단독 작품과 다른 여성 화가들과의 집단 설치작인 「우먼하우스」,[43] 크리스텐 클리포드의 '페미니스트 공소 3부작'인 「당신의 피를 원해」(2013), 뉴욕의 아티스트 샌디 킴의 월경 중 섹스 후에 찍은 사진[44], 잉그리드 베르통 무안의 「빨강은 색이다」(2009)[45]에서는 패션화보 같은 여성의 얼굴 사진을 월경혈로 붉게 칠한 입술로 완성한다. 2000년, 월경혈을 이용해 그림을 그린 화가 바네사 틱스는 이 매체에 대한 통칭을 만들었다 : "멘스트랄라".[46] 그것에 이름을 붙이자 예술운동이 일어났을 뿐 아니라, 그 실험과 여성을 타자로 만들었던 자연스러운 현상을 옹호하며 단결한, 여성 예술가 커뮤니티가 인정받게 됐다. 여성들은 피 흘린다고 수치를 강요당하고, 그 과정과 반응을 감추도록 배웠다. 그것을 예술 매체로 이용하는 것은 여성주의적 주장이자 저항이다.

저항의 도구로서의 피는 애나 멘디에타[47]의 예술의 중심이었다. 1948년 쿠바에서 태어난 멘디에타는, 평생 전략적 도구로 자기 몸을 사용하는 예술을 했다. 퍼포먼스, 영화, 사진에서 멘디에타는 여성에 대한 가부장적 남성 폭력과 여성의 성이 지니는 힘의 상징으

---

43 *Womanhouse*. 1972년 1월 30일~2월 28일, 캘리포니아예술대학(CalArts) 페미니즘 미술 프로그램에 참여한 21명의 학생과 주디 시카고(Judy Chicago, 1939~), 미리암 샤피로(Miriam Schapiro, 1923~2015)가 총 18개의 공간을 이용; 선보인 설치와 퍼포먼스.

44 Sandy Kim(1986~), *Fresh Spin on Sex, Drugs and Rock 'n' Roll*, 2012.

45 Ingrid Berthon-Moine, *Red is The Colour*, 2009.

46 Vanessa Tiegs(1967~), *Menstrala*(https://www.vanessatiegs.com/menstrala/).

47 Ana Mendieta(1948~1985). 쿠바계 미국인 퍼포먼스 예술가, 조각가, 화가 및 비디오 아티스트.

로서의 피의 개념으로 계속 회귀했다. 1973년 단편영화 「혈한증」[48]에서 멘디에타는 — 눈을 감은 채 — 꼼짝하지 않고, 머리카락에서 피가 똑똑 떨어지는 것처럼 보인다. 그녀의 가장 저항적인 작품 중 하나는 1973년 아이오와 대학교 동창생의 강간 및 살해에 대한 대응이었다. 멘디에타는 범죄현장을 세세히 재창조하고, 학생들과 교수들을 정해진 시간에 자기 아파트에 오라고 초대했다. 거기서 그들은 멘디에타가 피투성이가 되어 테이블 위에 벌거벗고 "죽은" 현장을 목격했다.[49] 멘디에타는 피를 이용해 관객들에게 삶의 유한성과 몸의 물질성을 상기시켰다. 그녀에게, 피는 섹스이자 마술이었다. 여성의 경험에 생생하게 스며든 메멘토 모리[50]였다.

✳

내 다리와 가슴에 생긴 혈전 치료법은 약물로 그것을 부숴서 체내에 다시 흡수시키는 것이었다. 월경에도 핏덩어리가 나오는데 — 응축된 혈전, 응집된 자궁 내벽, 정육점 진열대에 놓인 간과 같은 색의 덩어리 — 결국 몸에서 추방된 것이다. 내 생애 몇 달 동안 응집 A(심정맥 혈전증)와 응집 B(월경)가 겹쳤다. 다리의 혈전과 폐색전이 사악한 보니와 클라이드처럼 내 혈관 속을 멋대로 달렸다. 이렇게 달아난 응고물이 있으면, 어떤 종류의 출혈도 위험하다. 매번 치료할 때마다 혈액 수치가 떨어져 감염에 취약해졌다. 피를 더 잃는 것은 좋지 않았다. 의사는 월경을 멈추는 약을 처방해주었고,

---

48 *Sweating Blood*, 1973, 3:18. 2021년 Smithsonian American Art Museum 구입 (The Estate of Ana Mendieta Collection LLC).

49 *Untitled(Rape Scene)*, 1973.

50 memento mori. 죽음을 환기시키는 상징.

내가 받는 화학치료 때문에 불임이 될 수도 있다고 설명했다. 나는 피를 흘리지 않는 것이 몸이 제대로 작동하지 못하는 것, 실패한 몸 같다고 여겼다. 월경이 끊어지는 것은 여성으로서의 한 가지 활동 정지처럼 느껴졌다. 이 무렵부터, 내 기억에 공백이 있다. 내 뇌가 저장을 거부한 것들이다. 문제의 약 이름은 오래전 잊어버려서 구글에 생각나는 대로 검색어를 입력한다. "월경을 멈추는 약"과 "암". 그러자 곧 이름이 나온다. 긴 이름의 약이나 자꾸 잊어버리는 어려운 치료법을 검색할 때마다 이렇게 한다. 화면에 그것이 나타나면, 불편하지만 곧바로 알아볼 수 있다.

병원에서 퇴원한 후, 나는 날마다 다음과 같이 항응고제 주사를 스스로 놓아야 했다. 알코올 솜으로 피부를 닦고, 일회용 바늘을 꺼내 약병에 찌르고, 주사기를 꽂아 당기고, 탁탁 쳐서 기포를 없애고, 뱃살을 꼬집어, 바늘을 꽂고 누른다. 피하주사의 경우, 입구 끝에 작은 구멍 이외에 피는 거의 보지 못했다. 내게는 *경고!*, 라는 표지를 앞에 붙인 노란색과 파란색이 요란하게 섞인 휴지통이 있었다. 화장실의 생리대 휴지통처럼, 이 통은 안전을 위한 것이며, 은닉을 위한 것이다. 혈관에서 나왔든지, 월경에서 나왔든지, 내 피가 생물학적 위험물질임을 상기시키는 것이다.

O+

병을 앓고 난 "이후", 나는 어휘가 늘었다. 매일 새로운 단어를 알게 됐다. 색전증(embolism), 경색(infarction), 호중구(neutrophils), 안트라사이클린(anthracyclines). 내가 볼 수 없는 것들을 묘사하는 단어들. 바늘도 있었다—수백 가지였다. 비네그레트 드레싱이 가득 찬 타바스코 소스 같은 혈액 배양 테스트. 「스타 트렉」의 보그(Borg)를 떠올리는 히크만 카테터를 가슴에서 제거했다. 식사를 못할 때는, 그것을 통해 복합용액을 먹었다. 그 용기는 옛날 우유병처럼 생겼다. 히크만 때문에 골프공 크기의 혈종이 생겼다. 오래되고, 응고된 부드러운 핏덩어리였다. 그 위를 손끝으로 만지작거렸다. 피부가 벨벳 같았다.

고관절 교체 등, 다양한 수술을 받을 때 수혈 받았다. 폐혈전이 있다는 병력은 전신마취를 할 수 없다는 뜻이었다. 5시간 동안 나는 진정제를 맞았지만, 수술 중에 깨어났다. 완전히 깨어난 것은 아니어도, 내가 깨어 있다는 것을 알 정도는 되었고, 척수액의 흐름 폐색이 어떻게 된 것인지, 이것이 일종의 환각 체험인지를 생각하고, 의사가 나의 새로운 관절을 삽입하려는 곳에 밀어 넣는 것을 느낄 정도는 되었다. "누가 나를 밀어요?" 나는 혀 꼬부라진 소리로 물었다. 급히 진정제 투여량을 늘렸고, 나는 다시 수면 밑으로 가라앉았다. 피를 많이 잃었다. 그 후 회복실에서, 파란 수술복을 입은 간호사는 내 혈색이 좋지 않아 수혈한다고 설명했다. 내가 다시 마취 상태로 돌아갔다가 깨어나 보니 머리 위 정맥주사 스탠드에는 혈액백이 매달려 있었다. 밝고 강렬한 그 자체가 플라스틱 심장 같았다.

피의 붉은색은 철분을 함유한 단백질, 헤모글로빈(haemoglobin)

때문이며, 그것이 산소를 폐로 운반한다. 그 글자가 적힌 것을 볼 때마다, 앞뒤가 뒤바뀌어 보였다. 헤모고블린(HaemoGOBLIN). '내 혈관에 숨어 있다가 주문을 거는 사악한 악령.' 나는 혈관 속을 몰려다니는 이 붉은 세포들, 귀에서 두근대는 피, 팔에서 뛰는 정맥을 떠올릴 때마다, 그 소리나 살갗의 오르내림이 아니라, 그 아래 완전한 붉은색만을 생각한다.

O-

혈액학과 병동에서, 채혈 튜브는 색깔별로 표시하고, 가지런하게 나열해서 보관한다.

보라색(완전 혈구 측정)
하늘색(응고물)
황토색(바이러스학)
녹색(혈장)
분홍색(수혈의 경우, 혈액형과 교차 적합 시험)

팔에 바늘을 꽂은 채 ― *잠시 따끔할 뿐이에요* ―, 나는 내 살에서 눈을 돌려 무지갯빛으로 줄지어 선 VACUETTE[51] 표 진공 튜브로 향한다. 간호사가 내 피로 튜브 하나를 채울 때마다, "베큐엣이 여성 펑크 밴드 이름으로 멋지지 않을까요?"라고 묻고 싶다. 하지만 그러지 않는다. 채혈에 신경 쓰지 않으려고 애쓴다. 베큐엣은 로맨스소설의 프랑스 여주인공 이름이거나 둔하고 못된 여자들을 가리키는 은어일 수도 있다. 내 혈관이 저항하면 바늘이 엉뚱한 방향으로 간다. 바늘구멍과 팔에 흐르는 피를 외면하고, 파란색과 노란색 쓰레기통에 집중하며, 팀 컬러를 떠올려 본다.

축구 : *윔블던, 맨스필드 타운, 옥스퍼드 유나이티드.*[52]

---

51 독일 Greiner Bio-One사의 진공채혈관. 한국에서는 '그라이너 진공채혈관', '베큐테이너' 등으로 부른다.

52 *Wimbledon*(파랑-노랑), *Mansfield Town*(진노랑-파랑), *Oxford United*(노랑-파랑).

GAA : 로스코먼, 위클로우, 롱포드, 클레어, 티퍼래리.[53]

베큐엣. 나는 이 단어가 진공, 채우기를 기다리는 빈 곳을 뜻하는 "vacuum"에서 왔다고 생각하고, 그걸 뒤집어본다. 그것의 목적은 피를 받아야만 완성된다.

미국 예술가 바튼 베네시(Barton Beneš, 1942~2012)는 예술-로서의-용기(用器)라는 개념에 주목했다. 아주 미세한 공간의 가능성을 탐색하면서, 그는 자신의 작품을 사회적, 정치적 주장으로 사용했다. 작품을 통해 자신의 개인적 상황을 중재한 것이다. 베네시가 생전 주로 사용한 매체는 조각이었지만, HIV 양성으로 진단받자 방향을 바꿨다. 그는 자신의 혈액에서 일어나는 것들을 나타내는 주변 물건에 손을 뻗었다. 「팔레트」(*Palette*, 1998)는 물감이 아니라 베네시의 HIV 약으로 만든 캡슐과 알약으로 뒤덮인 전통적인 화가의 팔레트다. 두 가지 「부적」(*Talisman*, 1994)에서는 항(抗)레트로바이러스(antiretroviral) 캡슐이 구슬과 미국 달러와 뒤얽혀 묵주 비슷한 형태를 하고 있다. 베네시는 도구를 의도적으로 골랐다. 당연히, 종교와 신앙을 질병과 연결하기 위한 수단으로서, 아울러 1980년대 HIV 약이 지나치게 비싼 것에 대한 논평이기도 하다. 약품이 재화로 이용된다면, 예술로 이용하지 못할 것도 없지 않은가?

내가 보기에, 베네시의 가장 매혹적인 작품은 그가 자신의 피를 쓰면서 시작됐다. 처음에는 HIV 양성 혈액이 든 주사기에 색색의 깃털을 붙인 「聖변화[54] 3」(*Transubstantiations*, 3) 같은 작품들에 나

---

53 GAA(게일 스포츠연맹) : *Roscommon*(노랑-파랑), *Wicklow*(파랑-노랑), *Longford*(파랑), *Clare*(노랑-파랑), *Tipperaray*(파랑-노랑). '게일릭 풋볼'은 축구와 유사한 형태로, 아일랜드에서 가장 인기 있는 스포츠.

54 성찬의 포도주와 빵이 피와 살로 변했다는 교리.

타난다. 그것은 의료용품이라기보다는 화살처럼 보이고, 깃털은 아메리카 원주민의 무기를 암시한다. 종교적인 면은 베네시 예술의 일상이자 의식이다. 단순히 희망이나 치유의 근원일 뿐 아니라, 십자가에서 흘린 예수의 피와도 연결된다 — 예수의 옆구리에 난 상처는 계속되는 에이즈 위기와 유사하다. 「가시면류관」(*Crown of Thorns*, 1996)에서 베네시는 바늘과 감염된 그의 피가 가득 든 정맥 주사용 튜브를 엮은 면류관을 만들어, 섬세하고 충격적인 작품을 완성했다.

1980년대, 에이즈는 그가 살던 뉴욕의 동성애자 커뮤니티의 규모를 10분의 1로 축소시켰다. 에이즈 초기, 많은 사람이 감염된 것도 모르고 있었다. 베네시는 연인을 포함해 많은 친구를 그 병 때문에 잃었고, 그의 예술은 모든 상실을 받아들이는 법을 배워 보려는 시도였다. "에이즈를 어떻게 해야 할지 알 수 없었습니다. 내게는 참 힘든 주제였습니다", 라고 베네시는 CNN과의 인터뷰에서 말했다. 자신의 커뮤니티에서 일어나는 공포스러운 일을 근접 경험한 것, 이해할 수 없는 상황, 자신도 병에 걸린 것을 알게 된 과정을 통해, 그는 가장 강렬한 혈액 예술 연작 「살상무기」(*Lethal Weapons*, 1992년 7월)를 내놓았다. 이 연작은 그와 다른 사람들의 HIV 양성혈액을 담은 30개의 용기로, 「침묵자」(*Silencer*, 1993)(물총), 「에센스」(*Essence*, 1994)(향수병), 「성수」(*Holy Water*, 1992)(성수병), 「앱솔루트 베네시」(*Absolute Beneš*, 1994)(앱솔루트 보드카의 미니어처 병), 「독을 품은 장미」(*Venomous Rose*, 1993)(조화), 「화염병」(*Molotov Cocktail*, 1994) 등이 있다. 유머러스하면서도 신랄한 이 전시는 유럽에서 논란을 일으켰다. 스웨덴 보건부장관은 전시를 폐쇄했고, 타블로이드 신문에서는 베네시를 "미술 테러리스트"라고 불렀다. 한 신문에서는 이 전시를 "에이즈 호러 쇼"라고 불렀지만, 베네시는 로맨스와 코미디, 종교를 나타내는 대상물을 골라 그것을 예술로 바꾼 것이었다. 당신은 예술을 통해 달리 어떤 방법으로 당신의 죽음을 마주할 것인가? 또는 임박한 죽음에 어떻게 반응할 것인가?

백혈병 진단을 받은 날 밤, 나는 부모님에게 그 소식을 전할 수 없었다. 그분들의 반응이 두려워서 간호사에게 부탁했다. 나는 부모님이 커튼 뒤에서 나타나기를 기다리며 침대에 누워 마음의 준비를 하고 있었다. 그분들의 표정, 이해할 수 없다는 반응과 눈물을 잊을 수 없다. 잘못된 것투성이였던 그 순간, 나는 해야만 할 일이 있다는 걸 깨달았다. 나의 두려움을 감추고 그분들에게 아무도 알 수 없는 미래의 한 조각을 보여드려야 한다는 것을. 나는 기억나지 않지만, 어머니는 내가 어머니 얼굴을 똑바로 보며 "난 죽지 않을 거야. 책을 쓸 거야"라고 말했다고 훗날 말씀하셨다. 글쓰기 혹은 예술에 전념한다는 것은 곧 삶에 전념하는 것이다. 존재를 지속하기 위한 수단으로 스스로 기한을 정했다. 그 책을 쓰는 데 오랜 시간이 걸렸고, 지금 나는 그 끔찍했던 밤으로부터 참 멀리 와 있다.

예술은 우리 자신의 경험을 해석하는 것이다. 병원이나 혈액병동에 들어서면 우리의 정체성이 바뀐다. 우리는 예술가, 부모, 형제자매에서 환자로, 병든 자로 옮겨간다. 우리는 우리 혈액 속의 액체를 넘겨주어, 그것을 현미경으로 관찰하고 실험하게 한다. 베네시는 자신의 예술을 차용권으로서 이용했다. 병원의 튜브들이 그의 피를 담을 수 있다면, 그의 작품도 마찬가지다. 베네시는 자신의 피가 혈관 이외의 어떤 곳에 들어가야만 한다면, 그것을 미학적 의제로 사용할 수 있음을 알고 있었다. 그것은 소유권의 선언이었다.

AB+

가톨릭 국가에서 성장하면, 피가 매우 상징적이라는 것을 일찍부터 알게 된다. 신자라면 그 누구도 예수가 피 흘린 것을 잊을 수 없다. 머리의 가시면류관부터 손발의 상처까지. 그리스도가 십자가에 매달려 있을 때, 로마 군인이 옆구리를 창으로 찔러 피와 물이 쏟아져 나왔다고 한다. 두 가지 모두 생명을 주는 액체, 몸의 기본 성분이다. 피흘리는 행위는 그리스도를 유한하고 취약한 존재, "우리와 같은 이"로 만든다. 성경에서 "피"라는 단어가 사용될 때마다, 그것은 예수의 자기희생을 가리킨다. 기독교인에게 "그리스도의 피"란, 말 그대로 예수가 죄지은 영혼을 구하기 위해 자신을 포기한 것이다.

너희 모두 이것을 받아 마시라,

이것은 내 피의 잔이니

죄를 용서하기 위해

너희들과 모두를 위해 흘릴

새로운 그리고 영원한 계약의 피니라.

나를 기억하며 이렇게 하라.[55]

나는 많이 타락한 가톨릭신자이고, 수십 년 동안 미사에 참석도 안 했지만, 장례식이나 결혼식에 가면 이 주문의 한 마디 한 마디가 여전히 기억에서 되살아난다. 그래야 할 때면 암송도 할 수 있다. 가장 확고하고 보수적인 종교들은 의례를 매우 중시한다. 미사에

---

55 마태, 26:26-28.

서 행하는 성찬식은 거의 부족적이고, 이 말을 들으면 북소리와 타오르는 모닥불이 떠오를 정도이다. 그것은 부두교와 피의 마술, 주술을 흉내 낸다. 오랜 세월 수백 개의 신도석에서 무릎을 꿇었던 나는 깊이 의심했다. "내 피의 잔"이라는 부분에서 맥베스의 마녀들이 떠오른다.[56] 두 *배*, 두 *배의 고통과 고난*을. *聖*변화는 교묘한 속임수에 불과하다. 순수하게 신앙에 근거한, 포도주에서 피로 변하는 환상. 신도들은 성찬식의 빵이 살로 변하고, 포도주를 담은 금잔이 예수의 적혈구가 된다고 믿어야 한다. 이는 터무니없는 요구다. 모든 불신을 유예하라고, 사람들이 불멸 혹은 신의 간섭을 믿게 만드는 맹목적인 믿음을 강요한다.

한 친구의 아버지가 어린 시절 그분의 누나가 장작을 패다가 자기 손가락을 자를 뻔한 이야기를 해주셨다. 동네 여자 하나가 "피의 기도"를 했고, 그분 어머니가 그분을 안고, 거리에 붉은 자국을 남기며 그 여자의 집으로 달려갔다. 그 기도는 사람과 동물의 출혈을 멈추게 해준다고 했고, 성별이 반대인 사람에게서만 받을 수 있다. 그 내용은 이렇다.

베들레헴의 마구간에서 태어나시고 요단강에서 세례 요한에게 세례를 받으신 우리 주 예수 그리스도여, 〈사람〉(PERSON)의 이 피를 예수 그리스도의 이름으로 멈추옵소서.

친구의 아버지는 철철 흐르던 피가 곧바로 멎었고, 그의 손가락 —그리고 생명—을 구했다고 했다.

---

56 『맥베스』, 4막 1장, 마녀들의 합창(10-19 ; 35-38).

우편함에 상자가 도착한다. 플라스틱 시험관이 들어 있는데, 나는 그 시험관의 한 점선까지 정해진 양의 타액을 채워야 한다. *너는 네 가 누구라고 생각하니?* 그동안 의사들이 되풀이한 이 말에, 나는 내 DNA와 이중나선형에 무엇이 있는지 호기심이 생겼다. 나는 그 시험관을 온라인으로 등록하고, 상자를 미국 회사로 돌려보낸다. 우체국 앞에서 자동차들이 바삐 달려가고, 자신의 염색체를 자세히 모르는 사람들이 지나쳐간다. 나는 잠시, 주저라기보다는 심사숙고 하느라 멈춰 선 뒤, 소포를 우체통의 녹색 입구에 넣는다.[57]

의사들은 내 급성 전골수성 백혈병(APML)을 치료하기 위해 두 가지 방법을 쓰기로 했고, 표준 화학치료 — 걸리버의 무대장치 같은 붉은색과 초록색의 커다란 주사기로 — 와 이 종류의 백혈병에만 효과가 있는 ATRA[58]라는 비교적 새로운 약을 함께 썼다. 이 치료는 스패니시 프로토콜이라고 부르는데, 남미와 이베리아반도 사람들이 이 질병에 걸리는 경우가 더 많기 때문이다. 나는 이 히스패닉의 특질이 어디서 왔는지 궁금하다. 아일랜드의 신화에서, 우리 섬을 처음 정복한 것은 밀레시안(Milesians)이었다고 한다. 중세의 『아일랜드 정복의 책』(*Lebor Gabála Érenn*)에서, 그들은 이베리아에서 여기로 온 게일인들이고, 러시아 남부로 이동했다고 한다. 다른 곳에서는 16세기 아일랜드 연안에서 에스파냐 함대가 침몰한 뒤, 이곳에 정착한 선원들을 언급한다. 이 이론이나 내 조상에 대한 확실한

---

57 아일랜드의 상징적인 녹색 우체통.

58 ATRA(All-Trans-Retinoic Acid). 올트랜스 레티노산. 급성 전골수성 백혈병 치료제.

증거는 없지만, 작가이자 영화감독 밥 퀸은 『아틀란티스인』[59]에서, 북부 아프리카에서 대서양을 통해 아일랜드 서해안으로 이어지는 고대의 해양무역에 대해 적었다. 밥 퀸은 아일랜드-이베리아 인구의 공통된 특징(베르베르인의 영향을 포함해서)이 있다고 적는다. 며칠 동안 나는 DNA 사이트를 새로 고침 하며 내 결과를 기다린다.

내 딸은 한 달 꼬박 조산아로 태어나 작고 둥근 살덩어리 모습으로 인큐베이터에서 지냈다. 소아과의사가 아이를 진찰하러 와서 척추와 피부, 그리고 알 수 없는 부분들을 흘낏 보더니, 분명하게 말했다. "순수 켈트인은 아니군요." 수술 후 나는 기운이 다해 늘어져 마취제를 잔뜩 맞은 상태였다. 그게 무슨 말인지 물어볼 정신이 아니었다. 켈트인이 아니라면, 아이가 뭐란 말이지? 급성 전골수구 백혈병(APML)에 걸리기 쉬운 이베리아의 혈통과 전반적인 조상에 대한 호기심과 함께, 이렇게 막 던진 말 때문에, 나는 뽁뽁이로 포장된 타액 시험관을 보내게 된 것이었다.

몇 주 후 결과가 나오자, 나는 100% 아일랜드인이 아님이 밝혀진다. 유전자 분석 결과, 나는 91.5% 브리튼과 아일랜드 사람이고, 4.2%는 북서부 유럽, 또한 2.4%는 스칸디나비아, 0.3%는 동유럽, 0.1%는 동아시아와 아메리카 원주민, 0.1퍼센트는 러시아 동부의 야쿠트족(Yakut)이다. 그러니 에스파냐나 라틴계는 전혀 없다 (둘 다 0%). 결과는 지도에 나타나 있고, 모든 남아메리카가 강조되어 있는데, 그게 라틴계와의 연결고리일 것이다. 내 하플로그룹

59 Bob Quinn(1935~), *Atlantean*. 4부작 다큐멘터리와 동명의 책(*The Atlantean Irish: Ireland's Oriental and Maritime Heritage*, The Lilliput Press, 2005, 272p.)

(haplogroup, 동일한 조상을 가진 유전자 인구집단), T2e는 T2에 속하는 하위그룹이며, 지중해 유럽에 더 우세하다. 나는 더 깊게 파고들어 T2e는 서기 1000년경 에스파냐와 포르투갈에 살던 세파르디 유대인과 연결될 가능성이 있음을 발견한다. 15세기에 그 유대인들이 추방당해 불가리아로 달아난다. "세파르디"(Sephardi)는 히브리어 "세파라드"(Sepharad)에서 나온, "스패니시" 혹은 "에스파냐의"라는 뜻이다. 나에게 이르기까지, 우리 가족에게는 가톨릭교가 깊이 뿌리박혀 있는데, 방랑하는 유대인(Wandering Jews) 조상이 있을지 모른다고 생각하니 재미있다. 물론, 나는 거기서 수백 년 떨어져 있으며, 세파르디 유전자의 극소 비율 때문에 백혈구가 반란을 일으킨 건 아니다. 야쿠트족이나 스칸디나비아의 아주 작은 혈통 역시 내 딸이 진짜 켈트족이 아니라는 사실과도 무관하다.

✳

이 에세이를 쓰는 지금, 내 가장 친한 친구의 남편이 죽어가고 있다. 그는 겨우 마흔 살이지만, 계속 재발하는 암에서 결국 회복하지 못했다. 호스피스 요양보호사는 생명이 다하는 신호를 알아보는 전문가이다. 그들은 혈액이 중요 장기로 순환하면서 손발에는 돌지 않아, 사지가 차가워진다고 설명한다. 그가 죽은 다음 날 아침, 새해가 시작된 지 이틀째 날 나는 그들의 침대를 옮겨두었던 아래층 방에 친구와 함께 앉아 있었다. 친구가 남편을 잃은 직후, 우리는 그 남편의 손을 하나씩 잡았다. 고작 18일 전에 있었던, 그들의 결혼식 청첩장을 그린 화가의 손이었다. 그의 손가락에 아직 온기가 남아 있었다. 그의 심장은 마지막 박동을 다했다. 그렇게 먼 거리를 돌던 혈액이 순환 여행을 마쳤다. 이것이 최후를 마친 몸이다. 혈액은 다

른 어떤 것으로 변한다. 움직이며 보낸 숱한 세월 끝에 이 최후의
순간이 온다. 나는 죽으면 몸이 굳고, 모든 혈액이 응고되고, 따뜻한
피부가 얼마나 빠르게 식는지 잊고 있었다. 평생을 움직이던 붉은
것이 죽음에 이르러 어떻게 변하는지 떠올린다. 혈액은 마지막 재
창조, 멈춤을 향해, 모든 살아 있는 것들의 생명력으로부터 멀어져
간다.

우리가 함께 아는 친구

사람들이 남편과 내가 어떻게 만났는지 물으면 우리는 늘 의미심장한 눈빛을 주고받는다. 디너파티 중이든, 바비큐에서 미지근한 맥주를 마시던 중이든, 누군가가 그 질문을 하면 우리는 서로 눈이 마주친다. 그 질문은 우리 사이에 놓인 흔들다리이고, 우리 둘 다 그것을 흔들거나 아래를 내려다보면 안 된다는 것을 안다.

그때의 시선 교환은 한 가지를 의미한다.

뭐라고 말해야 할지 알지?

우리가 실수하거나 더듬거리면 사람들이 눈을 동그랗게 뜨고 쳐다보는 일을 오랫동안 겪고 난 후, 우리는 어떤 말을 해야 하는지 깨우쳤다. 이야기의 가지는 쳐내고 축약시켰다. 몇 가지 엄선한 문장으로 희석했다. 전부는 과하니까. 그리고, 어둡고 전달하기 어려운 이야기를 듣고 나면 좌중이 숙연해질 수 있으니까. 그래서 나는 전부 이야기하지 않는 편이고, 남편이 함께 있을 때는 절대 하지 않는다. 대신 우리는 부연 설명 없이 한 문장만 건넨다. 일부러 애매하게 말을 하는 것처럼 들릴지 모른다. 하지만 실제와는 반대로, 일상적인 만남처럼 들리는 것에 나는 비뚤어진 기쁨을 느낀다. 그 방법은 효과가 있다. 사람들이 그 이상 캐묻는 일은 거의 없다.

"친구 통해서." 우리는 편안해보이길 바라는 미소와 함께, 동시에 대답한다.

대학교 예술학부 복도에서, 롭에 대한 첫 번째 인상은 그의 키였다. 내성적이고 키가 큰 사람들이 모두 그렇듯, 체격을 감추려고 구부정한 모습. 몸판은 자주색, 소매는 노란색 긴 팔 티셔츠를 입은 그는 아동 TV 프로그램 사회자 같았다. 금발, 진지한 표정, 쉿쉿하는 혀 짧은 소리. 나는 그의 수줍음을 거만함으로 착각하고 거리를 뒀다.

몇 달 뒤, 우리는 같은 섬에서 만났다. 매년 수천 명의 아일랜드 대학생이 일거리를 찾아 미국 동해안으로 향한다. 우리는 매사추세츠 해안 근처 와스프[60]에게 어울리는 목가적인 분위기의 마사스 빈야드[61]에서 재회했다. 그때는 부자들이나 찾아오는 조용한 비수기였지만, 여름이 되면 두세 가지 일하는―나 같은―학생들로 인구가 불어났다. 쉬는 날은 드물었고, 쉬는 밤은 더욱 드물었지만, 다른 아일랜드 학생들이 주최한 파티에 그 키 큰 남학생이 또 와 있었다. 그는 어두운 복도에 몸집을 감추고, 작아 보이려고 노력 중이었다. 우리는 그 후 여러 번 만났고, 음악과 책에 관한 이야기를 하며 친해지다가 결국 조심스럽게, 어정쩡한 연애를 시작했다. 그는 그 섬이 숨 막힌다고 털어놓았다. 미국은 모험을 약속했지만, 그곳은 아니라고. 그곳에서는 맥박이 느껴지지 않았고, 해안을 따라 내려가

---

60 WASP. 앵글로색슨계 백인 신교도, 미국에서 가장 영향력 있는 계층.
61 Martha's Vineyard. 케이프 코드 연안의 섬. 고급 휴양지.

면 있는 큰 도시가 그의 이름을 부른다고 했다.

나의 21세 생일에, 그는 자신이 그 섬에 계속 남기를 원하는지 물었다. 지난해는 치열하고 정신이 없었다. 나는 예측 불가능과 바다, 새로운 사람들과 경험을 원했지만, 나 말고 누군가의 여름을 책임지고 싶지는 않았다. 그래서 그는 섬을 떠나는 배를 타고 보스턴으로 갔다. 긴 근무 시간과 뜻밖의 만남이 기다리는 성수기가 시작됐다. 조니 뎁과 꼭 닮은, 탈색한 머리에 구겨진 청색 벨벳 정장을 입은 남자도 있었다. 섬은 불이 붙은 듯했다. 젊음의 열기, 사우스 비치의 타는 듯한 모래, 칠마크 그레이트 록 바이트의 파란 고래처럼 크고 매끄러운 바위들. 지낼 만한 곳이었다.

여름이 끝나며 친구들을 만나러 보스턴의 답답한 소음을 찾아갔다. 친구들이 사는 승강기 없는 건물의 계단에 있던 롭 옆에 앉았는데, 후덥지근해 숨을 제대로 쉴 수가 없었다. 건물 뒤 고속도로의 자동차들은 웅웅거렸고, 쓰레기통 주위에 벌레들이 마구 몰려들었고, 그가 내 손을 잡았다. 그날 밤 우리는 위층 바닥에 깐 매트리스 위에 끌어안고 누워, 도시의 소리를 들었다. 이튿날 아침, 이미 열기가 느껴지는 가운데 나는 미국인 친구 한 명과 그레이스랜드로 자동차여행을 떠났다. 우리는 엘비스의 노래를 듣고, 줄담배를 피우며, 여러 주의 경계선을 가로질러 달렸다. 녹색 직사각형의 도로 표지판이 익숙한 도시 이름을 알렸다.

스무 살 전후에는 무엇인가가 우리에게 독립을 재촉한다. 자아를 의식하라고, 아직은 멀었지만 보란 듯이 원하는 사람이 되라고 한다. 어느 순간, 모두가 아무도 필요하지 않고, 혼자 무적이라고 느낀다. 20대 초, 나는 나와 타인의 일과를 맞추고 싶지 않다는 이유로 독신을 선택했다. 물론 그것만은 아니었다. 십대 시절, 나 자신과 신체에 대해 잃었던 자신감은 천천히 돌아왔다. 하지만 여전히 자의식이 강했다. 내 신체적 자아와 뼈가 제대로 기능하지 못하는 것에 대해 설명해야 하는 것이 두려웠다. 하지만 병원에 드나들던 시절과 거리가 멀어지자, 조금 더 마음이 편안해졌다. 그해 여름은 낯선 것들로 가득했다. 핑크색 머리. 햇볕에 타서 생긴 화상 염증. 내 살갗에 파고든 진드기. 신시내티에서 어떤 남자가 내 억양에 집착하면서 아일랜드어 단어를 말해보라고 했다. 그다음 크리스마스에 그가 더블린에 찾아와서 청혼했다. 나는 거절했다.

사건들이 과거로 너무 빨리 사라진다. 액셀을 밟으며 보는 사이드미러처럼, 불빛이 어둠 속으로 휙 사라진다. 그해 여름은 너무 빠르게 지나갔다. 정신을 차리고 보니 나는 더블린의 어슴푸레한 가을로, 영화관 아르바이트로, 대학교로 돌아와 있었고, 학교에서 롭과 다시 마주쳤다. 알 수 없는 거리감이 있었지만, 무관심에서 비롯된 건 아니었다. 젊음에는 나름대로 몰두하는 것들이 있다. 인생을 가득 채워야 한다는 느낌, 어떤 것을 고수해야 한다는 느낌, 다른 것은 손가락 사이로 빠져나가게 돼야 한다는 느낌. 우리는 한동안 다른 선로를 따라 움직였다. 나는 멀리서 그가 탄 열차를 보곤 했지만, 둘 다 다시 만나겠거니 하면서 계속 열차를 옮겨 타며 떠돌아다녔다.

사귀게 된 건 우연이었다. 우리는 몇 달째 서로의 주위를 맴돌았다. 음모를 꾸미듯 하룻저녁 수다를 떤 뒤 우리는 영화관에서 만났다. 어둠 속에서, 나는 우리가 무엇을 기다린 건지, 왜 서로를 멀리했는지 궁금했다. 그 후 우리는 맥주를 마시며 많이 웃었고, 단단한 모서리가 녹아 사라졌다. 나는 칩을 던지고, 주사위를 던졌다.

대학을 졸업했고, 우리는 구할 수 있는 첫 직장을 잡았고, 크게 상의할 것 없이 그는 내가 살던 작은 집에 들어왔다. 두 명은 고사하고 한 사람이 살 공간도 부족했다. 그처럼 무질서하고, 혼란스럽고, 결정적으로 가정적이지 않은 사람은 특히 그랬다. 그의 턴테이블은 책장 아래 구석 자리에 놓였고, 거기서 그는 끝없이 비트 매칭을 연습했고, 우리가 모은 레코드를 합쳤다. 그는 어쩌면 사려 깊었을 수도 있었겠지만, 미숙했다. 상냥한 행동은 치졸함과 게으름으로 상쇄되었다. 밤이면 그는 템플 바[62]의 술 취한 사람들에게 소시지를 파는 야간 알바를 했다. 주말마다 그는 새벽에 귀가해 싱글 베드에서 곧장 잠들었다. 그의 몸은 지친 반월판이었다. 잠을 잘 때는 전혀 구부정하지 않았고, 편안히 쉬었다. 그의 살갗에서 양념과 시큼한 고기 냄새가 났다. 몇 달 동안 우리는 행복했다. 미래는 저 멀리 있었고, 가끔은 다가오는 듯도 했지만, 늘 예측불허였다. 안으로 들어가기를 기다리는 공기와 빛의 주머니였다. 우리가 어느 방향으로 나아갈지 정하는 동안, 우리가 해야 하는 것, 할 수 있는 것의 가능성으로 가득했다.

나는 늘 그가 작가가 될 거라는 생각을 했다. 그는 어딜 가나 낡은 하드커버 공책을 가지고 다녔다. 공책의 책등은 떨어져 나갔지만, 글귀와 그림으로 가득한 속지들은 그대로였다. 시도 있었다. 그는 더블린 낭송회가 끝난 후 앨런 긴즈버그와 이야기를 나눴는데, 그 시인이 어색하게 유혹한 이야기를 곧잘 들려주었다. 롭이 마사스 빈야드를 떠났을 때, 나는 쪽지에 내 전화번호를 적어주었고, 그 공책에 그것이 끼워져 있는 것을 나중에 발견했다. 그 시절―지금은 기억 안 나는 이유로―나는 이름에 천체를 장식하는 버릇이 있었다. 그때 쓴 글자

62 Temple Bar. 더블린에서 가장 유명한 바의 하나(1840~).

들 주위에 달과 별들, 고리가 달린 행성이 돌고 있었다.

　우리가 만나기 전, 그에게는 수영하다가 끔찍한 사고로 익사한 대학 친구가 있었다. 그가 그 이야기를 할 때마다, 그가 거기 깔려 얼마나 힘들어하는지, 그 무게를 알 수 있었다. 어느 날은 젊은 피부와 건강한 심장을 가지고 존재하다가 ― 순식간에 사라져버리는 것이 그는 두려웠다. 직장에서 그는 내게 전화를 걸어 또 다른 친구 하나는 남미에서 실종됐는데, 강에서 헤엄을 치다가 악어에게 잡아 먹힌 것이 아닐까 한다고 전했다. 며칠 뒤, 그 친구의 익사한 사체가 하류에서 발견됐다. 그녀의 시신은 온전했지만, 가족에게 위로가 되지는 않았다. 그 무렵 장례식이 한 번 더 있었다. 우리가 아는, 파티를 많이 하고, 약을 좋아하던 남자였다. 끝없는 밤의 여흥과 감미로운 음악 속 어딘가에서, 그는 모든 것이 지겨워져 자기 목숨을 끊었다. 롭과 연결된, 대학 친구 모임에 속한 친구 셋이 죽었다. 사람들은 그 사실을 의식했다. 누군가는 그것에 대해 이야기했다. 롭은 종종 밤늦게 그 이야기를 꺼냈다. 두려움과 슬픔을 느끼며, 이유를 이해해보려고 애썼다.

　정확히 무엇을 원하는지 알면서 상대를 사귀기 시작하는 사람은 거의 없다. 문을 열기 전까지는 알 수 없는 것들이 있다. 롭은 똑똑하고 재미있고 창의적이며, 여러 가지 능력이 있지만, 자신을 알지 못했다. 빛나는 날들과 밤들이 있었다. 이야기하고, 잠자리하고, 파티하는. 하지만 한 해가 지나자, 어쩐지 이것 ― 우리 관계 ― 이 그다지 오래 유지되지 못하리라는 느낌이 들었다. 말다툼이 늘었고, 나는 차츰 그와 멀어지며 사이가 벌어졌다. 우리는 2년 후 헤어졌지만 계속 레코드와 이야기를 주고받으며 좋은 친구로 남았다.

그의 젊음은 자신에게조차 골칫거리처럼 느껴졌다. 그의 삶의 핵심은 모순이었다. 어떤 것 ─ 음악, 사람들, 글쓰기 ─ 에는 헌신하면서, 독선적으로 무관심했다. 더블린은 그에게 맞지 않았다. 그 도시는 너무 작았고 ─ 그렇다고 그해 여름의 섬처럼 작지는 않았지만 ─, 그는 수평선을 갈망했다. 그가 관심을 가지는 모든 일은 멀리서 일어났고, 그는 어디라도 좋으니 다른 곳에서 살고 싶었다. 헤어지고 몇 달 후, 그는 샌프란시스코로 가서 친구 S와 아파트를 함께 빌렸다. 롭의 생일은 나보다 나흘 앞이었고, 그해 카드 한 장이 도착했다. 존 콜트레인[63]을 성자로 그린 카드였다.

또 가을이 되었고, 샌프란시스코에서 돌아온 후 롭은 음악을 작곡하고, 밴드 프로듀싱을 하고, 옛날 신시사이저를 좋아하는 S와 함께 살았다. 우리가 아는 친구들이 다시 겹쳤고, 밤 외출과 하우스파티들이 있었다. 우리는 만족스런 갱단이었다. 그해는 뭔가 앞으로 나아가는 느낌이었다. 롭은 새 여자 친구를 사귀었고, 샌프란시스코로 돌아갈까 궁리 중이었다. S와 나는 서로 흥미를 느끼고 관심을 가졌지만, 삼각관계가 되어 친구들을 갈라놓지 않을까 조심스러웠다. 나는 시험 삼아 S와의 사이를 롭에게 털어놓았다. 그를 매우 좋아한다고, 뭔가 있는 것 같은 느낌이라고 했다. 롭은 늘 거창하게 비판했고, 드물게는 못된 성질을 부리기도 했다. 그 순간, 롭의 그런 성격이 곧바로 등장했고, 나는 그의 대답을 잊지 못했다. *절대 안 될 거야. 너는 상대와 맞추는 법을 너무 몰라.*

---

63 John Coltrane(1926~1967). 미국 재즈색소폰 연주자, 작곡가.

그의 말은 틀렸고, 나는 그때 그걸 알고 있었다. 온몸으로 그의 말이 틀렸음을 느꼈다. 하지만 S를 향해 다가가는 내 발걸음은 불안해졌다. 밤이 되어 다른 사람들이 하나씩 돌아가면서, 우리 사이에 뭔가 오가는 아슬아슬한 순간이 여러 차례 있었지만, 결국 추는 안전한 곳으로 돌아갔다. 대화가 모종의 방향으로 흐르고, 우리가 너무 가까워지면, 중립지대로 슬그머니 돌아가거나, 둘 다 아는 친구 이야기를 꺼냈다.

몇 달 동안 빙빙 제자리를 돌던 S와 나는 결국 그해 여름 어느 목요일에 함께하게 됐다. 밤에도 낮에도 내내 끊임없이 멈추지 못하고 이야기를 나눴다. 누구나 일생에 그런 밤을 한 번은 가져야 한다. 이튿날 아침, 단 하루 만에 S와 나 사이는 뭔가 변했다. 이렇게 말할 근거는 따로 없다. 오랜 시간 일어난 것들에 담긴 가능성 외에는. 활기차게, 행복을 느끼며 시작한 사이이지만, 나는 불현듯 세상이 달라 보였다. 우리는 내키지 않는 마음으로 헤어졌고, 그는 그 주말에, 가족 모임에 참석하러 옆 동네의 집으로 향했다.

그 주 토요일 나는 음악 페스티벌에서 일한다. S가 돌아오면 내 일이 끝난 뒤 만나기로 대충 약속한 상태다. 그날 나는 밴드들과 인터뷰를 하고, 사람들을 헤집으면서 돌아다닌다. 태양이 중앙 무대 뒤로 기울고, 여기저기 텐트에서 음악이 흘러나온다. 하루 종일 나는 S만 생각한다. 내가 있는 곳에서 60킬로미터 떨어진 그의 가족 집에 전화를 걸어 계획을 정한다. 밤이 펼쳐진다. 마지막 남은 파란 하늘이 검어진다. 한동안 갖지 못했던, 누군가를 보고 싶은 짜릿함, 뼛속이 근질거림을 느낀다. *어쩌다 이렇게 됐지?* 생각해본다. 누군가 내게 맥주를 건넨다. 동료 하나가 음식 가판대로 가더니 우리가 먹을 것을 가져온다. 나는 만족스럽다. 그해의 의미가 생긴 느낌이다. 앞으로 몇 주는 탄탄대로다. 그의 부모님 집 전화가 울리고, 나는 웃느라 얼굴이 빨개진다. 뭐라고 말할지, 어떻게 행동할지 생각한다. 주위에서 페스티벌이 진행되며, 불빛이 깜빡이고, S와 똑같은 음성의 남자가 전화를 받는다. 그의 형이 말한다. 그가 예상보다 일찍 돌아갔다고. 나는 그에게 휴대폰이 없다는 걸 알기 때문에 나중에 그를 찾으려고 연락 방법을 묻는다. 그날 밤 엇갈려 만나지 못하게 될까 봐 잠시 두렵다.

"여기 있기로 했는데, 더블린에 일찍 돌아갔어요."

"아, 네. 나중에 만나기로 해서, 제가 전화하겠다고 했거든요. 어디로 갔는지 혹시 아시면 제가……."

"친구가 사고를 당했대요."

"어머! 무슨 일인데요?"

"저도 잘 모르겠는데, 좀 갑작스러웠어요."

"어느 친구요?"

"롭……이라는 친구 알아요?"

우리는 세상에서 가장 오래된
롤러코스터를 탄다.
의자가 흔들거려서
우리의 두려움과
아직은 눈에 띄지 않는 상처를
감추려고 키득거린다.

친구를 왜 물었는지 모르겠지만, 이미 두려워진다. 말이 자꾸 튀어나오고, 통화는 계속되고, 내 심장박동은 빨라진다. 들판 한복판에서 한번도 만난 적 없는 사람과 이야기한다. 그때 나는 대화를 결코 잊고 싶지 않아 한 마디도 빠짐없이 기억한다.

"네? 병원에 있나요?"

이제 말이 빨라진다.

"정말 유감이네요……."

무슨 말이 나올지 정말 알 수 없다.

"어떻게 됐어요?"

뭔가 일어나기 직전의 순간.

"유감이에요. 그 친구가 죽었어요."

그럴 리 없다.

어떻게 말해도 적절하지 못하리라는 걸 알면, 어떻게 말을 제대로 이어갈 수 있을까? 그 순간 느낀 모든 것을 제대로 전달할 수 없으리란 걸 안다면. 세상이 등 뒤로 구부러지면서 무서운 환영으로 변한다. 나는 들고 있던 맥주를 떨어뜨린다. 수천 명의 낯선 사람들이 모인 들판에서, 나는 어찌어찌 통화를 마치고, 어둠 속에서 비명을 지른다. 원초적인 첫소리로. 부모님 집에 전화를 건다. 어머니는 나중에 내가 폭행을 당하는 줄 알았다고 했다. 그런 느낌이었다. 무시무시한 말에 공격당하는. 나는 이 정보의 충격에 찔려 몸을 움츠린다. 누군가 나를 시내에 데려다주고, 나는 결국 S와, 롭이 죽었을 때 함께 있었던 친구를 찾아낸다. 그날 밤은 파편밖에 남아 있지 않다. 흐느낌과 긴 침묵 사이사이 드러나는 이야기뿐. 사람들이 알수 없는 소리로 울부짖으며 바닥에 앉아 있다. 드러나는 사실은 끔찍하고 무의미하다. 너무나 불운으로 가득한 이야기라 그런 일이 가능하다는 걸 믿기 어렵다.

롭은 새 아파트를 보려는 친구를 따라갔다. 바로 옆에 타르를 칠한 편평한 옥상이 있어서 그는 턴테이블을 두고 여름 파티를 하기 좋은 자리라고 생각하며 창문을 통해 기어나갔다. 옥상이 무너졌고, 롭은 그 아래 버려진 건물로 떨어지며 머리를 부딪쳤다. 정신 나간 친구는 위험을 무릅쓰고 그를 따라 기어나가려고 했지만, 롭을 본 순간 죽었음을 알 수 있었다. 우리 모두의 슬픔이 크나크지만, 그 순간을 직접 본 시각적 기억은 그녀에게 끔찍이도 잔인하고 더욱 마음의 짐이 된다.

우리가 무슨 예술을 보았지?
피카소, 폴록, 조지아 오키프,
덴두르(Dendur) 신전.
나는 엽서를 샀어
나인 재키스(Nine Jackies), 혹은 마릴린으로.
우리를 초대한 사람은 부인이 있는데
워홀을 만난 적 있대.

평생 그런 밤은 없었다. 말이 생략된 낯선 밤이었고, 시간은 흐르지 않았으며, 사람들은 자신에게도 없는 위로를 뜯어 건넸다. 집으로 돌아가니 방이 처음 보는 곳 같다. 지치고 긴장한 상태라 잠은 오지 않는다. 깜빡 졸다가 눈물을 흘리며 깨어난다. 이런 일이 잦다. 예기치 않게 울음이 터지는 일이 빈번하다. 샤워하다가, 억지로 먹으려다가, 버스에서. 우리 모두의 삶 속에 생긴 균열을, 돌이킬 수 없는 피해를, 느낄 수 있다. S가 롭의 부모님께 연락해야 했고, 그는 그 통화를 잊지 못한다.

뉴욕의 페즈에서
밍거스 빅 밴드(Mingus Big Band)가
아이티의 파이트 송(Haitian Fight Song)을
연주한다.
우리는 우연히
수 밍거스가 앉을
자리에 앉았다가
옮기라는 부탁을 받는다.

롭은 생애 마지막 날 오후 5시까지 침대에서 일어나지 않았다고 하는 말을 잊을 수 없다. 그가 이 땅에서 마지막 날이라는 것을 알 았다면, 다른 일을 했을까? 이불에 파묻혀 누워 있던 그는 삶의 시 계가 카운트다운을 시작했다는 것을 꿈에도 몰랐을 것이다.

퀸즈에서 우리는 소꿉놀이를 하고,
사나운 고양이를 보살피고,
샘 애덤스 맥주를 마시지
브롱크스 출신의
수학 교사와.

나의 부모님, S와 나는 롭의 가족을 찾아간다. 그들의 슬픔은 압 도적이고 암울하다. 모두 얼이 빠져 있다. 소리 없이 비명을 지르며, 끝없이 차를 끓인다. 슬픔은 혼란이다. 슬픔이 방 안을 돌며, 이름 없는 친척들에게 말을 건다. 슬픔은 영원한 두통이자 위경련이다.

슬픔은, 멍하니 길거리의 타인들을 바라보며, 어떻게 아무 일도 없었던 것처럼 행동할 수 있나, 고 생각하는 느린 시간이다. 슬픔은, 태양이 여전히 하늘에서 미소 지으며 희미해져 가는 것에 치미는 분노이다. 우리는 그의 시신이 장의사에서 돌아와 그의 부모님 집에 안치되기를 기다린다.

보스턴 클럽에서 트리키가 연주한다.
당신은 내게 잘 보이려고 연단에서 춤을 춘다.
그 후에 우리는 거리에서 담배를 피운다.
칼날의 번득임을 담은
미국의 밤공기를 내쉰다.

왠지 나는 그가 위층에 있을 것 같다. 병원이나 전쟁에서 막 돌아와, 독감을 앓거나 팔다리 한 곳에 붕대를 감고 요양하며 회복 중일 것 같다. 누군가가 나를 복도에서 이끌고 오른쪽으로 휙 돌자 거기 그가 있다. (너무 이른데, 나는 위층에 올라가 마음의 준비라도 할 걸 하고 생각한다.) 다리에 힘이 풀리며 주저앉자 어머니가 나를 일으킨다. 방에서 끔찍한 소리가 들리고 모두 움직이지 않으려고 애쓰지만, 눈길은 죄다 내게로 향한다. 그 소리가 내게서 나온 것임을 깨닫는 데 잠시 시간이 걸린다. 어머니가 내 손을 꽉 잡으며 정신 차리라고 다그친다. 달리 무엇을 할지, 어떻게 할지 알 수 없다.

바다에서 야간 수영
아래에는 생물의 발광
너는 수영할 줄 모르지만

물속으로 들어간다.

검은 바닷물이

빛을 발한다.

장의사는 그가 제일 좋아하는 구제 셔츠를 입혀 놓았다. 뜨거웠던 그해 여름 샌프란시스코 식당에서 일하던 때 산 것이다. 그 아래, 내가 준 갈색 티셔츠에 적힌 VINYL RULES[64]의 "N"자 끄트머리가 보인다. 관 안에 댄 인견이 그의 뼈에 닿는다. 사방에 사진이 걸려 있다. 통통하던 어린 시절의 미소, 가족사진 속에서 부루퉁한 십대, 머리를 탈색한 여름. 마치 화살처럼, 이제는 갑작스레 멈춘 시간의 흐름.

똑바로 누워 눈을 감고 있다. 그는 생전 그대로다. 잠든 것뿐.

긴 다리, 소년 같은 골반, 한쪽으로 쓸어 넘긴 머리.

롭.

하지만 이건 내가 알던 남자의 기묘한 버전이다. 그리고 그의 어깨…… . 그것 때문에 알게 되었다. 어깨 관절을 쓰다듬어보지만, 그 부분은 똑같지 않다. 나는 뼈가 동그랗게 나온 쇄골 부분을 알고 있는데, 지금은 그것이 이상하게 튀어나와 있다. 부러진 게 분명하다. 손이 덴 것처럼 놀라 치운다. 그의 몸에 일어난 분열에 충격을 받는다. 그들은 롭이 균형 잡힌, 평온한 모습을 하도록 노력했지만 나는 알아차린다. 그의 목뒤에 받쳐놓은, 그의 머리에 비해 너무 작은 베개 같은 솜뭉치. 모든 것이 부자연스럽다.

실내에서 포름알데히드와 백합 냄새가 난다. 여름의 열기에 그 들

---

64 '레코드판이 지배한다'.

척지근한 냄새가 더 짙어진다. 그날 밤, 촛불이 에워싼 그 방에 사람들이 드나들며 그와 함께 있다. 죽음에는 면밀한 관찰이 있다. 우리의 얼굴과 몸은 살아생전과 달리 관찰된다. 주름살과 주근깨, 손톱의 모양까지. 누군가 아직 살아 있을 때는 알아차리지 못하는 것들. 중얼거리는 기도, 구석에서 나누는 잡담, 다양한 위스키가 있다.

비스티 보이즈 때문에
우리는 폴스 부티크[65]를 뒤진다
러드로(Ludlow)가 재개발된 것을
알면서도. 당신은 처음
이틀 동안 가진 돈을 전부
레코드에 쓴다.

장례식이 다 그렇듯, 준비할 것과 결정할 일이 많다. 음악은 롭이 집착하던 것이다. 그의 취향은 다양하고, 흠잡을 데 없다. 펠라 쿠티[66], 자파[67], 테크노, 닌자 튠[68], 오비털[69], 펑카델릭[70]. 롭은 「머핏스」[71]의 사운드트랙과 교황 요한 바오로 2세의 아일랜드 방문 당시도 녹

65 Beastie Boys. 미국의 힙합 그룹. *Paul's Boutique*(1989)는 두 번째 앨범으로, 영국 패션브랜드 이름이기도 하다.

66 Fela Kuti(1938~1997). 나이지리아 음악가. 서아프리카 음악과 미국의 펑크와 재즈를 결합한 아프로비트(Afrobeat)의 선구자.

67 Frank Zappa(1940~). 미국 록 음악가.

68 Ninja Tune. 영국의 세계적인 전자음악 레이블(1990~).

69 Orbital. 영국 2인조 전자음악 밴드(1989~).

70 Funkadelic. 미국 펑크록 밴드(1968~1982, 2014).

71 *The Muppets*. 디즈니 뮤지컬영화(2011). 국내에 「머펫 대소동」으로 출시.

음해 됐다. 마이클 잭슨부터 노던 소울에 이르는 7인치 음반이 줄줄이 쌓여 있다. 노래 몇 곡으로 그를 어떻게 대변할까? 장례식을 의논하러 신부님이 오시는데, 롭은 그걸 못마땅하게 여길 것이다. 그를 알지도 못하는 사람이 아무 의미 없는 추도사를 위해 경건하고 무심한 소리를 잔뜩 끄적인다. 롭의 아버지가 집에 모인 문상객들이 없는 작은 방으로 우리를 데려간다. 우리는 의견을 제안하기 시작하고, 그의 아버지는 밥 딜런의 노래를 튼다. 아들의 이름을 따온 뮤지션이다. 아버지는 마음이 아프고, 노래는 아버지의 작은 울음소리보다 조금 더 크게 증폭된다. 노래가 끝나자 우리는 울음을 그치고 아버지에게 그 노래를 알려 주셔서 감사하다고 한다……. 하지만 신부님은 반대한다. 우리에 대해 아무것도 모르고, 우리 감정도 모르는 그가 결정을 내렸다. 오랜 세월이 지난 지금도 무정한 처사로 느껴지고 그가 내놓은 이유는 기억도 안 난다. S가 내 손을 잡고, 아무 말도 하지 말라는 경고가 그의 얼굴에 스쳐 지나간다. 그럴 때도, 그럴 장소도 아니었지만, 애도에 규칙을 부과하는 건 견디기 어려웠다. 교회 제도에 동정심이 없음이 다시금 강조된 일이었다.

또 다른 밤, 우리의 고장 난 카메라는

주인집 옥상에 올라간

당신과 나만 찍는다.

도시의 전기 불빛 아래

세계무역센터는

면역이 되어, 사진을 받지 않는다.

그 건물들은 이제 사라졌다. 당신과 함께.

사진 속에 유령만 가득하다.

우리가 사귀던 시절, 롭과 나는 음악적으로 겹치는 부분이 많았다. 하나는 닉 케이브였는데, 롭은 처음 사귀기 시작했을 때 내게 「더 보트맨스 콜」을 사주었고, 우리는 반복 재생으로 들었다. 하루종일 침대에서, 골웨이 행 버스에서는 헤드폰을 나누어 끼고서. 그건 우리 사이의 배경음악이 되었던 여러 앨범 중 하나였다. 오랜 역사 속 앨범의 첫 트랙 중에서 「인투 마이 암즈」는 높은 순위를 차지한다. 길잡이와 사랑하는 이의 안전을 간구하는 코러스와 함께, 그 노래는 내게 미사를 대번에 연상하게 한다. 롭이 좋아하던 노래, 의미를 나누고, 숭고함과 종교를 은연중에 암시하는 곡이었다. 그 곡의 첫 가사가 떠오르자, 나는 말할 뻔한다. 그 신부님을 보자, 밥 딜런을 거절한 것이 떠올라, 그 곡도 허락하지 않을 거라고 믿는다. 신부님은 그 곡이 우리에게 특별하다는 것을 듣지 않을 것이다. 그는 거부할 것이다. *어떻게 할까, 어떻게 할까, 어떻게 할까.*

누군가 재생 버튼을 누르고 피아노 독주와 케이브의 처연한 음성을 기다린다.

나는 신의 개입을 믿지 않아
하지만 내 사랑, 당신은 믿는 걸 알지.[72]

우리는 동그랗게 모여 앉았다. 다섯 음계가 흘러나오자, 나는 그

---

72 Nick Cave and the Bad Seeds(1983~), *The Boatman's Call*(1997, 10번째 앨범). 그룹 최고의 명반으로 평가 받는 앨범. *Into My Arms*(4:15)는 첫 트랙. 아래는 첫 연 :
  • "*I don't believe in an interventionist God* / *But I know darling that you do* / But if I did I would kneel down and ask Him / Not to intervene when it came to you / *Not to touch your hair on your head* / But to leave you as you are / And if He felt He had to direct you / Then direct you into my arms"

사람—우리에게, 우리의 슬픔에, 낯선 사람—이 그 곡을 거부하게 두지 않기로 한다. 그래서 재빨리 머리를 짜내 행동한다. 아름답고 단호한 그 두 줄의 가사가 나오는 동안, 나는 폐결핵에 걸린 빅토리아 시대 사람처럼 쿨럭거리며 기침한다. 닉의 음성이 "네 머리의 머리카락 하나 건드리지 말라"면서 개입 금지를 간구하는 노래를 부르며 실내를 가득 채운다. 옆방에 누워 있는 롭의 머리가 떠오른다. 추락하며 철제 대들보에 부딪혀 벌어진 상처와 머리카락이 피에 들러붙은 모습이.

모퉁이에 서 있는
살덩이로 만든 고층건물.
노란 택시가 경적을 울리고
너는 집에 온 듯 편안하지.

그날 밤, 집 안이 조용해지고 가까운 친구들, 친척들, 이웃들만 의무적으로 남는다. 오직 그날 밤에, 나는 그 방에 혼자 있다. 관 옆에 서서 그를 본다. 놀란 듯한 표정, 문제성 피부, 혀 짧은 소리를 내던 입. 그의 기다란 몸이 정지된 하이픈 같다. 누군가 내 등에 기대기에 위로하려고 돌아보니 방은 비어 있다. 사람 무게처럼 생생하게 느껴진다. 무슨 영문인지 알 수 없다. 그 후 몇 주 동안, 혼자 있을 때와 리 스크래치 페리[73] 공연에서 이런 일이 두 번 더 일어난다. 우리는 그가 사망한 지 4주째 되는 날, 롭의 달을 기념하기 위해 거기

---

73 Lee Scratch Perry(1936~2021). 자메이카의 전설이자 덥(Dub) 레게의 선구자, 프로듀서, 작곡가 및 가수.

간다. 공연장은 절반쯤 차 있고, S가 바에 간 사이 나는 둥그런 공간 가장자리에 서 있는데, 또다시 누군가가 묵직하게 기대어온다. 가장 가까이 있는 사람도 5피트 떨어져 있었고, 그날 밤 이후로는 그런 느낌이 없다. 몇 년 후 어떤 직장에서 그 이야기를 들은 동료가 내게 "갓 죽은 사람 주위에서 발휘되는 특별한 재능"이 있다고 불안한 표정으로 말한다. 할머니와 증조할머니에게서 물려받은 불편한 재능을 인정하거나 믿는 것이 조금 내키지 않는다.

시내 바에서
플래시가 거울 속에
달을 만든다
하나뿐인 당신의 사진
술에 취했지만
— 너무 행복한 모습.

롭이 살아 있는 모습을 마지막으로 본 것은 그의 생일 나흘 후인, 내 생일이었다. S를 포함해서 친구들이 일식당에서 스물넷이 된 그를 축하하며 온갖 가능성을 놓고 건배했다. 그때 모인 그 누구도 그날 밤으로부터 2주 후, 햇볕이 부적절하게 내리쬐는 그의 장례식에 우리가 참석하리라곤 알지 못했다. 그의 가족과 이야기를 나누고 맥주를 마셨는데. 누군가 급사하면, 나는 일주일 전 정확히 그때 무슨 일을 하고 있었는지 늘 생각한다. 그들이 알았다면 어떻게 했을지. 누군가에게 사랑을 선언하고, 주술적인 약을 먹고, 판타지를 이루고, 다른 나라를 찾아갈지. 사고사에는 예정이 없다. 어느 화요일, 일하고, 자고, 웃는다. 다음 주 화요일, 땅에 누워 3미터의 흙에

묻힌다.

스물네 살까지 원하는 걸 어떻게 다 할까?
문이 닫히고, 빛은 사라지는, 그때의 슬픔.
하지만, 말해줄래, 네 심장을 날아오르게 하는
순간들이, 여름 하늘이,
곡을 자아내는 새들이, 파티의 마지막 노래가
있었는지? 그걸로 충분했는지?

롭이 죽기 전 나는 S에게 이미 확신이 있었다. 우리는 함께할 거라는. 그 일이 남긴 상처가 우리를 더욱 가깝게 만들었고, 우린 그 후로 내내 함께였다. 처음 몇 달은 강렬하고 짜릿했지만, 상실로 인해 상당히 어두운 그림자가 드리웠다. 우리가-만나게-된 사연을 말하지 않아도 되겠지만, 비록 슬픔으로 가득할지언정, 이게 우리의 이야기이다. 새로운 관계는 지속됐고, 그리고 우리의 사랑하는 친구 없이, 우리 사이는 생겨나지 않았을 것이다. 우리 아들에게는 롭의 가운데 이름을 붙여주었고, 아이들에게 롭에 대해 이야기해준다. 롭이 사망했을 때 십대였던 롭의 여동생과도 연락하며 지낸다. 세상은 변하고, 롭 없는 한 해가 지나간다. 그가 간 적 없는 장소들, 그가 본 적 없는 여동생들이 자란다. 나는 롭이 아픈 것을 한 번도 보지 못했다. 그의 몸은 그날의 추락사고 전까지 회복력이 있었다. 우리의 삶은 모두 계속됐지만, 그의 삶은 어느 한순간으로 기억됐다. 어쩌면 다른 결말이 있을지도 모른다. 그가 외국으로 떠난 평행우주 속의 인생, 혹은 죽은 것이 아니라 다른 곳으로 떠난. 나는 롭이 샌프란시스코로 돌아가, 문란하게 살면서, 음악을 하고, 화재비상구에서 담배를 피우는 모습을 상상한다. 그가 큰 키로 하이트 애시버리를 성큼성큼 가로지르고, 언덕을 오르내리고, 베이 브리지 아래 허리를 숙이고 들어갔다가, 가로등 사이에서 걸어 나오는 모습이 눈에 선하다.

임신 분기의 원자적 본질에 대하여

　건강한 자궁과 적절하게 난자가 공급되는 여성이 아이를 원해야 한다는 것은 보편적 진리다.[74] 우리는, 우리 여자들은 이를 알고 있다. 우리 모두 아이를 생산해야 하고, 아이를 원할 것이라는 명령은 (선행하는 섹스 없이) 기적적으로 예수 그리스도를 낳은 성녀 마리아보다 우선한다. 생육하고 번성하라는 독촉은 다른 어떤 자유의지 행동만큼이나 독단적이지만, 완벽한 이상으로서, 여러 다른 이상과 마찬가지로 여성에게 강요되었다. 날씬해져라! 아름다워져라! 임신해라! 이 모든 개념은 생물학적 운명론에 입각한다. 여성됨의 정점이 어머니가 되는 것이라는 듯. 하지만 모두가 그걸 원하지는 않는다. 임신이 자궁을 가진 모든 여성에게 가능하거나, 언제든지 정액을 접할 수도 없다. 여성의 몸이 무엇이며, 무엇이어야 하는가, 무엇을 할 수 있는가에 대한 생각은 진보해 왔지만, 결국 모성을 선택하라는 기대는 계속 유지됐다.

　여성을 가리키는 명칭에는 끔찍한 것이 많다. 그 용어들은 "여성

---

74 『오만과 편견』의 첫 문장의 패러디.

에 대한 비방" 사전에 저마다 몹시 불쾌한 자리를 차지한다. 우리는 그 야한 소리와 함께 이 단어가 사람들이 선호하는 욕이라는 것을 알고 있다. 성기에 관련된 그 어원은 여성에게 그들의 기능과 가치가 남성과의 관계에 있음을 상기시킨다.

비모성적. '비'라는 접두어는 이상하다는 암시다. 非무엇은 그것의 반대이며, 그것에 어긋난다는 뜻이다. 그 *非*는 부자연스럽다. "무자녀"도 그런 단어다. 생식하지 않기로 — 부담 없이 만족하며 — 선택하는 여성은 사랑받지 못하는 외톨이로 간주된다. 자기밖에 모르는 마녀로. 아이를 낳지 않고 괴롭히는, 로알드 달의 삽화에 등장하는 대머리 괴물로. 열등한 여성으로. 애정과 친절을 표현하는 유일한 방법이 다른 인간을 만드는 — 혹은 부모가 되는 — 것뿐이라는 듯. 인터넷 검색 엔진에 여성 유명인의 이름을 아무나 입력하면, 자동 완성에 "자녀"라는 단어가 항상 등장한다. 여자아이는 자라서 양육자가 되어야 한다는 이 메시지는 일찍이 시작된다. 네가여성이라고 여긴다면, 살면서 그런 감정 노동을 피할 수 없다는 것. 인형 — 가짜 아기들 — 은 통과의례이며, 나는 갖게 된 인형마다 안고 다니면서 자장가를 불러주고, 영영 꼭 다문 입에 대고 울지 말라고 달래고, 플라스틱 몸을 씻기고 옷을 입혔다. 한 인형에게는 시험 삼아 머리를 잘라주었는데, 그러자 엑스레이 스펙스의 폴리 스티린[75]처럼 됐다. 온갖 기저귀와 턱받이와 뒤집으면 다시 채워지는 가짜 젖병 사이에서, 모성이 내 눈앞에도 번쩍였을 것이다. 그것은 *저거야!* 하면서 1980년대 화질 낮은 비디오의 정지화면으로 보여 주

---

75 X-Ray Spex, Poly Styrene. 1976년 결성, 2008년까지 활동한 영국 펑크록 밴드의 여성 리드싱어(본명 Marianne Joan Elliott-Said, 1957~2011).

는 한순간이 아니었다. 그렇게 놀다 보면 은연중에 어머니가 될 거라고 나는 생각했을 것이다. 여성은 이 숙명을 따라야 한다는 기대가 있음을 미처 깨닫기 전, 어머니가 된다고 생각하면 기뻤기 때문이다.

나는 훌륭한 오빠와 남동생 사이에 태어난 외동딸이지만, 어머니의 가임기간이 지나도록 여동생을 원하는 마음이 가시지 않았다. 어머니에게 딸을 하나 더 낳아달라고 조르고 애원하고 간청했다. 우리 남매가 모두 십대였던 10년 동안, 아기를 가졌다는 소식을 전해서는 안 된다는 주의를 날마다 들은 건 나뿐이었다. 인생이 망하고, 미래가 사라질 거라고, 아이만 안은 채 버림받을 거라는 가슴 덜컥하는 경고가 이어졌다.

대학 졸업 후, 이십대 시절, 임신은 나나 내 친구 누구도 원하지 않았다. 아기는 알바트로스와 비슷했다. 꿈과 직장과 여행으로 가는 길을 가로막는 무거운 장벽. 그 시절 아이를 가진 친구들은 지금은 양육의 의무를 다한 부모가 됐다. 그들은 자유다. 하지만 그 시절, 아이는 우리가 언젠가 정박하게 될 머나먼 땅이었다. 그곳에 닿으면 건널 판자를 지나가 두 눈을 똑바로 뜨고 모성을 봐야 할 것 같았다. 또한 젊은 시절은 몸을 이해하고, 그 소리를 듣고, 그 주기 속에서 헤엄치며 보냈다. 임신하지 말라는 경고는 끊임없었지만, 우리 몸이 실제로 어떻게 돌아가는지, 임신의 좋은 기회와 나쁜 기회, 생리주기 앱과 배란 스틱이 나오기 전 임신을 계획하는 방법에 대해서는 아무도 말하지 않았다. 배란에 관한 개념 자체가 어렴풋했고, 우리에게는 자궁 자체도 미스터리였다. 적극적으로 아이를 갖겠다고 결정하고 나서야, 사람들은 자궁경관 점액에 대해 소리 죽여 이야기했다. 달걀흰자 같은 점도의 그것이 얼마나 중요한지.

그건 임신에 있어서 용연향⁷⁶에 해당하는 것이었다.

나는 젊었을 때는 아이가 꼭 갖고 싶지 않았다. 미국 하이웨이의 유혹이나 먼 외국과 달리, 아이를 간절히 원하지는 않았지만, 나중을 위해 그 감정을 뒷주머니에 숨겨두었다. 분명히 나의 다른 환상에는, 떠나는 새, 반짝이는 빛이 있었다. 조심하도록 배운다 해도, 여자들 대부분은 임신에 대한 두려움을 가질 것이다. 확인하고 기다리는 나날들. 우리의 생물학적 삶은 숫자로 결정된다. 28일 주기(드문 경우다), 2주간 기다린 뒤 임신테스트기에 소변 묻히기. 그리고 갈림길. 원하는 결과라면 임신 소식을 알리기 전 들뜨고 초조한 상태로 12주를 기다린다. 혹은 다른 선택지도 있다. 계획에 없던 위기에 직면해서 공포에 질려 계산한다. 날짜를 세고, 비용을 계산한 뒤, 재정 상황과 맞지 않음을 깨닫는다. 아일랜드 역사상 아주 최근까지, 재생산권리를 허용하는 다른 나라에 가기로 결정한다.

우리 몸에 우리의 믿음을 주는 것은 당연하다. 우리가 마음의 준비가 되었을 때, 몸도 주어진 과제에 대비하리라고 믿는 것. 인생은 현재시제로 산다. 월급날부터 생리까지 달력에 따른다. 모든 여성은 그들이 임신할 수 있다고 생각한다―그러다 할 수 없음을 알게 된다. 한 번의 시도, 세 번의 시도, 그렇게 몇 달이 흘러간다. 친구들은 코 분사와 자가 주입, 무수한 내면 검사, 심장정지, *집에 가서 약을 먹으라고* 이야기한다.

여성은 평생 갖게 될 난자를 전부 가지고 태어난다. 나는 폐에 혈전이 차고 몸에 관을 꽂을 때까지 그런 생각을 해본 적이 없었다. 스물여덟 살 때였다. 과학적으로 나는 임신 최적기인 20~34세 중

---

76 ambergris. 수컷 향유고래의 토사물. 고대부터 현재까지 최고급 향료로 취급된다.

간에 있었다. 나 자신이 「트론」[77]에 나오는 격자 위, 수학 그래프의 작은 곡선, 진동 주기 위에 놓인 것 같았다. 내가 알아서 할 일이라고 느꼈다. 피임약을 먹고 있었고, 몇 해는 더 피임해야 한다고 여겼다. 하지만 그러다 어느 추운 일요일 오전 6시, 아직 어둑어둑할 때 구급차가 도착한다. 나는 혈액암이라고 진단받고, 내일부터 화학치료를 시작한다는 말을 듣는다. 모든 일은 항상 월요일에 시작된다. 주중과 새로운 시작, 그리고 남은 내 일생이 월요일에 시작된다. 다시는 예전과 같아질 수 없는 첫날도 월요일이 될 것이다. 급박하게 돌아가는 24시간 동안, 한 가지 생각이 자꾸 든다(죽음은 아니다. 죽음은 생각할 수 없으니까). 내 난자. *내 난자는 어떻게 되는 걸까?* 그동안 인공 에스트로겐과 프로게스테론을 꾸준히 퍼부어주던 난자들은.

의사들이 죽을 수도 있음을 넌지시 알리자, 시간은 빠르게 흐르며 동시에 정지해 있는, 소중한 재화가 된다. 의사들이 말하는 "난모세포 보존"이라는 것에 대해 물었더니, 난자를 냉동할 *시간이 없다*는 차분한 대답이 돌아온다. 내 몸속에서 나쁜 림프구가 좋은 난모세포를 죽이려 들고 있다. 현재 아일랜드에는 난자 보존시설이 없다.

나쁜 소식이 떨어지자, 나는 앞으로 빨리감기를 경험한다 — 내가 갖지 못할 아이들의 모습이 보인다. 실제로 펼쳐지는 암의 공포를 깊이 생각하기 싫어서, 난자를 생각한다. 나는 애써 계산해본다. 내 난자가 몇 개 있으며, 내가 몇 개나 써버렸는지, 생리를 한 모

---

77 *Tron*. 스티븐 리스버거(Steven Lisberger, 1951~) 감독의 미국 SF 영화(1982, 96분).

든 햇수와 안도했던 달수를. 난자를 흰색으로, 그다음엔 붉은색으로, 그다음에는 투명으로 상상한다. 달걀형인지, 난형인지, 타원형인지? 아마 타원형일 것 같다. 내 임신 가능성이 생략부호로 끝나는 열린 질문이라니······.

내가 아이를 갖게 될까?

······

나는 불임일까?

······

여기서 어떻게 삶이 끝났을까?

······

충격과 다량의 피와 피처럼 보이는 토사물에 더해, 또 다른 약이 있다. 피임약은 아니지만, 종종 호르몬 대체요법(HRT)이나 그 밖의 부인과 문제를 치료하는 데도 다양하게 쓰이는 약이다. 나는 피임약 때문이 아니라 혈전으로 인한 위험이 있으므로, 상담사는 노르에티스테론(Norethisterone)을 처방한다. 그것은 신체에서 분비되는 천연 프로게스테론과 비슷하며, 성선자극 호르몬, 즉 FSH(여포자극 호르몬)와 LH(황체형성 호르몬) — 아기를 만들기 위해 여성의 몸이 필요로 하는 모든 호르몬 요소들이다 — 를 억제한다. 질병과 마찬가지로, 임신에는 그 나름의 용어가 있다. 있는지도 몰랐던 것들, 명칭이 존재하는지도 몰랐던 것들을 부르는 용어다. 이 약은 — 내 경우 — 배란을 중지시키고, 자궁내막을 변화시키기(이 말에 나는 요란한 메이크업 쇼, 커튼이 열리면 누더기 같던 자궁이 매끈하게 백조처럼 빛나는 모습으로 등장하는 광경이 떠오른다) 위해서도 사용된다. 나는 이 약을, 난소를 억제하기 위해 삼키고, 아기는 불가능해진다. 1년 가까이 피가 보이지 않자, 불안해진다. 임신이

110

이런 거겠지, 라고 나는 병원의 밤소리를 들으며 생각한다. 구역질, 생리 중단, 인생을 바꾸는 몸의 변화. 암 치료는 임신과 비슷하면서 동시에 정반대이다. 내 몸속에서 새로운, 낯선 세포가 자라며 증식, 분열하지만 그건 아기가 아니다.

6개월간 화학치료와 합병증을 겪은 후, 의사들은 차도가 있다고 선언한다. 산부인과 의사가 내 호르몬 수치를 검사하더니 "폐경 이후 여성"과 같다고 한다. 내가 운전하는 중, 의사의 비서에게서 온 전화다. 나는 차를 세우고, 삭막한 고속도로 갓길에서 운다. 암의 반대편으로 나아간 뒤에도, 나는 세 가지 약을 쓰는 유지 치료를 계속한다. 하나는 내 생명을 구한 약 ATRA이다. 이 약은 내가 걸린 종류의 백혈병에만 효과가 있다. 굉장히 비싼 약이라서, 더 주문하러 갈 때마다 약사는 작게 한숨을 쉬면서 안 됐다는 듯 눈썹을 치켜뜬다. 캡슐은 평범해 보이지만―불투명한 빨강과 노랑, 내가 늘 마주치는 신호등 색깔이다―, 그 플라스틱 케이스 안에는 값비싼 독극물이 다양하게 들어 있다. 그밖에 두 가지 약과 함께, 하루에 9개의 약을, 3개월마다, 보름 동안, 2년간 먹는다. 총 1,080개의 ATRA 캡슐을 복용한다. 부작용은 많다. 이전에는 드물었던 두통이 이제는 앞이 안 보일 정도로 자주 일어난다. "양성 두개내 고혈압" 탓이다. 피부는 늘 건조하고, 각질이 눈보라처럼 떨어진다. 특이한 부작용 한 가지는 기묘한 시각장애이다. 망막이나 각막에 원인이 있을 수 있는데, 몇 달 동안 시야에서 이상한 형체가 보인다.

2년간의 ATRA 복용과 관리를 받으면서(아울러 당시 아일랜드의 엄격한 임신법과 관련된 문제까지 겪으면서), 나는 재발이 있는지 밀착해서 감시받는다. 회복 중에는 아이를 가질 가능성에 대해 생각하기가 너무 힘들었다. 수술 후 먹는 얼음조각이나, 앓고 난 후 며칠간의 식사처럼, 아기가 첫 번째 갈망은 아니었다. ATRA 때문에, 임신을 시도하기 전에 6개월은 기다리라고 조언한다. 나는 더 오래 기다린다.

내 몸은 불확실한 상태로 느껴지고, 점차 나아지긴 하지만 여전히 병원에서 벗어나지 못한다. 정신적으로는, 그간 겪은 일과 그 의미를 가늠해본다. 앞에 펼쳐진 길은 멀고, 계속되는 차도의 결과는 알 수 없다. 임신 관련 통계는 내게 불리하다. 확실한 것은 하나뿐이다. 오랜 세월 수술과 대기실, 병동과 병상에서 보낸 나는 시험관아기시술(IVF)을 시도하지 않으리란 것. 내 외과수술은 한계에 다다랐다. 내 몸은 휴식을 원한다. *이제 그만*, 이라고 몸이 속삭인다. 남편은 좋다고 하고, 우리는 초조한 심정으로, 자연 임신을 시도하기로 결정한다. 아이를 갖겠다는 결정은 즐겁고 *기뻐야* 하지만, 우리에게는 너무나 위협적이다. 나는 자신에게 실망하고 싶지 않아서, 내 몸이 또다시 실패하는 것을 느끼고 싶지 않아서, 두려움으로 가득하다. 부정적인 생각을 밀어낸다.

내 생일은 여름이다. 가을의 풍요로운 결실을 기원하는 고대 켈트족의 축제, 루나사(Lúnasa) 전날이다. 생식과 관련 있는 성 브리기드(St Brigid)의 축제, 임볼크(Imbolc)가 그 앞에 있다. 나는 서른 둘이 되어, 무슨 일이 벌어져도 맞서리라는 각오를 한다. 모성은 또 다른 어떤 것이 됐다. 생각은 하지만 외면하려 애쓰는 상태. 그 상태가 내 삶을 맴돌자, 모성의 추상성은 오래전에 없어졌다. 11주 뒤, 테스트기에 희미한 분홍색 줄이 나타난다. 환상이다. 그래서 더 비싼, 줄이 아니라 글자가 나오는 테스트기를 산다. 결과를 기다리는 동안 긴장이 가득하다. 눈길이 세면대에서 욕조로, 바닥으로, 어디라도 기댈 곳을 찾는다. 이 느낌은 즐거운 예측도, 기대도 아니다. 익숙한 감정이다. 나쁜 소식을 기다릴 때 경험하는 그것.

그러다가 작은 창에 *임신*이 나타난다. 그때뿐 아니라 처음 몇 주 동안은 불신이 가득하다. 내가 엄청난 사기를 쳐서 내 몸을 속여 원하는 것을 내놓게 만든 듯한 기분이다. 강도를 저지르고 도주하는 차에 뛰어오르자 등 뒤에서 경보와 사이렌이 울려대는 느낌이다.

나쁜 일이 벌어지기를 기다린다. 눈앞에서 스와스티카[78]가 돌아가는 부작용처럼, 결국 내 몸이 다 망쳐놓고 말 거라는 생각을 떨치지 못한다. 내 뼈, 내 피는 해서는 안 되는 짓을 해버렸다. 내 몸은 대부분 여자가 쉽게 하는 일조차 실패할 거라고 나 자신을 설득한다. 임신했음을 믿을 수 없고, 두려워서 아무에게도 말하지 못한다.

새로운 사람이 내 몸속에서 자라는 바로 그때, 어머니는 암을 치료하고 계시다. 화학치료와 수술이 있고, 어머니는 입원과 퇴원을 반복한다. 어머니에게 말하고 싶지만, 어머니에게 염려를 끼치고 싶지도, 만약 잘 안되면 실망을 안기고 싶지도 않다.

이제 임신이 된 것 같으니, 어머니가 되고 싶은 충동이 강해지고, 처음 몇 주 동안 그것을 지켜내기 위해 무슨 짓이라도 할 생각이 든다. 가진 것을 모두 팔고, 악마와 계약을 맺고, 장기를 기증하고 싶다. 그러다가 그 모든 경험이 그날 혹은 다음 주, 혹은 39주가 되기 전 끝난다면, 그 마음을 버릴 수 없을 것임을 깨닫는다. 아이를 원하지 않는 상태로 되돌아갈 수 없음을.

7주가 되자 산과 의사가 일찍 초음파를 보자고 한다. 거기 가는 동안 나는 계속 운다. 병원에 가까워질수록 들어가기 싫어진다. 이

---

78 swastika. 나치의 상징인 꺾어진 십자 표시.

작은 것—세포 덩어리, 테스트기의 분홍색 줄—은 골반 초음파로
는 안 보여서 질 초음파로 지팡이—명칭이 그렇다—를 내 자궁
경부 안에 삽입한다. 이 대목에서 나는 마술을 믿거나 주술을 써야
한다. 화면에는 흐릿한 선과 형태만 보이고, 의사가 미소를 지으며
남편을 부를 때까지 나는 숨을 참고 있음을 깨닫는다. 의사는 조그
만 것을 가리키며 *저기 아기가 있네요,* 라고 말한다. 나는 그제야 그
감정에 온전히 다가간다. 그 감정으로 나를 채운다. 완성에서 느끼
는 진정한 기쁨이다.

좋은 소식을 나누고 싶은 충동이 있지만, 우리는 너무 불안하다.
운명을 시험하고 싶지 않다. 하루하루 지나면서 그 감정을 누리고,
날짜가 흘러 아기가 더 튼튼해지기를 바란다. 검사 후에는 두려움
이 찾아온다. 삶이 아는 길에서 벗어나기 직전이고, 그 무엇도 이
전과 같지 않을 것이다. 게다가 그렇게 작은 존재를 어떻게 해야
할까?

초음파 검사 날, 나는 한 병원에 들어가고 어머니는 다른 병원에
서 퇴원한다. 그 전 두 달은 가혹하기 짝이 없었고, 좋은 소식이 드
물었다. 11월 말, 어머니는 집에 돌아와 침대에 기대어 앉아 있다.
우리는 어머니를 찾아가 이른 크리스마스 선물이 있다고 한다. 침
대에 앉아, 나는 그 흐릿한 사진을, 얇고 반짝이는 네모난 사진을
건넨다. 어머니는 무슨 뜻일까 의아한 표정으로 사진을 빤히 본다.
그러다 미소가 떠오르고 눈물이 흐른다. 어머니는 짐작 못한 자신
을 질책하지만, 그녀에게는 감당해야 할 일이 많았다. 크리스마스
에는 12주가 될 것이고, 우리는 친구들에게도 알릴 수 있다.

임신 주 수가 늘어나고, 아침마다 먹지 않으면 속이 메슥거리는
것 말고는 입덧도 없다. 누군가가 벽돌로 머리를 친 것처럼 피로가

엄습한다. 단것을 먹고 싶어 브라우니를 굽고, 최대한 빨리 쟁반 채로 먹어 치운다. 처음 아이가 발로 차니, 어항에 물고기가 부딪친 느낌이다. 내가 TV에 출연하자, 친구 어머니가 아무렇지도 않게 *네 손가락조차 굵어 보이더구나*, 라고 한다. 낯선 사람들이 임신한 몸에 대해 저마다 의견을 내놓는다. 배가 나왔는지 안 나왔는지, 아들인지 딸인지, 가슴이 처졌는지, 머리카락에 윤기가 흐르는지, 참 느끼한 말이지만 "얼굴에 빛이" 나는지. 모두가 염려스러운 표정으로 고개를 갸웃거리며 *너무 무리하지 말아요*, 라고 한다. 숟가락도 함께 쓰지 않을 사람이 당신의 배에 손을 얹고도 그것이 사생활 침해임을 깨닫지 못한다. 임신한 몸은 그 주인만의 것이 아니다. 다른 사람을 잉태함으로써, 나는 공공재가 된다. 온 세상—의사들, 친한 이웃들, 상점에 줄 선 여자들—이 임신에 대해 의견을 낼 자격이 있다고 여긴다.

아무 일 없이 달수가 쌓인다. 정기적으로 받는 초음파 검사에서도 특이사항은 없다. 21주에 초음파 담당자가 성별을 넌지시 알려주지만, 나는 이미 아들임을 알고 있었다. 의지하면 안 된다고 배운 내 몸이 해야 할 일을 다 해낸다. 끝까지. 예정된 제왕절개 수술 3주 전, 나는 의사를 만나고, 주차장을 걸어가는 길에 등허리에 강한 통증을 느낀다. 누워서 쉬는 대신, 나는 둥지 꾸미기 욕구에 사로잡혀 B&Q 가정용품점에 차를 몰고 가서 선반과 페인트를 산다. 통증은 그 후에도 연달아 느껴진다. 척추가 계속 덜그럭거리는데도, 나는 이 아이가 20일 후에 태어날 것이라고 기억한다. 그날 밤, 남편이 나를 웃겼고, 그 일이 벌어진다. 양수가 터지고, 나는 양수를 뚝뚝 흘리며 위층으로 올라간다. 우리는 아이가 나오고 있음을 알고 병원 가방을 잊고 어두운 밤거리로 달려 나간다.

웃다가 양수가 터진 데서부터 분만까지 통틀어 세 시간이 안 걸리고 아이가 태어났다. 내 몸에 초승달처럼 갈라진 곳에서 아이가 나오며 내는 울음소리는 내가 들어본 것 중 가장 생생한 소리이다. 독특한 음계의, 우리 둘만의 노래이다. 놀라움, 감사, 안도가 밀려든다. 아들이 태어난 후 몇 시간 동안 나는 투여 받은 아편을 모두 토해내고 이 자그만 아이에게서 눈을 떼지 못한다. 정수리의 숨구멍에서 뛰는 맥박, 핑크빛의 완벽한 팔다리. 아기의 손이 은밀하게 휘감는다. 모든 엄마가 하는, 그리고 언제나 해온 일이다. 새로움, 전에 없었던 이 존재로 행복을 누린다. 아이에게, 밝아오는 새벽에, 이제 누군가의 엄마가 됐다는 느낌에. 약 때문에 메스꺼움이 가라앉고 기진맥진하지만, 눈을 감을 수 없다. 아이의 단 1분도 놓치기 싫다.

처음 며칠 동안 누군가 아이의 고관절을 확인하러 온다. 오랜 불안, 모두 *정상이네요*를 기다리는 시간은 더 길게 느껴진다. 늘 이럴 거라는 생각이 든다. 숱한 수술을 하고, 숱한 구멍을 뚫고 뼈를 깎아낸 내 골반이 임신을 겪어냈다. 골반은 1년 후까지 잘 버틴다. 아들이 9개월—임신과 같은 기간 동안, 아기는 기어 다니고, 움켜잡고, 호기심을 갖는다—되었을 때, 나는 같은 욕실에서 작은 플라스틱 창에 뜬 같은 검은 글자를 마주한다. 계획한 일이 아니었다. 나는 깜짝 놀라고, 순전한 행운으로 기쁨에 휩싸인다. 내 몸이 회복했다는 사실을 믿기 어렵다. 내가 그토록 많은 것을 요구했는데, 드디어 응답한 것이다. 하루 동안 나는 놀라서 눈물을 흘리다가 행복에 겨웠다가 오랜 두려움으로 옮아간다. 2년 만에 아이 둘이 생길 것이다. *제발 버티렴, 제발 무사해 줘.* 내가 말한다.

똑같은 아기는 그 어디에도 없다. 임신기간도 마찬가지다. 나는 겨우 한 살 더 나이를 먹었을 뿐인데, 산과의사는 태아의 목덜미 주름 두께 검사를 하자고 하고, 그 때문에 또 다른 검사를 받게 된다. 임신 15주, 나는 검사대에 누워 있고, 어떤 남자가 거대한 바늘을 내 배에 찌른다. 이 검사에는 1퍼센트의 유산 확률이 따른다. 공포 영화를 보는 기분이다. 손으로 눈을 가리고, 손가락 사이로 펼쳐지는 장면에 거리를 두고 지켜보려고 애쓴다. 결과는 기나긴 2주 후에 나온다. 14일 내내 초조하다. 아들의 첫돌 파티마저도. 나는 웃으며 케이크를 돌린다. 드디어 전화가 와서 모두 무사하다고 알려주고, 나는 성별을 묻는다. 서류를 뒤적이는 소리가 나면서, 어깨와 귀 사이에 수화기를 끼고 말하는 소리가 들려온다. *딸이네요.* 임신 자체도 기적 같다. 아들 둘도 좋다. 하지만 아이는 여자다. 여자아이. 우리 딸.

처음 임신 때와 같이 진행되다가, 골반과 척추에서 통증이 시작되더니, 내 뼛속에 불법 거주자처럼 눌러앉는다. 근 20년 만에 나는 목발과 재회하고, 산부인과에 물리치료를 받으러 절뚝이며 다닌다. 물리치료사는 친절하지만, 망가진 골반 주위의 뭉치고 결리는 부위를 풀어주려면 더 세게 눌러야 한다. 나는 그녀가 내 근육 조직을 꾹꾹 눌러 며칠째 사라지지 않는 검고 성난 멍을 남기는 동안, 병원에서 많은 여자가 그러듯 소리 없이 운다.

임신 중 몸은 연골과 힘줄, 자궁을 첩첩이 담은 배다. Corpus(종교적 의미가 더 함축된), 자궁이 담긴 그 몸은 깨지기 쉬운 짐을 가지고 낯선 해협을 건너는 배다. 피부에는 소금, 혈관에는 식염수가 흐른다. 이 임신은 침몰을 닮아간다. 내 폐는 공기를 채우기 거부하는, 망가진 돛이다. 돛이 펄럭이지 않고 축 처진다. 의사들은 이전의 화학치료로 인한 심장 손상일 수 있다고 결론 내리지만, 여러 번의 검사 — 의료용 와이어와 스크린과 측정이 이어진다 — 후 결정적인 것은 아무것도 없다. 이 임신의 유일한 증거는 남편이 매주 찍어주는 사진 속, 불러오는 내 배뿐이다. 점점 커지는 배는 무너져 내리는 골반과 맞지 않는다. 지금 이 임신기간을 돌이켜 보면, 아프지 않은 순간이 없고, 두들겨 맞는 물리치료뿐이다. 오렌지와 귤 같은 과일이 당긴 것, 타들어 가는 듯한 속쓰림, 잠을 자 보려고 베개를 비틀어 관절 아래 깔던 것. 즐기지 못하고 견뎌야만 했던 기간이다. 달력을, 지나가는 하루하루를, 시계를 그렇게 의식했던 적이 없었다.

어느 일요일에 통증이 시작되고, 멈추지 않자 우리는 병원으로 간다. "진통이 아니에요." 그들이 말했다. 아들을 가졌을 때 가진 통을 겪어봐서 그 차이를 안다. 나는 잠시 내 건강상태에 대해 다람쥐 쳇바퀴 돌 듯 또 진술해야 하는 상황에 처한다. 결국 입원한 뒤, 여자 다섯과 한 병실에 눕는다. 아마 십대 후반쯤 되는 젊은 여자는 온몸이 너무나 말랐는데, 어울리지 않게 배만 가마솥 같다. 아이가 여럿 있는 나이 많은 여자도 있다. 전화에 대고 높낮이 없이 독백을 끊임없이 읊어대는 젊은 라트비아 여자도 있다. 뉴욕의 택시 기사들이 세상 반대편의 누군가와 블루투스를 통해 주고받는 것 같은 대화다.

낮이 저녁이 되고, 나는 물에 빠져 판자를 붙잡듯 시트를 부여잡고 침대에서 구른다. 남편이 간호사를 불러오자 또다시 "진통이 아니에요"라고 주장했다. 나는 주의를 돌려보려고 생각한다. *네 얼굴은 어떻게 생겼니?*

난 아직 태어나지 않았어요. 절 위로해주세요.[79]

---

79 "*I am not yet born, console me.*" Louis MacNeice(1907~1963), 「탄생을 앞둔 기도」(*Prayer Before Birth*, 1944)의 4번째 행. 그의 첫 시집 『도약판』(*Springboard. Poems, 1941-1944*, London, Faber & Faber, 1944)의 첫 시로 발표.

루이스 맥니스의 시 한 줄이 어디론가부터 떠오른다.

진통 사이사이 딸에게 말을 건다. *나 여기 있어. 너도 곧 나올 거야. 어서 만나고 싶구나.*

그 후, 어둠 속에서 여섯 개의 계측기가 서로 화답하듯 삐삐거린다. 한 여자는 울부짖으며 휠체어를 타고 나가고, 나는 잠자긴 틀렸음을 깨닫는다. 자정이 다가오자 통증이 더해진다. 유일하게 한숨 돌릴 때는 벽을 잡고 복도를 걸을 때다. 모든 병원은 쓸쓸하다. 북적이고 시끄럽고 쉼 없이 움직이지만, 외로움을 느끼기 어렵지 않다. 주간 진료실이 문을 닫고, 방문객이 모두 돌아간 밤이 되면 더하다. 고함과 신음하는 소리, 모니터와 정맥주사기 소리, 커튼 뒤에서 깜빡이는 휴대폰 불빛을 배경음악 삼아, 그렇게 걷는 동안 아무도 나를 지나치지 않는다.

"괜찮으세요?"

젊은 간호사가 내가 반복해서 원을 도는 중에 지친 것을 알아차린다. 여기서 400킬로미터 떨어진 곳에 출타 중인 내 담당 의사에게 전화를 걸자, 밤새 돌아오겠다고 한다. 예정일은 아직 한 달 남았다. 딸과 내 몸이 헤어질 참이다. 뼈는 견딜 만큼 견뎠고, 그들끼리 속삭이며 협상을 한 건지 궁금하다. *좀 일찍 나가줄 수 있니? 이래서는 못 견딜 것 같아.* 지금 딸아이는 상냥하고 공감할 줄 알고 모든-것에-응답하는 아이니, 아마 공손하게 그러겠다고 답했을 것이다. 어쩌면 미소를 짓고, 마음을 단단히 먹고 세상을 향해 출발했을 것이다.

간호사가 아이의 폐 성장을 돕기 위해 스테로이드를 주사한다. 자는 남편에게 전화를 걸어 병원으로 돌아오라고 한다. 나중에, 수술실 앞 휠체어에서 나는 다시 전화한다. 그가 다시 잠든 것이 아

119

닐까 싶어서(짐작은 옳았다). *서둘러 줘.* 예정보다 4주 이르다. 뭔가 잘못된다면, 혼자 있긴 싫다.

척수액의 흐름 폐색, 수술복, 의사들이 내 반대편, 수술 시트 너머에서 수술한다. 이곳에서 가장 신뢰할 수 있는 감각은 청각이다. 몸의 절반은 감각이 없다. 하반신이 소통하지 않는다. 스크린 너머 모여 있는 의료진 쪽은 볼 수 없어서, 나는 새벽에 새들을 기다리듯, 귀를 기울인다. 아이가 태어났고, 무사하다는 신호, 첫 울음소리에 집중한다. 제왕절개 아기들은 보기 전에 소리부터 들린다. 두 개의 손이 내 배를 꽉꽉 누르고, 흔들리는 감각이 느껴진다. 누르고, 당기고, 아기가 손에 들려 세상으로 나온다. 수술실 공기 속에서 울음을 터뜨린다. 아이의 혈색이 염려스럽고, 간호사 둘이 아이를 반대편으로 급히 데려간다. 마스크와 튜브를 가지고 바삐 움직이더니, 며칠은 된 것 같은 시간이 흐른 후 아이를 데려온다. 아기를 1분도 채 못 안아 보았는데, 다시 데려간다. 위층, 신생아실 플라스틱 상자의 바다로. 나는 그 아이가 세상에서 처음 맞는 밤, 아이 없이 보낸다. 간호사가 사진을 찍어 내게 가져다주고, 모르핀 때문에 나는 울고 토하기를 반복한다. 한 번에 겨우 몇 분 정도 졸면서 몽롱해서 미친 꿈을 꾼다. 나중에 남편이 나를 휠체어에 태워 승강기로 가면서 게릴라성 구토에 대비해 비상용 플라스틱 통을 무릎에 올려놓는다. 불빛 아래 아이의 색이 변한다. 눈을 감은 아이는 뭔가 궁리하느라 열심히 집중하는 것 같다.

태아의 세포가 태반을 통해 이동해서 어머니의 세포와 연결될 때, 임신 중 마이크로키메리즘(microchimerism)이 일어난다. 아기들은 태어나며 흔적을 남긴다. 세포의 비행운처럼. 그 흔적은 골수 깊숙이 파묻혀 평생 우리 몸에 남는다. 나는 아이들의 일부를 늘 가지고 다닌다는 것을 알고 감격한다. 또한 이 과정을 다시 반복하지 않으리라는 것도 안다. 내 몸은 다 됐다. 책을 제본하듯 배와 자궁을 봉합했다. 새로운 표식이 곧 나타날 것이다. 관절은 공격을 받았고, 어떻게든 고쳐야 할 것이다. 내 몸은 딸아이 같은 신생아 시절의 새것으로부터 더욱 멀어졌다. 몸은 고갈되고 쇠퇴하지만, 그래도 이 아이들을 내게 선사했다. 앞으로 힘든 세월이 올 거라는 생각이 들 때마다, 정형외과 의사들과 협상해야 한다는 생각이 들 때마다, 아이의 얼굴을 본다. 목에서 뛰는 작은 맥박과, 꼭 감고 세상을 차단한 부드러운 눈꺼풀의 이음매를 본다.

파놉티콘 : 병원의 시각

당신은 세상에 들어서는 첫 기회를 병원에서 맞을 수 있다. 삭막한 불빛 아래 첫 울음소리. 어머니가 입은 수술복의 파란 바다 아래에서 모습을 드러낸다. 그러자마자 의료진의 시선을 받는다. 무게를 달고 눈으로 확인한 후, 의사들은 *나 태어났어요, 살아 있고, 숨을 쉬어요,* 라는 징후에 귀를 기울인다.

✳

덩치가 큰 병원은 여러 헥타르를 차지한다. 내부 배치도의 하얀 미로와 날카로운 직각들, 끝없는 복도들을 보면 불안하다. 환자는 엑스레이의 호수와 외래환자의 저수지 사이 물줄기를 따라 길을 찾는 피라미드다. 칸막이와 병실, 병동, 복도의 경계를 가로질러 가며.

✳

이 글을 쓰는 동안, 의료 문제가 발생했다. *또?* 몸이란 얼마나 쉽게, 자주 불안정해질 수 있는지, 나는 놀라지 않는다. 멈추고 진통제를 먹고, 부어오른 곳이 가라앉지 않자 멈춘다. 그걸 무시할 수 없다는 걸 확인할 때까지 멈춘다. 지역 보건의가 나를 여성병원 응급실로 보낸다. 입원 후, 분홍색과 자주색(언제부터 의료 튜브가 이렇게 소녀스러워졌을까?) 관을 삽입하고, 이튿날 수술할 때까지 정맥주사로 치료받는다. *혹시 임신했을 가능성이 있습니까?* 여성을 치료하기 전, 의무적으로 하는 질문이다. 통증은 멈추지 않고 점점 심해진다. 실제 느낌을 설명하자니 아이를 낳거나, 사랑에 빠지거나, 죽은 이를 애도하는 경험을 묘사하는 것 같다.

✳

카트 굴러가는 소리와 사이렌 울리는 소리. *이번 주는 야간 근무야.* 기계 돌아가는 소리. 식사 쟁반이 덜컹거리는 소리. *간호오오-사아!* 혈압 펌프가 끝나면서 세 가지 음으로 노래한다. 환자의 호출 벨이 땡땡 거린다. 편한 신발이 끼익 거린다. 공압식 도어 경첩이 여닫힐 때마다 풀무 소리를 낸다. 이곳에서 마지막 숨을 쉬는 이들이 옅게 내쉬는 한숨 소리. 병원은 고요한 법이 없다. 2013년 브라이언 이노는 「몬테피오레를 위한 7천7백만 편의 회화」[80]를 작곡했는데, 브라이튼의 병원을 위한 곡이었다. 그것은 아마도 의료 소음과 싸우고 그 공간의 잡음을 지우려는 시도였을 것이다. 다른 층에서, 그보다 긴 곡 「몬테피오레를 위한 조용한 방」도 방송되었는데, 치료를 촉진하고 병원의 일반적인 소음, 움직이는 소리, 자동판매기, 방문객, 다른 이들이 괴로워하는 소리를 대신하기 위한 것이었다.

---

80 Brian Eno(1948~), *77 Million Paintings for Montefiore*, 2013. 영국 해안도시 브라이튼 호브의 몬테피오레 병원 홀에 설치한 8개의 플라스마 모니터 작업. 패턴 영상과 음악.

✹

꼭대기 층에는, 계속해서 뚝뚝 끊어지며 두드리는 소리가 나는 곳이 있다. 새가 내는 소리 같다. *새 소리예요*, 라고 한 간호사가 설명한다. *다른 새들을 쫓아내려고 줄에 가짜 새를 걸어놨거든요.* 영원히 날아다니는 그 새의 탄소섬유 날개가 옥상에서 팔랑거린다. 바람이 잦아들 때마다 내려앉는 소리에서 리듬을 찾아보려고 한다.

✹

몇 주 동안 에어컨이 돌아가는 것도 모르고 지낸다. 그러다가 그 소리가 이명처럼 느껴지고 덜컹거리는 소리가 귀에서 떠나지 않는다. 간호사들과 청소부들은 안 들린다고 하지만, 매일 밤 내내 천둥소리를 낸다. 마룻바닥 밑에 파묻었으나 숨길 수 없는 심장, 노란 벽지 속에 갇힌 여자.[81]

✹

저 소리 들려요? 혈액 전문의가 흰 가운을 입은 말뚝 펜스처럼 내 병상을 에워싼 의대생들에게 묻는다. *혈전은 문이 끼익 거리는 소리를 내죠*, 라고 의사가 말한다.

그들이 돌아간 뒤 나는 그 경첩 소리가 들리는지 귀를 기울인다.

---

81 참조. Charlotte Perkins Gilman(1860~1935), *The Yellow Wall-paper. A Story*, 1892(「누런 벽지」, 『샬럿 퍼킨스 길먼 단편선』, 임현정 역, 궁리, 2022, 292p.) 미국 초기 페미니즘 문학의 문제작.

✳

병원은 갤러리와 다르지 않다. 상호작용하는 공간, 감정을 불러일으키고 감각에 작용하는, 큰 규모로 음과 색깔을 설치한 시설. 이곳 벽에 걸린 작품은 현대성과 과거의 봉헌물을 섞어놓았다. 국가에서 지원한 작품들이 예수의 성심과 종교 조각상과 나란히 있다. 병원의 척추에 해당하는 가장 긴 복도에는 정확한 간격으로 검은 회화가 걸려 있다. 그것들을 지나칠 때마다 눈을 내린다. *좀 우울한 그림이죠?* 내 휠체어를 미는 조무사가 말한다.

✳

영국 예술가 바바라 햅워스는 1940년대 그녀의 딸이 정형외과 병원에 입원한 후, 외과의 노먼 케이프너(Norman Capener)를 만났다. 햅워스는 조각가로 더 유명했지만, 케이프너는 그녀에게 2년 동안 수술을 스케치하고 그려 달라고 청했다. 잉크, 분필, 연필로 햅워스는 유혈이 낭자하고 침투적인 장면이 아닌, 몸을 고치는 수술 과정을 포착해냈다.[82] 햅워스는 두 직업에 공통점이 있다고 했다.

내과의와 외과의, 그리고 화가와 조각가의 작업과 접근법에는 매우 밀접한 유사성이 있는 듯하다. 두 가지 직업 모두 소명을 가지고 시작하고, 그 결과로부터 벗어날 수 없다. 의사 일은, 전체적으로, 인간의 정신과 육체가 지닌 아름다움과 품위를 복구하고 유지하고

---

82 참조. Barbara Hepworth(1903~1975), *The Hospital Drawings*, ed. Nathaniel Hepburn, Tate Publishing, 2012, 128p.(216x257x13mm). 1947~1949년에 그린 80장의 분필, 잉크, 연필 드로잉.

자 한다. 의사는 어떤 질병을 보더라도 인간의 정신과 육체, 영혼의
이상과 완벽한 상태가 지니는 모습을 잊지 않을 것이다.

✴

새 아침, 새 칸막이. 옆 병상 여자가 휴대폰에 대고 음모를 꾸미듯
속삭인다. *내 소변이 깨끗했어.*
그렇다고 했잖아.

✴

커튼은 문이 아니다. 은밀한 진찰, 의료 용어의 중얼거림이 공중
에 떠 있다. 수치와 확률이 제비처럼 날아간다. 반대편의 누군가가
러시아어로 말한다 — 의사일까 환자일까? *Spasibo*, 라고 그들이 속
삭인다. *고마워요.*

✴

아일랜드 응급실의 초만원 상태에 대해 의사가 쓴 글이 온라인에
등장한다. 응급실로 환자들을 "쏟아 붓기"(decanted) 때문에 병원이
수용인원을 초과한다고. 이상한 단어 선택이다. 환자들을 고급 와
인에 비유하다니, 그들의 신체가 응급실의 고급 크리스털 잔 속으
로 여과된다.

✴

여성병원에서, 주로 필리핀인이나 아일랜드인 간호사들은 사려
깊고 친절하다. 그들은 의사들보다 훨씬 적은 보수를 받는다. *산부
인과에 남자들이 왜 이렇게 많죠?* 어느 간호사에게 묻는다. *의료계에*

서 보수가 가장 높은 과라서요, 그러니까…… 돈 때문이죠.

✳

르 코르뷔지에가 말한 것처럼, "집이 삶을 위한 장치"라면, 병원은 무엇일까? 마찬가지로 삶을 위한 장치이지만, 가정적인 면은 하나도 없는 곳이다. 일시적으로 사람들을 수용하는 테크놀로지의 창고이지만, 가정과 같은 낯익은 구석은 전혀 없다. 병원은 프라이버시가 거의 없고, 환자를 항상 실제로 보는 건 아니라 해도, 어떤 방법으로든 지켜볼 수 있는 파놉티콘이다. 병원은 스스로에 대한 통제권을 포기해야 하는 필수적인 격리시설이다. 그 안에는, 위험이 있다. 마취 후 깨어나지 못할 위험, 감염의 위험, 항생제 내성 세균(MRSA)과 마주칠 위험, 재채기하면서 티슈도 안 가지고 다니는 방문객에게서 세균을 뒤집어쓸 위험. 옆 병상의 낯선 이가 지나치게 배려심이 많아 대화를 청할 위험.

✳

공기. 공기에 대해 이야기해도 될까요? 냄새의 응집. 다른 사람들의 냄새, 세정제 냄새, 특별한 자극이 없는 멀리 떨어져서 풍기는 뜨거운 음식의 냄새. 금속성, 사라져버린 수술의 잔재들. 구토. 들숨. 손 세정제. 호흡. 살균제. 날숨.

(너무 지나친가? 환자는 미화하지 않았다.)

✳

미셸 푸코는 『병원의 탄생』에서 이렇게 적었다. "분류의학에서, 하나의 질병을 정의하기 위해 장기 훼손이 절대적으로 필요한 것은

128

아니다."[83] 엑스레이가 없다면 우리는 가느다란 골절을 볼 수 없고, 초음파가 없다면 몇 주 된 태아를 목격할 수 없으며, MRI가 없다면 병변을 놓치게 된다. 의사들은 손톱 밑이나 눈의 흰자위에서 징후를 찾는다. 질병과 통증은 물리적으로 드러나지 않아도 사실이 될 수 있다.

✳

여성병원에 근무하는 우즈베크 마취과 의사가 수술 전 질문을 해서, 복잡다단한 나의 의료 역사를 되돌아보게 된다. 수술장에서 척수액 폐색을 기다리며 그 의사는 자기 나라의 이야기를 한다. 그곳은 "굉장히 부패"했고, 의사들이 월급으로 200유로를 받는다. 잘 살기 위해서는 뇌물을 받아야 하지만, 그는 그것을 거부했다. *돈과 의학은 어울리지 않는다고 생각해서 떠났어요.*

✳

봉합, 절개하고 수술하는 이 장소를 수술장(theatre)이라고 부른다. 묵직한 벨벳의 커튼 대신 일회용 파란색이나 초록색 커튼을 치는 곳이다. 무대는 수술대, 그리스의 *ekkyklêma*[84]다. 수술 받는 환자를 제외하고, 모든 배우가 역할을 담당한다. 의사에게 길잡이가 되는 선은 환자의 몸에 그려져 있다. 조악한 *commedia dell'arte*[85]다.

---

83 "Pour la médecine classificatrice, l'atteinte d'un organe n'est jamais absolument nécessaire pour définir une maladie." in Michel Foucault, *Naissance de la clinique. Une archéologie du regard médical*, Paris, PUF, 1963, chap. I, Espaces et classes(국내에 『임상의학의 탄생』, 홍성민 역, 인간사랑, 1993 ; 이매진, 2006).

84 고대 그리스의 바퀴 달린 무대.

85 16~18세기 이탈리아에서 유행한 즉흥극.

✳

병원은 길과 지도선으로 이루어진 자치령이다. 그곳의 심리지형은, 그곳을 지나간 한 사람 한 사람의 몸으로 가득 차 있다. *이 병상에서 몇 명이나 잤을까?* 일종의 병동 연방, 일종의 환자 동맹. 구속복처럼 시트를 밀어 넣은 침상 위 무력한 환자들. 간호, 치료, 검사에 자기 몸을 내놓은 사람은 누구나 환자의 역할을 맡아야 하고, 그러려면 무언가를, 즉 자유/자유의지/자유 이동을 포기해야 한다.

✳

몸 고유의 지리학, 푸코가 "해부학적 아틀라스"[86]라고 부른 것을 찬양하라. 경도를 이루는 힘줄과 위도를 이루는 핏줄. 다양한 질감의 땅. 부드러운 피부, 밧줄 같은 머리카락, 사포 같은 수염.

✳

의사들은 성직자를 대신해 치료자 역할을 맡았지만 아일랜드에서는 의학과 종교가 서로 깊이 얽혀 있다. 병원과 병동에는 성자의 이름이 붙는다. 사비타 할라파나바[87]를 죽게 한 "가톨릭국가"를 단단히 묶어놓는 기풍과 교리. 몸의 영역에 종교가 침범함으로써 몇

---

86 미셸 푸코, 같은 책, 제1장, 첫 문장 : "이미 고루해진 우리의 눈에, 인간의 몸은, 본연의 법칙에 따라, 질병(maladie)의 기원과 배분이 이루어지는 공간이다. 그 공간의 선, 용적, 표면, 그리고 길은, 이제는 익숙한 지리학, 즉 해부학적 지도(atlas anatomique)에 의해 정해져 있다. 단단하고 가시적인 몸의 이 체계는 그러나 의학이 질병을 공간화하는 하나의 방법에 지나지 않는다. 분명 최초의 방법도 아니고, 가장 근본적인 방법도 아니다. 병(mal)의 배분에 달리 다른 어떤 방법도 없었고, 앞으로도 없을 것이다"(편집자 옮김).

87 Savita Halappanavar(1981~2012). 아일랜드에 거주하며 의료과실로 인해 사망한 인도계 치과의사. 병원 측에서 그녀의 임신중절 요구를 법적 근거에 따라 거부했다.

130

명이 목숨을 잃고, 몇 차례의 간호를 중단했을까?

✳

이 상황이 전쟁은 아닐지 모르나, 두 측면이 있다. 건강한 사람과 건강하지 못한 사람. 의사와 환자. 병원 직원과 방문객. 수전 손택은 건강한 자와 병든 자가 이루는 이중의 왕국에 대해 글을 썼다.[88] 전자의 여권에는 도장이 찍히고, 후자의 여권 모서리는 잘려 나간다. 질병은 우리에게 모든 것 — 직장, 책무, 일상의 반복 — 을 그만둘 수 있게 허락해주지만, 그 대가가 크다. 병원에 가려면 짐 가방은 필요하지만 티켓은 필요 없다. 노란 섬들과 푸른 바다를 대신하는 네모난 담요, 일광욕 베드를 대신하는 병상이 있다.

✳

환자는 사람이 아니다.
환자는 의료서비스를 받는 자이다.
환자는 몸의 입원한 쌍둥이다.
환자가 된다는 것은 건강한 사람에서 아픈 사람으로, 자유로운 시민에서 간힌 환자로의 변화다.

✳

다리가 부러지는 방법은 수백 가지다. 두 경우의 유방암 진단이 같은 지형학적 특징을 갖는 일은 없다. 내 암은 당신의 암이 아

88 Susan Sontag, ‘*Illness as Metaphor*’, *The New York Review of Books*, 1978년 1월 26일 ; *Illness as metaphor*, Farrar, Straus and Giroux, 1978, 87p.(『은유로서의 질병 외』, 이재원 역, 이후, 2002, 291p.)

니다. 내 골절은 당신의 골절이 아니다. 질병은 유형과 용어가 존재하지만, 지문처럼 모든 환자마다 다 다르다. 그것은 통칭으로 부를 수 있는 대상이 아니다. 동질성을 거부한다. 질병은 생물학적인 것만도 아니며, 젠더, 정치, 인종, 경제, 계급, 성, 상황에 따라 나뉜다.

✳

질문/대화를 시작하는 법 :

뭐가 잘못됐나요? 질병은 잘못과 같다.

어디가 아픈가요? 구체적 정보의 요구.

건강보험 있습니까? 자본주의자의 질문.

이 의사-환자 간의 말은 대화일까, 심문일까? 이것은 말, 접촉, 문서, 이 셋의 만남이다. 말이나 접촉과 달리 문서에는 역사와 영속성이 있다. 우리의 의료 서사는 병상 끝에 걸어놓은 클립보드나 색색의 파일에 보관된다. 우리는 여러 의사에게 이야기를 반복하고, 서로 다른 손 글씨와 여러 명이 협업한 문서, 협동 진단으로 파일은 점점 두꺼워진다.

✳

병원은 의식을 짧게 잘라버린다. 시간은 다른 차원에서 작동한다. 식사는 평소처럼 하루의 흐름을 알리지 못하고 무작위로 나온다. 생각은 다음 투약, 다음 회진과 방문 시간을 주기적으로 기다리는 것이 되어버린다. 시계는 밤이면 기어가듯 움직인다. 소리와 빛이 방해한다. 대화는 드물어지고, 체온 확인 사이사이 짧은 몇 마디만 남는다.

✳

경색(*Infarction*). 의사이신가요? 태위(胎位 *Presentation*). 여러 명의 의사에게 이 질문을 들었다. 발열성(*Pyrexic*). 나는 그들의 통사론의 뼈대에서 골라낸 그들의 언어를 익혔다. 조대술(*Marsupialization*). 이런 상호대화에서 가장 중요한 부분은 듣는 것이 아닌 묻는 것이다. *GA인가요 척추인가요?* 나는 내 병력에 해당하는 의학용어를 이용, 내 건강에 대해 자주 물었기 때문에 의사들은 나를 그들과 같은 의료 종사자로 여긴다. 물론 거기에는 나름대로 암시가 있다. 환자가 자신의 건강에 관심을 가지는 의도가 선을 넘는 행위라는 암시. 호기심을 갖거나 그런 지식을 갖는 것은, 환자 당신의 자리가 아니지, 라는. 나의 의학용어 습득—질문 행위의 도치를 통한—은 항상 자주성을 주장하려는 시도였다. 내 병력의, 내 몸의 작은 부분이라도 잡으려는.

✳

하늘색 긴 상의를 입기 전, 간호사들은 하얀 원피스에 위아래가 뒤집힌 시계를 꽂았다. 권위와 계급의 상징인 색색의 줄이 그어진 빳빳한 모자를 썼다. 파랑, 초록, 빨강. 정식 간호사는 검정이었다. 죽음을 애도하듯 장례식의 색깔. 병원의 팔레트는 무한하다. 소변 검사의 원색과 파스텔색 네모들. 핑크는 케톤, 초록은 단백질, 베이지는 빌리루빈. 정맥절개술 클리닉에서는 음경 같은 시험관에 질 같은 뚜껑을 덮어 자웅동체 같은 모양으로 색깔별로 표시한다. 전기 장치에는 흰색 문, 비상구는 초록, 생물학적 위험물질 신호에는 꿀벌처럼 검정과 노랑. 바닥의 붉은 선은 심장병 실험실로 이어진다. 붉은 강력접착 테이프가 만드는 동맥이자, 오즈에서 걸어보지 못한 벽돌길이다. 테이프 일부는 없어졌다. 부러진 경계선이다.

✳

당신은 항상 출구에서 멀리 있다. 하지만 적어도 그것은 일시적이다. 카테터, 봉합 테이프, 뼈 깁스가 그렇듯이.

✳

심장 병동에는 주름지고 짙은 파란색 커튼이 있다. 정확한 색깔의 이름을 찾아보고, 이브 클라인 블루로 정한다. 그 파랑은 영원한 파랑들 — 하늘, 바다, 눈동자 — 의 수명을 생각해보면, 놀라울만큼 최신 발명품이다. 그 색은 간호사가 내게 입으라고 지시한 하늘색 환자복과 어울린다. *앞이* (잠시 정지) *코트처럼 열리게 입으세요.* 간호사의 음성은 딱딱하고 전문적이지만, 거의 알아차리기 어려운 상냥함도 느껴진다. 환자들은 이런 작은 행동을 너무나 잘 알아차린다. 그게 중요하니까. 특히 지난 10년 동안, 병원의 프로토콜은 공감을 향해 눈에 띄게 변화했다. 해시태그 '#안녕하세요제이름은'(#HelloMyNameIs)의 도입도 그중 하나다. 병상 위의 몸은 단순히 진단의 난제라든가 병원에서 부여한 숫자가 아닌, 두려움을 가진 실제 사람임을 인식하는 환자 중심의 간호로.

✳

이틀 후 나는 여성병원에서 퇴원, 이 글을 다시 썼다. 몸이 항로를 이탈하는 바람에 삶과 글쓰기가 잠시 방해받았다. 퇴원하기 전, 나는 병상에서 사진을 찍었고, 1주일 후 그 사진은 갤러리의 벽에 이글과 함께 등장했다. 저녁 빛 때문에 병상 시트는 눈 덮인 봉우리

같고, 파란 커튼은 물감을 우툴두툴 칠한 하늘을 닮았다. 모든 사진이 그렇듯, 소리는 들리지 않고, 그 커튼 뒤에 도사린 혼돈이 전혀 전달되지 않는다. 높은 곳에서만 경험할 수 있는 고요함이 느껴지는, 거의 평화로운 장면이다. 구성과 색채는 뜻밖에도 차분했고, 그 순간, 그런 곳에서는 참 드물게도, 나는 모든 게 무사할 거라고 느꼈다.

모성의 달들

I

그들, 내 아이들은 밤에 온다. 달이 떴을 때 어둠 속을 헤치고, 세상에 나온다. 아들은 초승달, 딸은 차오르는 상현달이었다. 그 첫날밤 딸과 나는 헤어졌고, 두 번째 밤에는 아이에게 젖을 물리며 보낸다. 미국 대선 결과가 나오고, 벽에 걸린 TV의 깜빡이는 불빛이 우리와 함께한다. 바다 건너에서 희망이 차오른다. 여러 주가 민주당 지지를 선언하고, 버락 오바마가 당선되기 직전이다. 우리의 작은 병실에서 내가 할 수 있는 건 딸을 가만히 지켜보는 것뿐이다. 아이와 그 밤의, 또 온 세상의 세포 하나마다 가능성이 있다.

긴 밤과 시끄러운 오후 병원에서, 나는 딸아이에 관한 것들을 배운다. 딸아이는 목욕을 싫어하고, 오빠보다 쉽게 잠들며, 한 번에 아주 조금밖에 먹지 못한다. 딸아이의 작은 배는 극소량만을 소화시킬 수 있지만, 섭취량이 바뀌지 않아서, 첫날에 아이가 질식할 뻔한다. 퇴원하기 전 한 간호사는, 모든 아기는 정해진 양을 먹을 수 있다는 것을 보여야 한다고 주장한다. 간호사가 아이 입에 젖병의 실리콘 젖꼭지를 밀어 넣는 동안, 나는 아이의 식욕이 증가하고 있고, 아이가 일찍 태어나 집중치료실에 있었다고 설명한다.

쉼표처럼 생긴 아이의 몸이 펼쳐지면서, 피부가 검어지고, 팔다리에 힘이 빠진다. 간호사는 아이를 데려가더니 거꾸로 뒤집어 든다. 딸을 박쥐처럼 거꾸로 매달고서 간호사는 명령을 외치며 아이 등을 두드린다. 나는 공포에 질려 의자에서 꼼짝 못 하고 지켜본다. 때리는 소리, 자주색으로 변하는 아이의 몸, 아이와 함께 여기까지 왔는데 죽어가고 있다는 느낌. 쓰라리고, 당황스럽고, 움직일 수 없는 나는 내가 아닌 타인의 생명을 보고 있다. 1분—너무 긴 시간이다—이 꼬박 걸리고, 아이가 울자 나는 간호사에게서 아이를 빼앗는다. 아기와 나는 모두 화가 나지만 간호사는 아무것도 모른다. "이제 퇴원하세요." 그리고 밤처럼 익숙한 두려움이 슬그머니 찾아온다. 우리가 알게 모르게 의료계에 갖는 신뢰가 잘못된 것이라는 두려움.

병원에서 겪은 일 중에는 좋은 것도 있고 나쁜 것도 있고, 출산도 마찬가지다. 두 번의 출산 모두 병원에서 수술을 통해 이루어졌고, 분만 욕조나 라마즈 호흡보다는 수술 과정의 공통점이 더 많았다. 나는 자연분만을 원했지만, 골반 때문에 그것은 위험했다. 수술이 열등한 분만도 아니고, 열등한 엄마라는 느낌도 없었다. 다만, 다른 사람들이 그런 느낌을 줄 뿐이다.

둘째를 낳으면—작고 조산한 아이라 해도—병원에서는 산모들이 다 안다고 여긴다. 무엇을 해야 할지 다 아는 프로 엄마라고. 두 번째 출산 엄마들은 승려처럼 현명하다고 간주한다. 하지만 나는 모든 것을 처음 시작하는 것 같았고, 시내 어딘가에서 16개월 된 아들이 그 순간 잠을 자고 있었음에도, 딸아이가 첫 아이인 것 같았다. 우리는 그날 밤 퇴원했고, 정신없는 산모병동의 소음보다 집이 더 안전하게 느껴졌다.

간호사가 딸아이를 한쪽 다리로 대롱대롱 들고 있던 기억을 떨칠 수 없었다. 지금도 소름이 돋는다. 그 모습을 반드시 다른 것으로 바꿔야 한다. 스틱스 강 위에서 아킬레우스를 들고 있던 테티스. 어쩌면 이 행동, 트라우마와의 첫 조우가 아이를 불멸의 존재로, 침범할 수 없는 존재로 만들었을 것이다. *이 아이는 무적이 될 거야*, 라고 나는 생각한다.

아들이 태어난 후, 나는 6주 동안 혈액응고 방지제 헤파린을 직접 주사해야 했다. 날마다, 엄지와 검지로 뱃살을 꼬집고, 주삿바늘의 각도를 맞추어 찔렀다. 조금이라도 덜 아프려면 빨리 해치워야 했다. 헤파린은 분자가 커서 모유에 들어가지 않는다는 점에서 출산 후에도 "비교적" 안전하다고 한다. 수백 가지 약이 내 몸에 들어왔고, 그중에는 독성이 강한 것도 많았다. 그 때문에 나는 모유 수유를 망설인다. 몸에 뭔가를 집어넣으면, 모유가 바뀌고 오염될까 염려된다. 한 가지 가능한 부작용은 HIT, 헤파린으로 인한 혈소판 감소인데, 뇌졸중이나 심장마비를 일으킬 수 있는 심각한 증상이다. 5~15%의 사지 절단 사례도 있었다. 내 염려가 잘못된 것은 아닌 듯하지만, 결정을 내릴 수 없다. 간호사에게 말을 걸어보면, 그녀는 꾸짖기만 한다. "수유를 안 하면, 애착 형성 못한 것을 후회할 거예요." 여성이 다른 인격체를 9개월간 임신한 직후에도 이렇게 그 지위를 약화시키려는 분위기가 있는지 나는 예상하지 못했다. 끔찍이 소모적이라고밖에 말할 수 없는 태도로 여성을 추방하려 든다. 여전히 그 점은 참 쉽게 비난받는다. 넌 아이를 낳았지만, 자연분만이 아니었지. 넌 아이를 낳았지만, 척추 폐색을 이용했지. 아이를 낳아놓고 모유수유를 안 해? 여자들을 아무렇지도 않게 나무라는 게 놀랍지도 않다. 우리가 아무리 최선을 다해도 충분하지 않다고, 우리 인생과 아무 관계도 없는 이들이 그걸 열심히 환기시킨다. 당연히 가장 수동적 공격인 교묘한 미사여구를 이용한다. 거짓 염려 말이다.

퇴원하고 이틀 뒤, 나는 자궁 감염으로 병원으로 돌아간다. 제대로 먹지 못했고, 초음파를 보던 의사가 위장이 너무 비었다고 한다. 압박 스타킹을 입어야 하는데, 그러려면 헤라클레스의 힘이 필요하다. 그것이 꽉 끼여 다리에 자국을 남긴다. 그 스타킹과 헤파린이 내 혈액을 조절해준다. 하지만 신생아를 품에 안고 있으면 모든 것이 삶에 집중된다. 죽음을 생각할 여유가 없다. 어느 어두운 아침, 아들이 불안정하자 내 병에 대한 기억이 돌아온다. 남편도, 부모님도, 형제자매도 있지만 아이를 낳은 건 나뿐이다. 이전에, 아프지만 엄마가 아니었을 때는, 사라지는 건 내 몸뿐이었다. 이제는 완전히 내게 의존하는 아이가 생겼고, 죽음은 예전처럼 혼자만의 사건이 아닐 것이다. 죽음은 태어난 지 하루 된 이 아이와의 이별을 의미하고, 출산 후 몇 주간, 잠을 못 자 혼란스러운 머리로, 이 일을 생각해본다. 방에 혼자 두고 싶지도 않은 이 아기를 두고 떠나는 두려움을. 아들이 6개월 혹은 한 살, 두 살, 세 살일 때 죽는다면 나를 기억하지도 못할 거라는 상상이 시작된다. 남편이 아들에게 내 사진을 보여 줄 것이다. 중요한 시기에 열어 볼 아이폰 영상을 찍거나 편지를 쓸 것이다. 건강검진을 할 때마다 이 감정이 돌아온다. 모성은 내가 언젠가 죽는다는 것을 강화한다. 나는 죽을 수 없다. 아이들이 어릴 때는, 지금, 아니 절대로. 아이들에게 그런 짓을 할 수 없다.

아들을 낳은 뒤 병원에서 내 어머니는 부리토처럼 돌돌 만 아들을 안고 내게 말했다. *이제 너도 알 거야.*

이제 드디어 어머니의 말뜻을 알 수 있다.

무엇을?

모든 것은 여기로 귀결됨을. 평생 어떤 책임도 이보다 중요하지 않음을. 내 부모님이 겪은 모든 것을 이해하게 될 것임을.

이제 끊임없이 염려하게 될 거야. 네 남은 평생, 항상 그 애를 걱정하게 될 거다.

한 세대의 햇불이 지나가는 공감의 순간이지만, 불길하게 느껴졌다. 이것이 부모의 삶인가? 매 순간 느끼는 기쁨이 두려움으로 산산조각이 나는 것이? 한 사람을 세상에 데려오는 것은 그들을 온갖 두려움과 고생, 그들을 해칠 수 있는 온갖 상처와 공포에 입문시키는 일이다. 그들은 언젠가, 자신과 사랑하는 모든 이가 죽을 것이므로, 좋은 것을 찾아내야 한다는 사실을 깨닫게 될 것이다. 즐거움을, 그들을 웃게 만드는 사람들을, 노래들을. 아이들이 태어났을 때, 잠 못 드는 아이들을 안고 흔들며 달랠 수도 있었지만, 난 노래도 불러주었다. 후렴구와 가사를 귀에 속삭였고, 살갗에 음계를 펼쳐 주었다.

우리는 이렇게 하며 하나가 되었다. 아이 모두와 내가. 경험은 없지만, 오래된 통로를 더듬어가며 지나갔다. 부비트랩, 독화살, 나를 깔아뭉갤 거대한 바위를 기다렸다. 질병에도 이전과 이후가 있듯, 아이를 가지는 과정도 그렇다. 임신 중일 때 사람들이 들떠 내게 외쳤다. "지금 자 둬요! 다시는 푹 잘 수 없으니까!" 이런 소리를 하는 사람 중에는 부모가 아닌 이들도 많았지만, 그들 역시 잘 깨는 아이를 돌보며 수백 일의 밤을 지새운 것처럼 확신에 차서 말했다. 모든 경험이 바다에서 길을 잃은 듯한 느낌이다. 불안, 불면, 혼미, 꾸준하면서도 예측불허인 어떤 리듬.

이런 이야기를 다 할 필요는 없다. 모든 아기가 신생아에서 유아를 거쳐 어린이로 자라가는 이야기를. 기저귀를 갈고 젖병을 씻는 이야기도 필요 없다. 혹은 아기의 조그만 배가 점점 커져, 변비가 오면 설탕물과 무화과를 먹인 이야기도. 혹은 유모차가 무너진 이야기나, 야간수유와 유치도. 아들이 절대로, 정말로 낮잠을 자지 않으려고 해서 엔진 소리에 잠들기를 바라며 정처 없이 차를 몰았던 이야기도. 아이가 아기 바구니를 관이라도 되는 양 거부했던 이야기도. 이가 나려고 얼굴이 빨개져 침을 흘리던 것도. 딱 1초 돌아선 사이 딸이 침대에서 굴러 떨어진 일도. 그들의 보드라운 솜 같은 가슴이 오르내려도 아직 숨을 쉬는지 밤중에 확인해보던 일도. 소위 "육아용품"이라는 온갖 잡동사니와 장비들, 유아 의자, 여행용 침대, 소독기도. 모서리에 쿠션을 장착한 온갖 플라스틱도. 온갖 안전장치를 하면서도 보호가 부족하다는 느낌도.

아기가 태어나고 처음 몇 주 동안, 시간은 구부러지고, 제 몸을 숨긴다. 엄마의 삶은 그 새로운 시간 감각 속에서 계속된다. 신생아와 집에서 보내는 생활은 정적이지만 쉴 틈이 없다. 하루는 길고도 짧고, 끝없고 흐릿하며, 아이가 잘 때조차 늘 할 일이 있다. 나는 집에 갇혀 밖에 나가지도, 자지도 못한다. 남편이 일하는 동안에는 나와 아이, 아이와 나뿐이니까. 그곳은 우리의 동굴이다. 시계는, 수유와 낮잠 시간을 알릴 뿐이다. 아기가 토한 것과 젖으로 얼룩져 있어도 옷도 갈아입지 못한다. 봉합 부위가 따끔거린다. 육아 책—모두 콧방귀를 뀌면서도 부지런히 읽는—에서는 엄마들이 아기의 언어를 직관적으로 알고, 울음소리의 뜻을 파악한다고 한다. 확인할 것은 몇 가지 없다. 배고픔, 지침, 젖은 기저귀 혹은 가스가 참. 신생아의 일기예보다. 난 일기예보관의 역할도 맡는다. 번역자 역할도.

헤드셋을 쓰고 유엔 회의에 참석하는 것이 아니라, 계단을 오르고, 방을 돌고, 아이를 안으면서. 내 아들의 메시지를 해독하고, 이 아이가 소통하려는 것이 무엇인지 알려고 애쓰면서. 아기 울음은 모스부호다. 판독하려고 노력한다. 왜 아이가 등을 동그랗게 구부리는지, 왜 안 자려고 하는지, 왜 새파란 두 눈으로 내 녹색 눈동자를 빤히 보는지. *무슨 생각을 하는 거니, 아가?*

부모가 되는 법은 금방 깨우칠 수 없고, 우리 모두 성장하며 차츰차츰 부모가 되어간다. 규칙은 변하고, 같은 아이는 없으며, 자기가 무엇을 하는지 아는 사람은 아무도 없다. 부모로서의 삶은 나뭇가지 줍듯 정보를 조금씩 모아, 무수한 가지들로 집을 쌓아가는 과정이다…… (그 비유를 계속 쓰자면, 바깥세상 전체는 커다란 나쁜 늑대다.)

자고, 체액을 방출하고, 울어대는 작은 핑크빛 살덩어리이지만, 아기들은 영리하다. 아기는 나를 알고, 우리가 9개월간 몸을 맞대고 함께 붙어 있었던 것을 안다. 아기는 내가 자기 엄마인 것을 안다. 동물이 밤중에 소리에 응답하듯, 아기도 방 안에서 움직이는 내 목소리를 좇는다. 아기는 주위의 모든 것을 흡수하고, 인간이 되는 법의 실례들을 기록한다. 아이의 정신이 확장되는 동안, 내 정신은 수축한다. 나의 두뇌는 두개골에 난 비밀 문을 통해 끊임없이 빠져나가는 느낌이다.

기억력에 문제가 발생한다. 지금도 스스로 되물어야 한다. X가 벌어졌을 때, 혹은 Y가 발생했을 때가 아들이 태어난 뒤였나, 딸이 태어난 뒤였나? 과거에는 다른 중요한 것들—자동차, 집, 일자리 등—을 얻으면 그 경험과 그 *순간*의 전후 사건을 전부 생생하게 기억했다. 부모가 되고 처음 몇 달이 흘러가고, 가정방문 간호사가 찾아오고, 병원에서 예방접종을 하고, 겁에 질려 모든 "물건들"을 챙겨 처음 집을 나선다. 이 기억 속에 디테일은 거의 없다. 달력이 의무적으로 알려주는 것 이외에는 날짜도 기억이 안 난다. 작고 상냥한 전제군주가 모든 것을 통치하는, 독재자 치하의 새로운 세상이다. 밤이면 아이가 젖을 빨고 꼴깍거리는 소리를 들으며, 우리 집 앞거리에 탱크들이 지나가는 광경을 상상한다.

아이들은 엄청난 의존상태에서 고독한 반항자로 변덕을 부리며 변해간다. 그들은 아무것도 모르며, 동시에 모든 걸 안다. 그렇게 작은 몸에 그렇게 많이 든 것을 보고 감탄하게 된다. 미니어처 사이즈의 장기와 뼈. 어느 날 고개를 들면 아이들이 있다. 취향을 표현하고 의견을 제시한다. 시간이 탈바꿈시켰다. 우연히 아이튠즈의 빨리 감기를 눌러 모두가 만화처럼 스타카토 노래를 부르는 느낌이다. 초승달 같은 아기 손톱을 깎아주다 보면 어느새 그 손이 묵직한 배낭을 들고 학교 운동장을 가로지르고 있다. 감정이 교차한다. 그들이 그렇게 자라는 동안 어찌어찌 망가뜨리지 않았다는 안도와 슬픔이 뒤섞인다. 돌아와 보면, 집은 적막하고 텅 비어 있지만, 그 조용함—오 그 조용함!—은 작업과 언어를 의미한다. 나는 어머니와 근로자로, 어머니와 작가로 공존하는 법을 배운다. 언어의 동굴을 깊이 파다가, 그들에게 필요한 순간이 오면 노트북을 닫거나 펜을 내려놓고, 요람으로, 정원으로, 학교로 달려갈 줄 아는 사람.

II

모성의 문제점은 부모로서의 삶과 분리되는 경우가 매우 드물다는 것이다. 어머니에게 부모가 된다는 것은, 단지 부모가 된 상태만을 의미하지 않는다. 9개월간 임신을 훌륭히 마치고 엔딩 크레딧이 올라가며 출산의 대단원을 끝내는 것이다. 분만은 양육의 요구에 영원히 헌신하는 과정의 시작일 뿐이다. 모유든 분유든 수유가 끝나고, 우리 몸에서 나온 어떤 존재가 새로운 장소에 자리를 잡고 나면, 책임이 생겨난다.

여성의 삶은 종종 아이를 만드는 것으로 향하곤 한다. 역사적으로 출산은 재산만큼 가치를 지녔다. 불임은 비혼만큼이나 사회적으로 배척당했다. 오늘날까지도, 여성은 어머니가 될 때까지 온전히 여성이 아니라는 시대착오적인 생각이 남아 있다. 이것은 해도-그만, 안-해도-그만인 또 다른 가부장적 굴레의 발언이다. 인간성은 모성보다 우선한다. 한 개인은 아이를 갖기 오래전부터 존재한다. 아마도 이 때문에 부모인 다른 여자들이 *어머니로서,* 라는 말을 하면 나는 움찔하게 되는 것 같다. 어머니로서…… 뭐? 자궁 속에 두 아이를 키웠다고 해서 솔로몬처럼 현명해지지는 않는다. 틀림없이 나는 아이가 없었던 때보다 지금 덜 현명하다. 내 자유와 함께 예리함도 약간 줄어들었다. 반대로, 아이들이 생기면서, 호러 영화의 깜짝 귀신처럼 바뀌고 변화된 그것, 즉 시간에 좀 더 잘 대처하고 있다. 부모가 되기 이전의 자신이고자 하는 노력은 편하게 이어지는 과정이기도 하고, 전송이 어려운 일이기도 하다. 그 둘 사이 어딘가에서 재측정이 일어난다.

시간을 멈추려면 정지 버튼을 누르시오(언제나 나).

살갗을 누르려면 안으시오(어둠 속에 너와 함께인 나).

어머니와 개인, 어머니와 근로자, 어머니와 작가 사이의 갈등은 곧 분명해졌다. 재정적인 필요 때문에, 아들이 태어난 지 8주 후, 프리랜서 생활이 재개됐다. 아기가 잘 때―드문 일이었다―미친 듯이 150자짜리 앨범 리뷰를 쓰곤 했다. 그것이 내 두뇌에 요구할 수 있는 한계였다. 기타와 코러스 부분을 묘사하는 단어를 필사적으로 기억해냈다. 당시 난 아직 작가가 아니라는 사실이 내 어깨에서 한 가지 책임을 덜어주었다. *산후 건망증*이나 *기억상실증* 같은 용어를 인정하는 것이 아니라, 내게서 어휘가 사라진 느낌을 말하는 것이다. 한 권의 책에 필요한 단어 수천 개를 떠올릴 수 없을 것 같은 느낌. 그 어휘를 다듬고 바꾸고 정돈해 일관성 있는 것으로 만들어낼 수 없을 것 같은 느낌.

사람. 부모. 두 단어가 별개의 것일까? 몰입해서 보내는 첫 몇 년이 지나면, 자아는 해마다 조금씩 더 물러난다. 어느 해 가을, 아이 둘 다 학교에 가고 없을 때, 나는 앤티크 책상에 앉아 너도밤나무와 진회색 호수를 내다본다. 늦은 오후가 변한다. 나는 집에서 두 시간 떨어진, 육지로 둘러싸인 외딴 예술가 작업실에 들어가 있다. 이때로부터 2년 전, 처음 이곳에 지원해서 집을 하나 얻었지만 올 수가 없었다. 이제는 호수를 내다보며 한 단어 다음에 또 한 단어를 적어본다. 축 늘어져 오후 3시를 마주하자, 한 마디가 문득 떠오른다.

"하지만 네 *아이*들은 어쩌고?"

물론, 내가 글을 쓰러 어디론가 가겠다는 뜻을 밝혔을 때, 가볍게 말했다. 지금 그 말은 더 크게 확장됐다. 나는 아이들을 버렸을 뿐 아니라, 난 여기 이 아일랜드 시골에 글쓰기에 관한 *관념을 가지고* 와 있었다. 창작의 충동은 곧바로 어머니로서의 죄책감으로 치환됐다. 혼자서 떠난 내 뻔뻔함. 내 남편 혼자서는 며칠간 아이들을 돌보지 못한다는 암시도 더해진다.

이 질문은, 우리가 모두 잘 알듯, 몇몇 젠더 관련 추정에 기반하고 있다. 즉 '여성이 주된 양육자이며, 작가들(실은 남자들)은 크고 중대한 글을 쓰기 위해 방해 없는 공간이 필요하다'는 추정. 예술 페스티벌에서 사회자들이 글을 쓰는 여자들에게 무의식적으로 "육아와 병행"에 관해 묻는 동안, 남자 작가들은 진지한 표정으로 먼 곳을 응시한다. 도서관이나 공원, 시청에서, 그 누구도 책을 쓰는 남자들에게 육아와의 병행이나 글쓰기를 도와주는 아내나 파트너에 관해 묻지 않는다.

매일 밤, 작업실에서 투숙객들—작가, 작곡가, 화가—은 함께 모여 저녁을 먹는다. 누군가, 여자들만 자녀에 대해, 일을 대신해준 파트너에 대해 이야기한다는 사실을 지적한다. 한 여성 화가는 남편이 직접 요리하지 않아도 되도록 식사를 만들어 냉동실을 채워두었다고 한다. 식탁에 모인 여성들만, 창작할 시간을 찾고 엄마로서 의무를 다하는 것 사이에 일어나는 갈등을 토론한다. 우리 모두 여기 오게 된 것, 요구나 기대 없이 창작만 할 수 있다는 것이 기뻤다. 엄마 노릇을 내려놓고, 작가 생활의 스위치를 켤 수 있어서. 마찬가지로 낮에 하던 일을 그만두고 온 상냥한 남자 시인이 있는데, 그는 이곳에 오면 늘 처음 이틀은 잠만 잔다고 한다. 나는 이곳에서 닷새를 지낸다. 일 분 일 초가 아깝다. 이틀간 글 쓰는 대신 잘 여유가 없다.

이렇게 시간과 공간이 넉넉한 것이 내게는 새롭다. 아홉 시간 동안 글 쓰는 데 익숙하지 않아 집중력이 자꾸 흐려진다. 한 번은 집중이 안 돼 제이디 스미스의 산문 「당신의 해변을 찾아라」[89]를 읽

89 Zadie Smith, 'Find Your Beach, The pursuit of happiness in Manhattan', The New York Review of Books, 2014년 10월 23일.

는다. 도시 생활에 관한 명상이자 어머니와 작가로서 겹치는 역할을 탐색하는 글이다. "내 시간, 읽지 못한 책, 쓰지 못한 책을 전부 먹어 치우는 내 사랑스러운 아이들." 잡지 「윈터 페이퍼스」에 실린 'Fone의 F'[90]를 읽는다. 그 글에서 클레어 킬로리는 어머니가 되자 삶이 "분노한 몇 년이 됐다. 글쓰기가 전에는 모든 문제의 해답이었는데 (……) 지금은 더 이상 글을 쓸 수 없다", 라고 쓴다. 글을 쓰고, 아이가 있는 모든 사람은, 이 창작과 우선순위에 관한 피비린내 나는 이야기에 공감할 수 있다. 놀이터 나들이 대신 생각할 시간을 간절히 바라고, 거기 죄책감을 느낀 이야기에도. 제니 오필의 소설 『사색의 부서』[91]에서 작가인 주인공은 "예술 괴물"이 되고 싶은 욕구와 어머니로서의 역할 사이에서 갈등한다. 그녀는 한때 알던 편집자와 우연히 만나는데, 그는 그녀의 두 번째 작품 출간을 놓친 모양이라고 별 뜻 없이 말한다. 작가가 두 번째 작품이 없다고 하자, 편집자는 상냥하게 묻는다. "무슨 일이 있었나요?" "네." 주인공은 어머니로서의 끝없는 역할에 글쓰기가 밀려났다는 사실을 단호하게 답한다.

　작가가 아니라도 이런 이야기에 얼마든지 공감할 수 있다. 오필의 말은 부모라면 누구나 비슷하다 — 직장까지 가는 사람이든, 가족을 돌보기 위해 집에 있는 사람이든. 공장이나 사무실에서 일하는 사람, 학교, 상점, 연구실에서 일하는 사람. 우리는 말한다. *나도*

---

90 Claire Kilroy, 'F For Phone', in *Winter Papers. Ireland's Annual Arts Anthology*, Vol.1, 2015. 「윈터 페이퍼스」는 2015년 창간한 아일랜드의 중요 예술문예지(기획-편집 Kevin Barry, Olivia Smith), Curlew Editions, 연간, 양장, 205x280x20mm, 200여 쪽, 40유로, 현재 제7호(2021년 11월) 발간.

91 Jenny Offill, *Dept of Speculation*, Knopf, 2014, 192p.(『사색의 부서』, 최세희 역, 뮤진트리, 2016, 224p.)

148

그런 느낌이야. 그게 내 인생이야.

　노동, 따분한 일상과 거리가 멀었던 버지니아 울프는 수세대의 작가들에게 자기만의 방을 가질 자격이 있다는 생각을 심어주었다. 집에서 내 책상은 읽은 책과 읽지 않은 책이 가득한 방, 레고와 온갖 장난감 옆에 놓여 있다. 우리의 삶은 서로를 밀어낸다. 이 책에는 아이들이 들어와 말을 걸고, 서로를 고자질하는 사이에 쓴 문장이 수백 개 들어 있다. 그들의 목소리가 온 집에 울려 퍼지면 그 소리에 귀 기울이지 않는 것은 불가능하다. 집중은 할 수 있지만, 딸의 노랫소리와 아들이 특유의 목소리로 개와 나누는 대화가 들려온다. 그래도 나는 단어들을 찾아 그걸 서로 맞추는 일로 돌아간다. 한 단어 한 단어, 쌓는 것의 형체가 보이기 시작한다.

III

　주방에서 딸이 노래에 맞추어 춤을 춘다. 잠시 후, 샤워실에서 아이 목소리가 계단을 타고 내려온다. 세인트 빈센트[92], 아델, 혹은 십대 초반 가수들의 음높이를 바꿔 따라 부른다. 다양한 피파 축구 사운드트랙 덕분에 아들의 삶에 메이저 레이저[93]와 튠 야즈[94]가 등장했고, 내겐 보너스였다. 아이들은 함께 TV 차트 카운트다운을 보며 1위 곡을 예측한다. 아이들은 그들이 참가하기에는 너무 어린 음악

92　St. Vincent(본명 Anne Erin 'Annie' Clark, 1982~). 미국 싱어송라이터. 2014년 발표한 동명의 4번째 앨범(*St.Vincent*, 그래미상 수상).

93　Major Lazer. 미국 EDM 그룹(2008~).

94　Tune-Yards. 다양한 타악기를 구사하는 미국 그룹(2006~).

페스티벌에 데려가 달라고 한다. 아이들의 삶은 음악으로 가득하지만, 그건 오래전에 시작된 거였다. 냄새나 이미지로 기억을 떠올리는 사람도 있지만, 내 머릿속에서 일종의 연금술, 혹은 고고학은 늘 음악이다.

최근, 미즈 다이너마이트의 「다이-너-미-티」[95]를 다시 듣고, 그 곡이 자동차 라디오에서 들리던 어느 11월의 하루를 떠올렸다. 나는 임신 초기였고, 남편이 차를 몰아 첫 초음파를 보러 가는 길이었다. 옆자리에 앉아 있던 나는 눈물이 차오르더니 그만 울어버렸다. 주로 두려움 때문에, 또 내 몸이, 뭔가 나쁜 일, 예상치 못한 일에 내몰려, 제 일을 해내지 못할 거라는 말을 듣게 될 것 같아서. 상담실의 어둠침침한 불빛 속에서 (우리는 누워 있을 때 가장 취약하다) 나는 끔찍한 소식을 들을 각오를 하고 있었다. 하지만 거기서, 아이가 공중 곡예사처럼 화면 속을 용감하게 돌고 있었다. 몇 달 후, 볼록 솟은 내 배 속의 아이는 조애나 뉴섬[96]의 공연장에서 공중제비를 돌았고, 일 년 후 그 애 여동생도 크라프트베르크의 공연장에서 공중제비를 돌았다(오빠가 아니라 자기가 "거기" 있었다는 걸로 아직도 옥신각신한다). 미즈 다이너마이트의 그 노래를 들을 때마다, 아이와, 무서웠던 초음파 검사와, 그리고 — 몇 년이나 여러 건강문제를 겪은 뒤 — 우리가 아이를 얼마나 원했는지가 생각난다.

우리가 드디어 만났을 때, 아이는 조그만 불면증환자였다. 나는

---

95 Ms. Dynamite(본명 Niomi Arleen McLean-Daley, 1981~), 'Dy-Na-Mi-Tee'(첫 앨범 A Little Deeper, 2002, 3:34). 영국 래퍼.

96 Joanna Newsom(1982~). 미국의 악기 연주자, 싱어송라이터, 배우.

아이를 달래려고 곡을 틀어놓고 — 아미나[97], 시규어 로스[98] —, 파도 위의 보트처럼 아이 유모차를 흔들었다. 아들과 그 애 동생은 나무처럼, 여러 음악 단계를 거치며, 삼투압 현상을 통해 여러 음악들을 흡수하며 자랐다 : 더 라몬즈[99], 비욘세, 뱀파이어 위켄드[100], 여러 가지 힙합, 켄드릭 라마[101]. 아들이 「워더링 하이츠」를 반복 재생해달라고 했을 때, 난 가슴이 벅찼다. 이제, 더 자란 아이들은 자신의 음악 취향을 스스로 찾는다. 자신의 영혼을 두드리는 비트, 온몸 사이를 누비는 하모니, 치아 사이를 통과하고 뺨을 토닥이는 리듬을.

획기적인 변화는 놀랍게 빈번히 일어난다. 아이들에게 새로운 발전이 있고 — 키, 낯선 단어, 한때 사랑하던 장난감이 "아기들 것"이 되어 버릴 때 —, 그것은 조금씩 상실감을 준다. 아들은 최근 처음으로 혼자 가게에 걸어갔고, 그와 더불어, 아이가 결국 혼자 세상에 나갈 거라는 예감이 또 한 번 든다. 이런 변화가 총알 열차처럼 빨리 일어날 때마다, 모든 것이 과거 속으로 너무 빠르게 사라지는 느낌이다. 매년 아이들을 조금씩 내게서 더 멀리 보내야 할 것 같은 느낌. 내 보호는 유한하고, 세월은 우주 속 로켓의 속도로 흘러간다는 느낌.

또 한 번의 변화는 아이들이 큰 공연장에 처음 가는 형태로 찾아온다. 저스틴 비버 공연 티켓을 샀고, 행사 전 몇 주 동안 아이들은 그 티켓을 자꾸 보여 달라고 한다. 한 달 전, 맨체스터의 아리아나

---

97 Amiina. 다양한 악기를 구사하는 아이슬란드 4인조 밴드(2004~).

98 Sigur Rós. 아이슬란드 4인조 록 밴드(1994~).

99 The Ramones. 미국 4인조 펑크록 밴드(1974~1996).

100 Vampire Weekend. 미국 3인조 인디팝 밴드(2006~).

101 Kendrick Lamar(1987~). 미국 힙합 음악가.

그런데 공연에서 아이들이 많이 죽는다.[102] 낙관주의에 대한 집단적인 몰이해이며 젊음을 말살하는 것이다. 어릴 때 아이들은 음악은 안전하고, 보호해준다고 배운다. 노래로 부르는 가사와 멜로디는 벽처럼 지켜준다고. 이제 그 애들은 그 정상 상태를 부수려는 사람들이 있음을 알게 된다. 그들은 맨체스터 사건에 관해 묻고 싶은 것이 많다. 사랑하는 이들에게 의도적인 증오 행위에 대해 말하기란 쉽지 않다. 우리는 비버 공연을 보러 갈 준비를 하고, 아이들은 고민 끝에 고른 과자를 넣을 배낭을 왜 가져갈 수 없는지 묻는다. 나는 더위와 사람들 안전 때문이라고 중얼거린다. 그렇게 기분 좋은 기대감으로 가득한 밤에 누가 폭탄을 이야기하고 싶겠는가? 우리는 도시를 가로질러 공연장으로 간다. 가보니 내가 처음으로 큰 공연(더 고 비트윈즈[103]가 출연한 R.E.M.의 그린 투어였다[104])을 본 곳임을 깨닫는다. 무리 속에서 딸은 소심하게 군중의 규모를 살피지만, 주위의 더 큰 여자아이들에게 정신을 빼앗긴다. 그 아이들이 춤을 추기 시작하고, 딸아이도 수줍게 그들의 동작을 따라 주먹을 위로 들고, 불꽃놀이에 감탄한다. 십대 여자아이들은 온 힘을 다해 세상을 지배할 수 있다. 의상, 피부 태닝, 얼굴에 정교하게 붙인 반짝이에 너무나도 많은 공을 들였다. 이 여자아이들이 들뜨고 자신만만한 표정으로 서로를 칭찬하며 머리카락을 휘날리면서 팔짱을 끼

---

102 2017년 5월 22일, 맨체스터 아레나(Manchester Arena)에서 열린 미국 가수 아리아나 그란데의 공연이 끝난 직후인 22시 33분경, 공연장 밖에서 한 이슬람 극단주의자가 설치한 폭탄이 터져 22명이 사망, 1,017명이 부상했다. 그중 다수가 콘서트를 보기 위해 부모 없이 온 청소년들이었다.

103 The Go-Betweens. 호주 인디록 밴드(1977~1989, 2000~2006).

104 R.E.M., Green Tour. 미국 록밴드 R.E.M.(Rapid.Eye.Movement., 1980~2011)의 1989년 세계 순회공연(1월~11월, 북미, 유럽, 아시아, 오세아니아). 1989년 6월 24일, 더블린 RDS Simmonscourt Pavilion에서 공연.

고 화장실과 아이스크림 가판대로 돌아다니는 모습을 지켜본다. 내 딸은 그렇게 되고 싶은 바람을 고스란히 얼굴에 드러낸 채 그들을 뚫어져라 본다. 엄마와 오빠가 아니라 자기 친구들과 함께 여기 오고 싶어서. 여자아이들을 볼 때마다, 6~7년 뒤 딸아이의 모습이 보인다.

음악은 우리를 하나로 묶어준다. 삶의 중요한 행사 — 생일, 결혼식, 장례식 — 의 중심점이다. 음악은 누군가 우리의 심장을 짓밟을 때 위로해준다. 음악은 친구와 즉흥으로 춤을 추게 (어릴 때, 혹은 어른이 되면 와인을 잔뜩 마신 뒤) 해준다. 그리고 들척지근한 분위기와 오토 튠(Auto-Tune) 때문에 늘 무시당하는 팝에는 많은 장점이 있다. 특히 팝을 무지하게 사랑하는 이들의 눈으로 보면.

선망하는 가수를 바라보는 어린 소년소녀들의 활기와 가능성을 이길 것은 아무것도 없다. 음악은 불확실성과 혼란의 시기에 변함없는 구심점이고, 영원한 리듬을 선사한다. 성찬을, 연결점을 제공한다. 하늘 높이 치켜든 수천 개의 폰들이 별들의 은하계처럼 보일 때, 음악은 불빛을 받는다. 가슴으로 베이스의 천둥소리를 느낄 때, 밴드의 티셔츠를 사서 헤질 때까지 입을 때, 자신이 거기 있었기 때문에 공연에 간 이야기를 친구들에게 하려고 이튿날 등교 시간을 기다릴 때, 여전히 환한 야간수업의 산들바람을 맞으며 한목소리로 노래할 때. 이게 바로 여러 공연의 첫 경험이자, 그들만큼 음악을 사랑하는 낯선 사람들과 함께하는 첫 밤이다.

IV

음악 때문에 내 아이들은 죽음에 집착하곤 했다. 하지만 그건 단지 추상적인 의미의 죽음이었고, 사랑하는 사람이 아닌 유명인들의 죽음이었다. 그러다가 내 가장 친한 친구의 젊은 남편, 테리가 죽었다. 그 사건으로 아이들은 그 주제에 대한 그들의 관심이 단순히 삶의 종지부에 대한 것이 아닌, 이제는 이곳에 존재하지 않는 사람에 관한 것임을 알게 됐다. 아이들은 역사, 음악, 함께 본 영화에 등장한 사람들에 대해 끊임없이 질문했다. 그들은 자기들이 막 알게 된 사람이 아직 세상 어딘가에서 숨 쉬고, 여행하고, 일하고, 곡을 쓰는 것에 안도했다.

엘비스는 죽었나요? 윌리 윙카는 죽었나요? 마이클 잭슨은 죽었나요? 메리 로빈슨은 죽었나요? 스티비 원더는 죽었나요? 빌 클린턴은 죽었나요? 「비디오 킬드 더 라디오 스타」를 부른 사람은 죽었나요?

데이비드 보위는 죽었나요?

2016년 1월까지, 다른 색의 두 눈을 반짝이며 보위가 아직 살아 있다고 말할 수 있어서 마음이 놓였다. 그가 떠났을 때 아이들은 무척 슬퍼했다.

종교에 관한 대화는 복잡하다. 남편과 나는 종교가 없다. 우리 아이들은 영세를 받지 않았고, 그 점에 개의치 않지만, 종교는 학교 교과목의 일부다. 우리는 아이들의 질문에 답하고, 교인들을 존중하라고 가르치며, 아이들의 의견을 흔들지 않는다. 언젠가 아이들이 신자가 되면 우리는 지지해줄 것이다. 아들이 입학하고 얼마 후, 갑자기 니체처럼 열렬히 선언했다. "신은 멍청이 같아."

그리고 아이들은 천국에 관해 묻는다. 나는 믿지 않는 곳에 대해 아는 바가 없다. 대신 신학을 천문학으로 바꿔, 밤하늘에 관해 이야기한다. 나는 십자가의 길 대신 별들을 보여 준다. 내 폰에는 별자리 앱이 있어서 행성과 천체를 찾아보기 위해 하늘을 향해 겨눈다.

도시의 불빛 때문에 잘 보이지 않지만 구름이 방해하지 못하는 기술 덕분에 별들은 항상 스크린에 뜬다. 우리는 앱을 움직여 북두칠성과 묘성, 카시오페이아의 납작한 W를 찾는다. 나는 아는 대로, 초신성이니 퀘이사에 관한 이야기를 한다. 이탈리아의 어느 산 위에서, 우리 넷은 블러드 문[105]과 근처의 화성이 떠오르는 광경을 본다. 아이들은 곧 자라서 부모가 모든 해답을 알지 못한다는 것을 알게 될 것이다. 아이들은 지구의 크기를 깨닫고, 보고 싶은 모든 곳에 대한 꿈을 꾸기 시작할 것이다. 우리가 어디를 가든지, 별들은 이 이후에도 오랫동안 여기 있을 거라고 나는 말한다. 천국에 대해서는 말할 수 없다.

---

105 blood moon. 개기월식 때 달이 붉게 보이는 현상.

잊지 못할 신들린 여자들

여자들이 언덕을 넘어와 마을과 도시로 걸어 들어가는 모습을 본다. 단추가 떨어진 외투를 꼭 여미고, 헤진 허리춤에 아기를 받쳐 들고, 동전 한 닢을 아끼면서, 너무 오래 잡고 있는 사장의 손을 뿌리치지 못하고, 온갖 일을 하거나 구직을 거부당하고, 유모차를 밀면서 모퉁이를 돌았는데 기껏 계단이 나오고, 슈퍼마켓 통로를 가로지르면서 *그만, 그만, 그만 좀 물어봐*, 라고 하면서 콧물을 닦이고, 말짱한 정신으로, 차게 식은 차를 마시고, 주방을 깔끔히 치우고, 머릿속에서 분노를 삭이면서, 하늘 한 번 바라볼 여유 없이 사는 여인들.

특히 한 여인이 보인다. 그녀의 삶 속 모든 순간이 뼈처럼 쌓여 간다. 무수한 행동들, 어린 시절의 나날들, 그녀는 자신의 과거를 하나하나 우리에게 톺는다. 그 모든 주소들과 기분들과 담배 개비들 속, 그 모든 한숨들과 단복식에 경마 베팅들 속, 그녀는 두 가지로 상징된다. 잡초와 유령.

그때는 봄이었고, 뒷마당 잔디밭에서 할머니는 민들레를 뽑았다.

이 달갑잖은 노란 꽃 말고 이 정원에는 어떤 꽃도 없었다. "화단을 망치는" 민들레를 흙에서 뿌리째 뽑았다. 할아버지는, 할머니가 석탄 창고 위에 햇볕이 내리쬐는데, 집 안으로 들어가더니 그냥 쓰러졌다고 기억한다. 두 분은 50년간 한 침대를 썼으므로 할아버지는 할머니의 숨소리를, 그 높낮음을 잘 아는데, 할머니가 그렇게 숨 쉬는 소리는 들은 적 없었다. 할머니답지 않은 쿽쿽 코 고는 소리. 어머니가 도착했고, 당황한 나머지 888에 자꾸 전화를 걸면서 왜 받지 않는지 의아해했다.[106] 어째서 침착하고 차분한 목소리가 "응급구조대입니다―어떤 서비스가 필요하신가요?"라고 묻지 않는지. 병원에서 의사는 비극적인 심정지라고 선언했다. 그날 아침, 할머니는 담배 반 개피를 피우고 나중에 더 피우려고 맨손으로 눌러 껐다. 구급대원이 할머니에게 처치하는 동안, 꼿꼿이 세워둔 그을린 담배꽁초가 맨틀피스에서 내려다보았다.

한 사람의 삶이 끝나 가면, 죽음에 가까워지면서 삶의 시작점으로 돌아가 과거에 더 치우치게 된다고들 한다. 관상동맥 내과 전 몇 주 동안 할머니는 내내 그녀의 부모님에 대해 이야기했다. "집에 갈 거야", 라고 할머니는 계속 말했다. 나는 어릴 때 하데스와 스틱스 강 이야기를 읽었고, 생이 끝나가는 사람들을 생각할 때면, 그 이미지가 자꾸 떠오른다. 할머니가 작은 배에 올라타 노를 꽉 쥐고 강을 건너 부모님을 만나러 가는 모습이 보인다.

배의 갑판에 서서 바닷물을 맞는, 두건을 쓴 할머니가 보인다. 유람선을 타고 바닷가 소도시에 당일치기로 다녀온 것을 제외하면,

106 영국 응급전화는 999. 의료상담은 111.

할머니가 아일랜드 말고 가본 곳은 잉글랜드뿐이었고, 그곳의 비와 구름 낀 날씨는 할머니가 늘 아는 날씨였다. 갑자기 과거에 초점을 맞춘, 어깨너머로 배운 역사 이야기를 하다가, 할머니는 모험 이야기로 넘어갔다. 어딘가 가고 싶고, 새로운 곳을 탐험하고 싶다고. 우리는 이 갑작스러운 선언에 너무 놀라 할머니에게 그곳이 어딘지, 혹은 어디를 가고 싶으신지 물어볼 생각을 못 했다. 할머니는 72년 평생 비행기에 발을 디뎌 본 적 없었기 때문에, 나는 어디 아무 데라도 비행기를 타고 유럽으로 가 보는 게 어떠신지 물었다. 할머니는 여권도 없었다. 할머니는 해안가 소도시들을 좋아했지만, 과거 한 번도 지중해 연안이나 크루즈 여행을 한 적은 없었다. 어쩌면 할머니는 시간이 얼마 없는 것을 알았기에 동의하는 척은 했지만, 어떤 약속도 지킬 필요가 없음을 알고 있었는지 모르겠다.

할머니는 늘 유령 이야기를 했다. 어둠 속에서 사람을 와락 붙잡는 유령이나 밴시[107], 혹은 부기맨[108]들이 아니라, 할머니가 아는 유령들이었다. "죽은 사람보다 산 사람을 더 두려워해야지", 라며 할머니는 초자연적인 조언이 필요한 경우든 아니든, 어떤 상황에서나 이렇게 말했다. 나는 그게 할머니의 아버지 이야기인 걸 알았지만 할머니는 뜸을 들이다가 그 이야기를 들려주었다. 어머니는 아직도 그 이야기를 하고 있고, 이모들도 마찬가지다.

증조할아버지는 보험금 징수원으로 일했지만, 키와 거동 때문에 사람들은 그가 RIC(훗날의 더블린 시경, 현 아일랜드 공화국 국립경찰)에서 일하는 특수부 정보원, 비밀경찰관(G-man)이라고 생

---

107 banshee. 아일랜드 민화에서, 가족의 죽음을 울음으로 예고한다는 유령. '여자(ban) 요정(shee)'이라는 뜻.

108 bogeyman. 특히 어린이들을 겁주는 귀신.

각했다. 증조할아버지는 모터바이크를 타고 다녔고, 어느 날 평소처럼 외근 순찰을 돌던 중, 아이를 피하다가 가로등을 쳤다. 그분은 심하게 다쳐서 코마 상태로 3주를 버티다가 돌아가셨고, 증조할머니 메리는 젊은 미망인이 되었다. 증조할머니에겐 아이 넷이 있었고, 사고 당시 임신 중이었다. 우리 가족에게 거듭 전해오는 여러 유령 이야기 중에는 돌아가신 증조할아버지가 자주 했다는, 이상하게 예언적인 말이 있다. "절대 당신에게 어린 아기를 두고 떠나지 않을 거야." 슬픔에 증조할머니는 유산을 겪었고, 그 직후 막내아들도 잃었다. 증조할머니는 평생 아들을 열이나 낳았지만, 어른이 된 건 하나뿐이었다. 아기가 숨쉬기를 멈추고, 아예 숨을 쉬지 않는 방안의 적막은 어떤 것일까? 증조할머니는 축구팀을 이룰 만한 어린 아들들이 그림자 속에 줄지어 있는 유령을 보셨을까?

증조할머니의 딸, 베로니카―내 할머니―는 어른이 됐다. 어쩌면 너무 빨리 어른이 됐다. 할머니의 삶은 가난과 초상으로 얼룩진 굴곡진 삶이었다. 그 슬픔은 두려움이 됐고, 훗날, 열여덟 살에는 신경쇠약으로 발전했다. 할머니는 자기 어머니가 돌아가실 것이고, 자식들만 남을 거라고 확신했다. 다른 여자아이들이 성년과 결혼을 생각할 때 할머니는 우울과 씨름하고 있었다.

한 인생이 중차대하든 불완전하든, 모든 이는 그 소멸을 두려워한다 : 부모의 죽음, 자식이 먼저 죽는 것, 질병에 걸리는 것. 입 밖에 낼 수도, 이해할 수도 없는, 다른 사람들에게 일어나는 사건들. 그런 것들의 공포란, 할머니에겐 그걸 잠시 상상하는 것만으로도 충분했다. 그녀는 그런 일이 항상 존재할 가능성을 느끼며 살았고, 그것만으로도 할머니의 삶은 충분히 그늘졌다. 할머니 가족은 더블린 8구역의 다세대주택 뒷방에서 살았다. 먹고살기 위해 내 증조할머니는 아기를 받고, 망자를 염했다. 이 세상에서 사람들을 맞이하고 배웅했으며, 백지처럼 깨끗한 영혼들, 평생의 짐을 짊어진 영혼들을 만났다. 증조할머니는 부업으로 물레에서 몇 시간씩 천을 짜는 일을 했고, 일하려고 셋방을 나설 때는 아이들을 보호하려고 문을 잠갔다.

바로 그가 나타나는 순간이었다.

할머니는 늘 그 이야기를 열쇠를-잠그는-순간부터 시작했다. 계단 아래로 사라지는 어머니의 발소리, 그리고 그날 종일 홀로 남겨졌다는 느낌. 아버지가 처음 등장했을 때, 내 할머니는 이웃들이 문을 부술 때까지 비명을 질렀다. 그게 일상이 되었다. 그녀의 어머니가 집을 나서면, 아버지는 어머니가 돌아올 때까지 거기 서 있곤했다. 할머니는 며칠이 지나서야 자기 아버지가 무엇을 하는지 깨달았다. 경비를 서고, 망을 보는 것이었다. 할머니는 아버지, 아니죽은 아버지의 출현에 익숙해졌지만, 할머니의 형제자매는 한번도그 유령을 본 적이 없다. 유령 보호자. 그는 너무 진짜 같았고, 할머니는 그의 코트 색깔까지 말할 정도였다(갈색 크롬비 코트).

이런 심령술적 흔적은 내 가족의 모계 쪽에서 종종 보인다. 증조할머니는 카드 게임에서 누군가의 패를 보고 미래를 점칠 수 있다고도 주장했다. 그 다세대주택의 어둠침침한 불빛 아래, 방 하나에대가족이 살았다. 위생 문제가 심각했고, 공간이 없어 젊은 남자들은 계단에 모여 어깨를 다닥다닥 붙이고 포커를 치곤 했다. 어느 날저녁 거길 지나가던 증조할머니는 한 청년이 쥐고 있는 카드를 흘끗 보았다.

"어딜 가나요?" 그녀가 물었다.

"아니!" 믿을 수 없다는 대답이었다.

"카드를 보니 바다로 나가네요. 배를 타고 말이에요."

남자는, 이 나이 들고, 보이지도 않는 여인의 면전에 대고 웃었고, 그녀는 계단을 올라 아이들에게로 갔다.

이건 너무 여러 번 들은 이야기이고, 세상일은 알 수 없는 것이지만, 내가 들은 말은 이랬다. '이튿날, 그 남자는 여자와 함께 잉글랜드로 달아났다.' 그의 어머니가 메리의 문을 두드렸다. "제가 당신에게 말했다면, 절 믿었겠나요?" 얼굴을 붉히고 찾아온 여자에게 증조할머니는 그것밖에 해줄 말이 없었다.

살던 방 아래 층계참에서 증조할머니는 때때로 어느 영국군 유령을 보기도 했다. 컴컴한 계단에서도 그의 녹갈색 군복을 알아볼 수 있었다. 그녀의 남편 — 길에서 아이를 피하다 코마 상태가 되기 전 — 은 1차 세계대전 당시 프랑스에서 복무했다. 그는 귀환했지만, 그러지 못한 이들이 수백만이었다. 참호에 파묻힌 채, 유해 위로 붉은 양귀비꽃이 눈처럼 떨어졌다. 층계참의 그 남자는 모르는 사람이었지만, 메리는 동요하지 않았다. 어쩌면 남편이 무사하다는 소식을 알리러 어딘가에서 온 전우일 거라고 여겼다.

✳

푸카들[109]

 머리 없는 기수들

  유령이 나오는 도로

109 Púca. 아일랜드 전설 속의 요정.

대운하[110] 근처에서 춤추는 커플

유령 수녀들

    붉은 눈의 검은 고양이

        호텔 벽을 통과해 걸어 나오는 여자

(사람들은 이들을 보았다고 한다.)

아일랜드의 역사와 민담은 혼령과 악령들의 이야기에 뿌리를 두고 있다. 우리는 부두교의 주술이나 주물을 쓰지 않지만, 유령 이야기에 몰입하고, 우리 주위를 헤매는 망자들의 존재를 느낀다. 우리는 구슬픈 노래로 죽음을 예견하는 밴시들, 산토끼로 변신하는 마녀들, 바다를 홀로 떠도는 셀키들[111]을 이야기한다. 어려웠던 시기, 아일랜드인들은 이야기를 지었고, 촛불 속에서 말을 주고받았고, 이 집에서 저 집으로 구전설화를 전하면서 겨울을 났다. 모든 땅과 벽돌, 심령체가 깃든 회반죽에 그 이야기들이 있다. 망자를 깨우는 오래전 전통이 되살아나자, 나는 떠난 이의 삶을 이야기로 꾸미고 싶은 생각도 일었다. 애도 속에 보내는 밤은 여기 남아 있는, 상실한 사람들의 몫이다. 망자의 세계와 살아 있는 자의 세계는 서로 조금씩 가까워진다. 죽은 자를 되살리는 행위로 이야기를 나누지만, 그건 위로하기 위한 것이기도 하다. 언어는 모든 살아 있는 자들의 기억을 생생히 유지할 수 있다.

---

110 The Grand Canal. 동쪽의 더블린과 서쪽의 섀넌(Shannon) 강을 연결하는 한 쌍의 운하. 1756~1804년에 걸쳐 완성, 길이 132km.

111 selkie. 스코틀랜드 신화에서 다른 동물로 변화하는 존재.

✳

"유령을 본 적 있어요?"

이런 질문이 주어질 때, 무슨 말을 해야 할지, 뭘 느껴야 할지 곤란하다. 답을 하는 게 무서우면서도, "아뇨"라는 답은 아무도 원치 않는다. 외통수 대화를 뒤엎고 싶지 않으니까. 우리는 긍정의 대답을 간절히 원한다. 숨을 들이쉬고 그다음 이야기를 기다리고 싶다. "네"는 뚜껑을 여는 셈이다. 숲 입구의 표지판처럼, 어두운 나무들 사이로 들어오라고 재촉한다. 난 종종 사람들에게 묻고 싶은 질문 두 가지가 있다. 혈액형을 아는지, 유령을 본 적이 있는지.

✳

정말로 원하는 삶을 살고 있지 못하다면 죽은 후 다른 존재가 되고 싶은 바람이 생겨난다. 실제로 살았던 삶과 평행한 ─ 기회, 여행, 직업에서 ─ 유령의 삶. 한 번은 선택권도 없고 경제적 상황에 따라 단조롭게 살았다면, 다음 생은 물질적 제약이 없는 삶을 사는 것. 사회는 19세기 초반에 태어난 여성들, 특히 중산층이나 상류층이 아니었던 여성들에게 아주 구체적인 운명을 점지했다. 그 삶 대부분이 별 것이 없었다. 12세 혹은 기껏해야 14세에 끝나는 허접한 교육(내 양가의 여성 모두 그랬다). 결혼, 육아, 가정에서 보내는 삶. 가족 위계 구조에서 아일랜드의 어머니는 맨 윗자리를 차지했지만, 권력은 가장 적었다. 너무 많은 헌신을 기대하는 중심인물이지만, 보상은 드물었다. 우리 역사를 살펴보면 이들 여성이 보인다. 보이지 않는 분노가 공중에 떠돌고 있다. 선택권의 결여는 모두의 통한이다.

✳

내 오빠는 영혼이니 초자연이니 하는 것을 불신한다. 오빠에게
내세란 없다. 우리의 육신은 지하 생물의 먹이가 되는 것이다. 하지
만 오빠는 자신이 어째서 예지몽을 꾸는지, 과학의 영역 너머의 것
들을 보는지 설명하지 못한다. 오빠는 상대의 후광을 볼 수 있다.
유령도 본다.

시골집 — 침실 하나, 옥외 화장실, 겨울이면 종종 바깥보다 안이
더 춥다 — 은 1890년대에 더블린 기능인 주택회사[112]가 근처 기네
스 맥주공장 근로자들을 위해 지은 집이었다. 창문들이 작아 집이
늘 어두웠고, 겨울에 특히 그랬다. 어느 날 밤, 오빠가 깨어보니 어
느 노파가 침대 끝에 앉아 있었다. 오빠는 눈을 비비고, 살을 꼬집
는 등, 깨어 있는지 확인하는 의식을 모두 마쳤지만, 노파는 여전히
거기 있었다. 오빠가 옆집의 나이 든 아주머니에게 그녀의 모습을
설명하자, 아주머니는 뭐 흔한 일이라는 듯, 곧바로 이렇게 말했다.
"아, 애니예요."

망자의 세계에서 돌아오는 게 가능한지 나는 모른다. 혹 가능
하다면, 어디서 돌아오지? — 천국일까? 유대-기독교식 구도를 거
부한다면, 구름 속 어딘가 다른 자치지역, 영생과 건강을 누리는 도
시가 있을지 모른다. 혹 그런 공간이 존재하고, 그곳으로 여행할 수
있다면, 그건 아주 긴 여정이 될 것이다. 성층권과 외기권, 모든 공
기와 화학물질을 통과해서 올라간 뒤, 망치를 든 등반가처럼 다시

---

112 Dublin Artisans' Dwellings Company(DADC). 1876년, 도시 노동계급에게 양질
의 임대주택을 제공하고 수익을 창출하기 위해 설립된 반자선 민간기업. 퀘이커
교도, 신교도, 기네스 가의 출자로 시작, 1880~1890년대에 가장 왕성했다. 1차
세계대전 당시 중단되었고, 이후 다른 건축회사들의 경쟁에 밀려 1961년부터
기존의 주택을 매각했다.

내려오기란. 그렇다면 어느 미지의 영역에서 이렇게 돌아오는 건 상승의 행위일까 하강의 행위일까? 종교와 철학과 시가 이런 생각을 널리 제공했고, 그곳이 천국이며, 이 세상에서 수직으로 위에 존재한다는 가설을 장려했다. 돌아오기 쉽다면, 모든 죽은 영혼은 한 번쯤 시도하지 않을까? 그들이 더는 속해 있지 않은 삶에 마지막 눈길을 던지고, 아이들의 얼굴을 한 번 더 보고, 젊음의 노란 들판을 거닐기 위해서?

"애니"는 오빠에 앞서 그 집에 살았던 세입자였다. 오빠는 애니가 진짜 사람처럼, 분명하고 침착한, 거의 재미있어 하는 모습이었다고 한다. "무서웠어?" 내가 묻는다. "아니. 지금 여기 사는 사람이 그냥 궁금한 것 같았어."

내 할머니에게 망자들은 자애로운 존재였고, 우리가 사랑한 사람들의 떠나간 초상이었다. 그 누구도 할머니가 본 것이 틀렸다고 설득할 수 없었다. 할머니는 천국에 대한 믿음이 있는 굳건하고 독실한 가톨릭신자였지만, 그녀에게 유령의 세계 역시 설득력이 있었다.

할머니는 고관절 수술 후 병원에 있던 나를 찾아왔다. 마취 후, 나는 신호등처럼 규칙적으로 토했다. 빨강, 멈춤, 초록, 구토. 간호사가 내 팔에 장치를 끼우고, 맥박 수를 머릿속으로 세고 있었다. 할머니는 그 상황을 지켜본 뒤, 적당한 때를 기다려 간호사에게 자기 혈압도 확인해 달라고 뻔뻔하게 말했다. 그다음은 기억나지 않고, 혹 간호사가 단편적인 사항이라도 알려주었는지도 잊었다. 어쩌면 혈압이 이미 너무 높아서, 할머니의 심장은 그때부터 조기 신호를 보내고 있었는지 모르겠다.

✳

20년 전, 다른 병원에서 할머니의 막내아들은 척추에 복잡한 수술을 받았다. 그 후, 일촉즉발의 상황이었다. 어두운 밤, 수술 후 약물이 뇌를 드나드는 사이, 그는 잠결에 눈을 떴다. 거기, 침대 옆에 말쑥한 차림의 남자가 서 있었다. 코트와 모자를 보고 그는 그가 누구인지 알았다. 어쩌면 약에 취한 머릿속 깊은 곳에서 생겨난 순전한 환영이거나, 빛 때문에 생긴 착시였을 것이다. 하지만 그 병원은 증조할아버지가 사고 후 입원한 곳이었고, 병동도 같았다. 아플 때면, 취약해진 육체는 얻을 수 있는 것은 뭐든 취한다. 우리를 지켜보러 찾아온, 오래전 죽은 이의 모습조차도.

유령 이야기는 기묘하다. 우리가 아는 것들의 과장 확대판이다. 낯익은 사람 혹은 실체가 낯설고 무서운 것이 된다. 집은 유령이 나오는 집이 된다. 슬퍼하는 여인은 무시무시한 밴시가 된다. 전쟁터의 희생자, 학살에서 죽임을 당한 누군가의 아들은 머리 없이 들판을 배회하는 운명이 된다. 하지만 할머니는 이들 유령에게서 위안을 찾았다. 그들의 존재가 위로를 건넸다.

나는 할머니가 돌아가셨을 때 열일곱 살이었고, 집에 혼자 있었다. 어머니 친구가 내가 아직 소식을 듣지 못한 것을 모르고 위로하려고 전화를 걸었다. 그 충격에 집 전체가 즉각 싸늘하게 느껴졌다. 질병은 할머니 댁을 맴돈 적이 없었다. 가족들이 돌아가며 호스피스 병실을 방문한 적도 없었다. 누구도 예상치 못한 일이었다. 나는 혼란스러워 울면서 어머니가 병원에서 돌아오기를 기다렸고, 하루는 느릿느릿 저물었다. 할머니의 심장, 할머니 가슴속의 그 풍차가, 도는 것을 멈췄다. 할머니의 자녀들은 할머니가 영안실에서 하룻밤을 지새우는 것을 원치 않았고, 그래서 할머니의 시신은 당

167

신의 집으로 돌아왔다. 부엌방과 민들레가 있는 집. 낡은 소파와 주방 옆 욕실이 있는 집. 할머니는 할아버지와 함께 쓰던 침실에 눕혀졌다. 촛불을 켜고, 거울에는 흰 천을 덮었다. 누군가 밀랍 같은 손에 묵주를 돌렸다. 그때 처음으로 시신을 보았다. 대리석처럼 굳은 피부, 한때 보드랍던 얼굴이 딱딱해졌고, 혈관 속 피는 차갑게 식었다. 할머니가 누워 있던 방 아래에 할아버지와 결혼 직후에 찍은 사진이 걸려 있었다. 관 속에서 1940년대 곱슬머리를 한 할머니는 그 젊은 여성과 더 비슷했다. 장의사가 *참 예쁘게 꾸몄다*, 라고 누군가가 말했다. 핑크 립스틱은 변칙이었다. 난 할머니가 화장을 한 걸 본 적이 없었다. 얼굴의 주름이 모두 사라졌다. 할머니의 아버지가 돌아가시고 단칸방에서 세를 살던 시절, 사산한 아이와 산후우울증을 치료하기 위한 전기충격요법의 시절, 그 모든 것이 심장이 멎으며 깨끗이 닦여나갔다. 생전에 할머니에겐 당당한 태도와 쉽게 화를 내는 성격이 있었다. 하지만 할머니는 고생을 많이 했고, 그런 태도는 방어의 형태였다. 내가 알던 과거의 할머니와 초조한 십대 소녀를 연결하는 것은 어려웠다. 사랑하는 이들이 죽을지 모른다는 생각에 사로잡혀 마음을 닫아버린 소녀를.

"유령을 본 적 있어?"

자문하거나 당신이 묻거나. 어느 쪽이든 그 질문을 한다. 대답은 네 아니오 둘 다이다. 하지만 이것은 잘못된 질문이다. 질문 방식은 더 정확하고 더 넓어야 한다―모순된 말이지만.

"유령과 마주친 적 있어?"

유령의 언어는 시각적이다. 떠다니고, 가벼우며, 투명하다. 결정적 증명으로서의 시각화. 내-눈으로-확실히-보았다, 라는 확인. 그래서 나는 유령과 *마주친* 적은 있지만, 본 적은 없다고 답한다. 유령의 형태를 한, 경계선이 불분명한 존재를 본 적은 없지만, 그 손길이 내 살갗에 닿는 무게를 여러 번 느꼈다. 피와-살을 가진 다른 사람이 날 만지는 느낌을. 촉각은 시각과 같지 않지만, 그 나름의 진실성을 지닌다.

할머니가 돌아가신 후 몇 달 동안, 할아버지는 할머니의 죽음에 관한 것들을 내게 이야기하기 시작했다. 아주 구체적인 발언들.

"가족 중 누군가에게 네 할머니가 나타난다면, 그건 너일 거다."

이 말의 근거를 대신 적은 한 번도 없었고, 난 내가 선택될 거라는 논리를 이해하지 못했다. 이미 유령의 방문을 받고 후광을 볼 줄 알며 예지몽을 꾸는 오빠가 있는데 말이다. 할아버지는 우리 가족 여자들에게 심령술 능력이 있음을 알았을지도 모른다. 비록 내가 그것을 감지하거나 느끼지 못했어도 말이다. 그러다가 어떤 일이 있었다. 나는 이 이야기를 부정하지 않는다. 논리적으로 설명하려 들지도 않는다. 물질은 창조될 수도, *파괴될 수도 없다*, 라는 내 생각을 접어두고, 그냥 이해하려고 한다.

부모님 집의 옛날 내 방의 싱글 침대는 창문가에 있고, 어느 집 옥상을 내다본다. 할머니가 돌아가시고 몇 달 동안, 나는 잠들기 전 커튼 밑에 들어가 캄캄한 창밖을 내다보았다. 아마도 — 당시 나는 여전히 하느님과 천국과 성인들을 믿었기 때문에 — 할머니에게 기도했다. 할머니를 신격화하고, 회개자가 성인에게 하듯 간구했다. 하지만 거의 대부분, 할머니에 대한 그리움이나 학교생활, 어떻게 사는지 등을 이야기했다. 할머니가 돌아가시고 1년 후, 나는 기운 없는 시기를 보냈다. 그 지붕창 아래 누워 갈피를 잡지 못하고, 밤

169

마다 시트 속에서 뒹굴었다. 상심에 휩싸여 많은 시간 그 벽 쪽을 향해 울었다. 그래서 나는 북두칠성의 윤곽선을 올려다보거나, 그날 밤 무슨 달이 떴는지 가늠하면서 할머니에게 말을 걸었다. 모로 누워 별들을 다 보고 나면, 할머니에게 모든 게 나아지게 해달라고 청했다. 그러던 어느 날 밤, 그것을 느꼈다. 어깨에 닿은 손이, 기운을 내라는 듯 꼭 쥐더니, 아픈 아이에게 하는 것처럼 등을 쓸어주었다.

돌아봐. 돌아봐. 돌아보라고.

머릿속 내 목소리가 그렇게 명했다. 몸은 침대에서 꼼짝 못했지만, 온몸으로 돌아눕고 싶었다. 눈을 뜨니 방안이 온통 파랗게 빛났다. 그 구석방은 달빛도 닿지 않았지만, 진청색 그늘로 가득 차있었다. 나는 영화 같은 그 모든 행동들, 애니가 침대 끝에 앉아 있었을 때 오빠가 했던 그 행동들까지 다 했다―내 살을 꼬집고, 눈을 크게 뜨고, 중얼거렸다. *진짜지? 너 지금 안 자는 거지?* 나는 깨어 있었고, 난 그걸 알았지만, 공포가 호기심을 눌렀다. 옴짝달싹 못 한 채 가슴에서 쿵쾅거리는 심장 소리만 듣고 있었다. 지금까지도 난 그때 푸른 빛 쪽으로 돌아누워 거기 뭐가 있었는지 보지 못한 게 후회스럽다. 베로니카 켈리(Veronica Kelly)가 내 침대 옆에 서 있었다면, 난 예의를 갖춰 그녀를 알아보았어야 했다. 할머니의 안부를 묻고, 생전이 그리운지 물어보았어야 했다.

그리고 무엇보다도, 할머니의 말을 기억했어야 했다.

죽은 사람보다 산 사람을 더 두려워해야지.

살아 있을 때 누군가를 얼마나 많이 사랑했든, 그들이 죽고 장례를 치를 때 얼마나 슬펐든, 나는 그들의 묘지를 찾아가지 않을 것이다. 묘지는 누군가에게는 소중한 곳이지만, 나는 거기서 아무것도 느끼지 못한다. 젖은 흙 아래 묻어둔 상자는 내가 사랑한 사람과 닮은 점이 전혀 없다. *내가 죽으면 화장해*, 라고 나는 말한다. *반지는 빼고(내 몸에서 모든 금속을 잘 빼내길), 내 유해는 장작더미처럼 불태워.* 이제 할머니 묘지에는 잔디가 자라고, 나는 할머니가 생의 마지막 순간이 얼마 남지 않은 것도 모르고 잔디밭에서 노란 잡초를 뽑던 일을 떠올린다. 마지막 안식처의 푸른 풀 같은 잔디밭에서 마지막 숨을 쉬던 일을.

✳

사각형의 깔끔한 잔디밭이나 단장된 자갈밭 아래 눕기 전, 비록 잠시라도, 자신이 태어난 곳을 떠나야 한다. 할머니를 생각하면 할머니의 좁은 세상이 느껴진다. 단조로운 삶과 좁은 운신의 폭, 크나큰 상실들과 잠 못 드는 밤들이. 그 대신 나는 할머니가 마라케슈의 장터에서 그릇이나 깔개를 사려고 흥정하거나, 에베소에서 한낮의 태양을 피하는 모습을 상상해본다. 그녀가 뼛속까지 열기를 느끼며, 차양 아래서 얼음 띄운 레모네이드를 마셨으면 좋겠다. 할머니가 단 한 번이라도 다른 사람이―다른 곳에서―될 기회를 얻었으면 좋겠다.

미국 작가 배리 해나[113]는 모든 이야기에는 유령이 있다고 했다. 어떤 장소, 어떤 기억, 오래 잊었던 어떤 느낌. 사라지지 않는 경험들, 흔적을 남기는 사람들. 보이지 않지만, 영원한 잔재. 그을린, 압화 같은 기억. 과거의 보형물 같은, 지금 우리의 일부. 오랫동안 할머니는 자기 이야기 속의 유령이었고, 두려움과 슬픔의 결과, 자

---

113 Barry Hannah(1942~2010). 미국 소설가, 단편소설가. 8권의 소설, 5권의 단편집.

기 밖에서 산 유령이었다. 할머니의 어머니 역시 유령에 사로잡혔고, 혹 사후세계나 어떤 잔류의 공간, 그들을 찾아온 인간 유령들이 사는 곳이 있다면, 이제 그들 모두 함께일 수 있다. 그들보다 앞서 간 여인들, 무수한 어머니들과 막달라 마리아들, 세상에서 너무 많은 요구를 받았던 여인들과 나란히 말이다. 어떤 무엇도 대가를 바라지 않았던 여인들, 저 언덕들을 거닐며 바람 속에 외치던 여인들, 운명에 짓밟힌 여인들, 그러나 그럼에도, 더 나은 것을 찾아 떠나거나 머무른 여인들, 그리고 저항과 시위를 선택한 여인들, 그리고 뒤돌아보지 않고 미래라는 불구덩이 속으로 걸어 들어간 그 모든 여인들과 함께.

어디가 아픈가요?
맥길 통증 지수에 기초한 스무 가지 이야기

맥길 통증 지수는 1971년 등급에 따른 통증 판단법으로 개발
됐다. 의사들은 통증에 대해 77가지 단어를 고안했다. 그것을 20
개 군으로 나누었고, 환자들은 각 군에서 한 단어를 고른다.[114] 그다

114 McGill Pain Index :

1	Flickering, Pulsing, Quivering, Throbbing, Beating, Pounding
2	Jumping, Flashing, Shooting
3	Pricking, Boring, Drilling, Stabbing
4	Sharp, Cutting, Lacerating
5	Pinching, Pressing, Gnawing, Cramping, Crushing
6	Tugging, Pulling, Wrenching
7	Hot, Burning, Scalding, Searing
8	Tingling, Itchy, Smarting, Stinging
9	Dull, Sore, Hurting, Aching, Heavy
10	Tender, Taut (tight), Rasping, Splitting
11	Tiring, Exhausting
12	Sickening, Suffocating
13	Fearful, Frightful, Terrifying
14	Punishing, Grueling, Cruel, Vicious, Killing
15	Wretched, Blinding
16	Annoying, Troublesome, Miserable, Intense, Unbearable
17	Spreading, Radiating, Penetrating, Piercing
18	Tight, Numb, Squeezing, Drawing, Tearing
19	Cool, Cold, Freezing
20	Nagging, Nauseating, Agonizing, Dreadful, Torturing

음 1~10군에서 세 단어, 11~15군에서 두 단어, 16군에서 한 단어, 17~20군에서 한 단어를 고른다. 그러면 환자는 자신의 통증 감각을 묘사하는 일곱 개의 단어를 갖게 된다. 하지만 통증에 관한 한 단어들로는 불충분할 때가 종종 있다. 환자는 자유롭게 다수의 단어를 고를 수 있고, 통증은 한 어휘 군으로 축소될 수 없다. 어떤 특정 통증을, 이를 경험해보지 못한 사람이나 대체로 통증 없이 사는 사람에게 설명하기는 어려운 일이다. 현장 의료인들이 이 목록을 만들었고, 기술어들을 선정했다. 이 단어들은 통증을 겪고 있는 사람에게서 나온 것이 아니다. 이 단어들은 의사의 것이지, 환자의 것이 아니다. 이는 매립의 시도이다.

당신은 몇 번 통증을 겪었는가? 당신은 그 이야기를 하는 데 필요한 모든 단어들을 갖고 있는가?

통증의 어휘는 무엇일까?

깜빡이는, 떨리는, 흔들리는, 지끈거리는, 퍼덕거리는, 쿵쿵거리는

세탁부 건초염

요람에 누운, 내 아들, 그토록 원한 아이는
모난 데 없이 보드라운,
하얀 새끼 물개,
신심 깊은 파란 두 눈,
그 빛깔이 그대로 남을까?

그의 조개 같은 손
조개껍질처럼 살갗에 난 홈

사람이 다 되어가는 아이를, 나는 안아 들고
글 안 쓰는 손목에
새 통증을 느낀다
떨림, 지끈거림
원인은 힘줄
뼈가 아니다.

이내 아이를 들어 올리지 못한다
젖을 먹인 후
아이 등을
손으로 두드려
트림을 시키지도 못한다

드 케르벵 병이라고
의사가 말한다.
혹은 *세탁부(洗濯婦) 건초염*이라고.
(*洗濯夫의* 병이 아니다).
빨래하고, 안고, 젖먹이는
일은 여자의 몫이라는
사실의 환기.
여자들의 몸은

출산의 피해라는 사실.

펄떡이는, 지나치는, 관통하는

수술 후 배액 제거

투명한 튜브가 내 몸에 들어간다. 뱀 같은 의료기다.

오래된 혈액, 뼈 부스러기, 수술 폐기물을 제거한다.

동그란 배출기가 가득 차며 하얀 플라스틱 태양이 된다.

나는 달리기를 시작하듯, 그들에게 언제 할지 알려달라고 한다.

제자리 — 준비 — 출발!

파티에서 내 노래 차례가 된 것처럼, 숫자를 세어 달라고 한다.

와인에 취한, 늦은 시각.

셋을 세면 나는 목청을 열겠다고.

1 – 2 – 3!

언제 할지 알려줘요.

그럴게요

언제 할지

알았어요

알려줘요 —

통증이 살을 찌른다. 몸속 깊숙한 곳에서 튜브가 빠져나간다.

그것이 드러난다. 가짜 탯줄을 낳는 분만의 도플갱어다. 구멍은

살갗에 붉은 동전을 남긴다.

따끔한, 파고 들어가는, 날카로운, 찌르는

요추 천자

뇌척수액을 구하려고
막대가 아닌 바늘로 수맥을 찾아
척추골을 파고든다.
코르크스크루로
나는 무슨 포도지?
태아처럼 웅크린 채, 실내에서
가장 높은 지점에 집중한다, 왜냐면 통증은
고도이니까, 고산병이니까.
새로 채굴 당한 나는 이틀간 걷지 못한다
나는 어떤 음식과 가장 잘 어울리지?

날카로운, 잘리는, 쓰라린

매복 사랑니

나는 말을 많이 하지만
치과의사가 그렇다고 하기 전까지는
내 입이 너무 작다는 걸
알지 못했다.

그 말에 나는 키득거린다.
유치한 거, 나도 안다.
말썽꾸러기 치아가
잇몸을 위가 아니라
옆으로 뚫고 나온다.
기울어진 배처럼,
바에 기댄 술꾼처럼.
다른 어금니 쪽으로 자란다.

피부가 튼다,
흙을 뚫고 나오는
봄 식물처럼.

의사는 내가
한입 반경이 작은
사람이라고 선언한다.
이게 친구들을 즐겁게 할 거야
내게선 말이 늘 쏟아져 나오니까.
문장을 온천처럼 쏟아내지만
이제 나는 입이 작다는
의학적 증거가 생겼다.

마취 중,
내 작은
구강 속에서

금속이 돌아간다.
녹아내린 잇몸.
무감각하게 깨어나니
내 치아의 벽에서 벽돌 하나가 제거됐다.

저녁을 먹으며, 친구들에게 한입 반경을 이야기한다.
우리는 서로 비교하고, 사진을 찍는다.
아름답고 도톰한 입술을 가진 게이 친구가 자신은 입이 작으면
문제라고 한다.

우리는 웃는다.
이제 떠난 그 치아가 있던
빈 침대에 와인이 옹송그리고 눕는다.

꼬집는, 지끈거리는, 갉아먹는, 쑤시는, 부서지는

원인불명의 두통

염증이 가시지 않는다
새벽과 함께 선원처럼 돌아온다
보지 않았으면 하는 것들로부터.
머리인가 뇌인가 치아인가 턱인가?
나는 서툰 고고학자다,
인디애나 존스에 나오는 이들처럼

엉뚱한 곳을 파댄다.

두개골, 뺨, 머리가 지끈거리고
힘줄이 부서지듯 아프고, 세포를 갉아대는 느낌이다.
내 두개골에 쥐가 산다.
균형감각과 자세를 관장하는
대뇌 속을 쪼르르 뛰어다닌다.

외이도 속에서 통증이 빙빙 돈다
한 번은, 침몰하는 배에 탄 사람처럼
현기증이 나서 벽을 부여잡았다.
이소골이 진동해서
망치, 모루, 등자 사이에서 헤엄친다.

MRI 터널에서 음악이 흘러나온다. 카펜터스의 「슈퍼스타」.
기계 소음 속에서 캐런의 목소리에 집중한다.
사랑을 생각하면 뇌 속 어디가 밝혀질까? 두려움일까? 캐런 카펜
터일까?

이건 관이 아니야. 이건 관이 아니야. 이건 관이 아니야.

이 주문에 공압 진동음이 잦아들진 않는다. *거기 있어요, 캐런?*

당기는, 결리는, 비틀리는

자궁경부암 검사

누군가 당신의 몸속에 달을 넣겠다고 하면
당신이 동의하면
그 새하얀 차가움을
느낄 수 있다

기대어 누운 여신의 포즈로
두 발바닥을 모으면
신이 된 것보다는
검사경의 포로가 된 느낌

뜨거운, 화끈거리는, 타는, 불붙은

속쓰림(임신 중)

흡사 낯선 이가 마을에 도착한 듯, 처음 보는 차가 거리를 휘젓고
다니고, 어머니들은 커튼 사이로 지켜본다.
　이 경험은 많은 사람들에겐 흔하지만, 난 처음이다.
　TV에 끈적한 분홍색 약 광고가 나온다. 배우들이 목을 움켜쥐고,
인상을 쓰며, 불쾌감을 연기한다.
　아버지의 위장은 복잡하다. 내 인생과 발을 맞추었다. 어머니가

나를 가졌을 때, 아버지의 궤양에 천공이 생겼다. 아버지는 병원 근처에서 일했다. 가까운 덕에 사망하지 않았다.

하지만 그것은 아버지의 배 속에 평생 떠나지 않는 유령을 남겼다.

열기가 차오른다. 소화관은 불사조가 아닌 화재 위험물질.

말로서 그 불지옥에 도전하지만, 목구멍에서부터 재로 변한다.

찾습니다 : 소화전, 내게 물을 부어줘.

분필 같은 알약을 씹어 먹으면

그것이 사그라든다, 마치

강물과 싸운 것처럼.

나는 임신 중이 아니면 할라페뇨 고추를 병에서 꺼내 바로 먹겠다고 결심한다.

근질거리는, 가려운, 얼얼한, 따가운

눈 부상(한 음악 페스티벌에서)

잔디밭 구석구석 사람들

한쪽 줄무늬 천막에서 다른 천막으로 음악이 흘러나오고

우리는 이교도처럼 춤춘다. 밤이 깊도록, 시골의 칠흑 같은 어둠 속에서,

전장의 시신처럼 여기저기 흩어진 텐트 사이에서

길을 찾는 사이 야영지 발전기가 웅웅거린다.

그러다 한쪽 눈이 떠지지 않는다.

가짜 눈물이 흐른다.

골프 카트가 임시 구급차가 되어 도착하고,

풀밭 통로를 우스꽝스럽게 달리며,

맥주 캔들과

요정 요새[115]의 유령들을 밟고 덜컹거리면서

나는 손등으로

해적 안대를 만든다.

의무실 텐트에서 의사 — 너무 잘생김 — 가 내 머리를 부드럽게
돌린다. 45도 돌릴 때마다 개인적인 질문을 한다.

파트너랑 함께 왔어요?

남편이요.

누가 다치게 한 건가요?

아뇨!

그런 일이 흔한지 궁금하다. 정말 남자들이, 풍선으로 만든 교회
에서 결혼식을 올린 뒤, 만국기 아래서 여자 친구를 때리는지. 그렇
게 살면서도, 아직도 얼굴에 주먹질을 하는지?

의사가 말한다. *이물질이군요.*

나는 생각한다. *춤을 너무 추고, 잠은 안 잤거든요.*

---

115 fairy forts. 아일랜드에 존재하는 선사시대 주거지의 유적인 원형 돌무더기.
1991년 현재 아일랜드의 시골에는 '요정 요새' 3~4만 개가 존재, 그중 가장 오
래된 것은 기원전 600년까지 거슬러 올라간다고 한다.

묵직한, 화끈거리는, 아픈, 아리는, 무거운

모유 수유가 안 될 때

헤파린
양배추 잎
슬픔
지적질

부드러운, 팽팽한(당기는), 거슬리는, 쪼개지는

흉터

가끔 그것에도 치아가 있다,
항의하듯
벌린 입을 금속으로 꿰매놓을 때.
치유를 위해,
살갗을 고정시킨다.
얕은 상처에는,
종이로 고정시킨다.
눈썹 모 두께의 의료용 실―

혈소판들이 언덕을 넘어 몸이라는 전장의 참호로 행군한다.
응고 대장들이 모인 부대.

재빠르게 움직여, 부드럽던 살이 솔기가 되고,
몸 위에 경계 벽을 남긴다.
가렵다. 그렇다, 믿을 수 없을 정도로 가렵다.

당신은 그 과정을, 그 가능성을 지켜본다.
기침하지 마세요, 벌어질 겁니다,
그것은 서로 잡아당겨,
주름진 활, 꼭 다문 입술이 된다.
당신의 지도 위에 새로운 핀이 떨어진다.

지치는, 기력 없는

임신

배고픔은 증기기관차이고,
나는 구역질을 몰아내려고
음식을 퍼 넣는다.
무른 골반이 넓어진다, 사자 아가리처럼.
목구멍은 석탄보다 더 뜨겁게 타오른다.
방광은 네 무게에 눌려 수축한다.
잠은 머리에 벽돌처럼 떨어지고
보는 영화마다 결말을 놓친다.

몸속의 곰이 너를 키우려고 겨울잠을 잔다.

몸속의 사자는, 늘 굶주린 채, 차지 않는 배를 안고 서성인다.

몸속의 말은 고랑을 파느라 나를 휘젓고, 너를 들쑤신다.

몸속의 고래는 깊이 잠수하며, 네 뼈를 안내한다.

메슥거리는, 숨 막히는

폐혈전

아무리 숨을 쉬어도
내 폐의 우물을 채울 만큼 깊지 않다.
흙냄새, 베르가못, 아기 살갗의
냄새를 맡을 때처럼 한껏 들이쉰다.

엑스레이 사진에서, 의사는 덩어리를 가리키고
펜으로 동그라미를 그린다.
사람들과 어울리느라 담배를 오래 피워서 그런가요?
아뇨 — 저긴 혈전입니다.

통이나 관 속에서,
공기가 다 떨어지는 것처럼 숨 쉰다.
들숨마다 가슴은 칼로 찌르는 듯하고

덜 숨 가쁘고, 덜 얕고,

덜 불완전할 때까지 공급된다.

폐가 무너지는, 진균성 폐렴

통증을 멈추고, 폐가 다시 부풀도록

모르핀 펌프가 위장 속에 들어가고

하루 동안 마법처럼 번개가 친다

아버지는 내가

인생의 의미를 풀었다고 말한다

내가 뭐라고 했는데요? 당신은 귀를 기울인다.

세상에! 네 말을 따라갈 수 없었단다, 얘야.

너는 :

― 존재하지 않는 사람들이 있다고 생각한다.

― 세상이 끝나는 것처럼 운다.

― 피와 동물로 가득한 악몽을 꾼다.

― 목욕물을 손으로 퍼 올려, 건초더미 불덩이를 *끄듯* 남편에게

던진다.

하지만 효과가 있다, 이 독약은.

폐가 회복되고, 공기를 들이마신다,

마리화나인 양 깊이.

두려운, 무서운, 끔찍한

낙상

사람들 앞에서 나는 페미니스트 학자를 인터뷰한다. 그녀는 똑똑하고 재미있다. 우리는 가부장제의 공포 속에서 하나가 되고, 머리를 깎았을 때 당한 괴롭힘 이야기를 주고받는다.

남자들은 항상 여성의 머리카락을 보고 성, 유효성, 태도에 관해 짐작하죠, 라고 그녀가 말한다.

인터뷰가 끝난 후, 따뜻한 6월의 하늘 아래 나는 경사진 길에서 헛발을 딛는다. 승려 모습의 여자아이가 빙글빙글 돌다가, 땅에 닿기 전에 두려움이 솟는다.

콘크리트에 털썩 주저앉는다. 골반이 타격을 받지만, 그건 뼈가 아니라 세라믹과 티타늄이다. 별들이 나의 덤벙댐을 꾸짖는다.

구급차에서, 나는 여자들이 늘 하는 일—두려운 와중에도—, 사과한다. 그들의 시간과 들것, 튜브와 마스크가 설치된 이 차량의 한쪽을 써버린 것에 대해.

다양한 쓰라림을 알지만, 이건 아니다.

영상의학과에서 의료진이 나를 에워싼다.

내가 숫자를 세면 들어요! 그러자 내 몸은 머리부터 발끝까지 폭발한다.

원자폭탄 같은, 버섯구름이 터지는 듯한 아픔.

내가 한 짓에 대한 두려움.

환자분 골반을 대체한 세라믹 볼이 폭발했을지 모릅니다.

분노. 내가 자초한 짓이다.

물리치료사가 문제를 확인한다. 극심한 뼈 타박상.

스키 사고에서 자주 보이는, 골절만큼 아프다(나는 스키를 타 본 적이 없다). 더운 병동에서 나는 눈을, 눈보라를, 눈사태를 간절히 바란다.

최악의 상황은 면했군요, 라고 일주일 후 담당 정형외과 의사가 말한다.

극도로 힘든, 힘겨운, 잔인한, 사악한, 살인적인

통증에 대한 무관심

나는 상담자들을 많이 만나 봐서, 내 말을 안 믿는 것을 보면 안다. 이 목록에 적은 표현들로 육체적인 고통을 표현하고 전달하려고 할 때, 간혹 적당한 단어를 찾지 못하거나, 혹은 아무 단어도 없다는 것을 안다. 환자들은 자신의 건강 상태가 인정받고, 치료받고, 누군가 이렇게 말해주기를 바라며 싸운다.

그게 뭔지 알아요, 제가 도와드릴게요.

통증은 몸이 던지는 질문에 답하는 것이다. 통증을 공유하는 것은 해결책을 찾기 위해서지만, 의심에 맞닥뜨리는 경우가 종종 있다.

정말 그렇게 심한가요?

어떤 종류의 질병이라도 사적 명칭이 있다. 많은 경우, 대기실, 병동, 수술실에서 진행되기 때문에 용인된다. 공적인 것으로 여겨지고, 질병의 경험은 정치적인 것이 된다—공적으로 취하는 모든 행위는 정치적이라는 한나 아렌트의 주장을 빌리자면. 여성들은 일찌감치 통증을 흡수하는 것이 성자의 몸에 가까워지는 순교의 수단임을 배운다. 마치 불편함은 종교적 황홀경과 같다는 듯. 고통에 의미가 있다는 듯. 하지만 그런 건 없다.

비참한, 앞이 안 보이는

ATRA 부작용

빨강과 노랑 캡슐
일종의 수기신호
탁구공들
용량 : 하루 아홉 개
(아침에 네 개,
저녁에 다섯 개)
열닷새 동안.
헷갈리는 의식 :
아침이 노랑이고
저녁이 빨강인가?

ATRA, All-Trans Retinoic Acid
비소를 함유하지만
좋은 독극물이다.
보툴리누스균이나 폴로늄이 아니다.

부작용 :

숙취보다 심한 두통.

피부 건조, 말라비틀어짐.

흐릿한 시야, 눈의 파업.

홍채에 생기는 형상들,

빙글거리는 스와티카.

나치가 그걸 훔치기 전까지는

다산의 상징이었던.

다른 단어를 찾아본다.

테트라스켈리언.

플라이팟.

감마디언 크로스.

짜증나는, 성가신, 우울한, 극심한, 견딜 수 없는

자동차 사고(골반)

높다란 콘크리트 벽에 댄, 아이들의 이어진 팔들이 맨살의 교각을 만든다. 난 그 밑으로 내려가, 그 팔들을 지나면, 팔들이 풀어진다.

이 게임에서 영웅이 된 나는, 마지막 팔 밑에서 의기양양하게 올라온다. 두 손을 번쩍 들고, 승리한 공작새가 뽐내듯, 도로에 주차된 두 대의 차 사이를 쏜살같이 달린다.

갈색의 신기루, 그리고 범퍼 충돌.
금속이 맞닿고, 뼈를 뒤흔들고,
레슬링선수처럼 나를 땅바닥에 꽂는다.
당장은 혼미하다.

나의 무른 몸이 도로에 닿고,
푸른 하늘이 안 보인다.

일어나, 일어나
운전자의 겁에 질린 얼굴은 스틸 컷이다. 정지 화면 속 공포.

누군가 나를 안고, 부모님 집으로 달려가고
아이들은 뒤에서 비명을 지르고, 피리 부는 아저씨처럼,
나는 주방에서 복도로 옮겨진다.
엄마의 고함이 어디서 들리는지 귀를 기울이며
우리는 방마다 서로를 찾는다.
*E. T.*에서 우주인이 집에 들어갈 때처럼.

동네 의사는 무뚝뚝하다.
부러진 곳은 없군, 괜찮다.
거기서부터 시작이다.
무수히 반복될 첫 경험
의료인의 무시와
일축, 그리고 나는 배운다

소녀들은 평생 이것을 예상해야 함을.

며칠 동안 아프다. 깊숙한 곳이지, 살갗 근처가 아니다.
영영 남은 상처나 흉터는 없다.
쾌유를 비는 선물로 받은 정글 직소 퍼즐.
나는 그 가장자리를 맞추며 살갗에
수련 잎처럼 멍이 드는 걸 지켜본다.

몇 십 년째 의사들은 내 뼈의 수수께끼를 풀고자 이렇게 묻는다.
넘어진 적이나, 사고를 당한 적이 있어요?
나는 끄덕이지만, 그건 그들의 질문에 대한 답이 아니다.

퍼지는, 내뿜는, 꿰뚫는, 찢어지는

유방 물혹

통증을 표현하는 모든 단어들 중, 가장 진실된 것들 :
퍼지는, 내뿜는, 꿰뚫는, 찢어지는
통증은 화상의 고통, 혹은
성 세바스찬의 화살 박힌 살

유방 클리닉에서 창백한 얼굴의 여자들이 24시간 뉴스채널을
본다. 파란 원피스를 입은 심부름꾼들. 유방절제술의 대모들. 손 소
독제 향이 나는 허공에 이름이 호명되기를 기다리면서.

과립은 새로운 단어다. 시리얼, 모래알, 염습지, 산모래를 지칭한다.

달의 먼지와 우주의 돌, 피부 아래의 소행성 벨트.

예리함은 놀랍다. 나는 두 가슴의 모든 살집 사이에 부드럽게 얼얼한 느낌을 예상한다.

초음파가 행성이 아닌 진회색 원들을 보여준다.

제발 암은 아니길.

바늘이 밀고 들어오고, 관통의 따가움
짙은 구체가 액화하고, 악취 나는 액체가
주사기를 채운다.
덩어리는 숨어 있지만,
하지만 나는 안다
모든 분화구와 블랙홀 하나하나를,
몸의 태양계 구석구석을.

조이는, 얼얼한, 당기는, 끄는, 잡아 뜯는

옆구리 결림

옆구리를
찌르는 듯한 통증이 그립다
여덟 살, 혹은 열 살, 흐릿한 기억 속

너무 빨리 달렸던 때.

높다란 풀, 생울타리를 뛰어넘으며

귓전을 울렸던 의기양양한 사운드트랙.

화끈거림은 네가 승자란 의미였다.

새끼고양이와 유치만큼 먼 경주에서.

　　　　　　서늘한, 추운, 시린

신경 손상

내 피부 중에는

절대 따뜻해지지 않는 곳이 있다.

더운 날

나무 그늘이 진 곳처럼.

신경이 얼얼하고 제 기능을 못 한다.

길 잃은 메스가

날 선 키스를 건넨다.

　　　계속되는, 역겨운, 고통스러운, 두려운, 지독한

분만

두 탄생의 예정일,

두고 볼 일도
즉흥성도 없었다.

아니, 나는 그렇게 여겼다.

두 차례 모두 일찍
진통이 시작됐고,
유목처럼 서서히 가라앉는 진통에
아들은 내 척추 위에 누웠고,
아니면 그 뒤에 숨었다.
딸의 진통은
몇 주나 일찍 시작됐다.
뒹굴기. 기절.
사람들 말처럼 아팠다.
전채요리로
차게 식힌 척수액 폐색.
파티를 하듯
내 배를 갈라 열었다.

나의 산부인과 의사는
250킬로미터를 달려
너를 맞이하러 왔다.

산모님 아기들은 항상 서둘러 나오네요, 라고 그녀가 말한다.

상처는 스스로 빛을 발한다

상처는 스스로 빛을 발한다고
의사들은 말한다.
이 집의 모든 전등이 나가면
당신은 거기서 나오는 빛으로
이 상처를 치료할 수 있으리라.
—앤 카슨, 『남편의 아름다움』[116]

질병은 전초기지다. 달, 북극, 닿기 어려운 곳. 그걸 피할 수 있는 운 좋은 사람들은 결코 완전히 이해할 수 없는, 공감불능의 경험의 장소. 나의 십대 시절은 입원과 외래 예약, 수술 날짜를 동그라미 친 달력으로 가득했다. 살갗 아래 낯선 물체의 도착. 이렇게 오작동하는 나는 새로운 반역의 장소였다. 난 그걸 몰랐다. 그 언어도 몰랐다. 병든 몸은 고유의 이야기 충동이 있다. 흉터는 그 시작이

---

116 Anne Carson(1950~), *The Beauty of the Husband: A Fictional Essay in 29 Tangos*, Vintage, 2001, p.5(참조.『남편의 아름다움. 스물아홉 번의 탱고로 쓴 허구의 에세이』, 민승남 역, 한겨레출판, 2016, 7쪽).

고, 질문으로의 초대이다. "무슨 일이 있었나요?" 그러면 우리는 그 이야기를 들려준다. 혹은 시도한다. 평소의 목소리를 쓰지 않는다. 그렇다, 그걸로는 충분치 않다. 질병이나 외상에서 벗어나기 위해, 누군가는 다른 형태의 표현에 기대기도 한다. 그게 필요하다고 느낀다. 질병은 환자를 위축시키려고 하지만, 우리는 질병의 확대를 제어하며 이에 저항한다. 자신의 곤경을 이해하려는 환자의 시도는 지혈대를 쓰는 것과 같다. 예술은 누군가에게는 머리를 식혀주는 원천, 수술과 새로운 투병 생활의 지루함을 잊게 해주는 반가운 관심사가 된다. 나는 작가들과 화가들에게 끌렸다. 그들의 병력을 들려준 사람들, 그들의 수술과 망가진 몸을 예술로 변화시킨 사람들.

✳

열여덟 살의 나이에, 버스 사고는 프리다 칼로의 삶을 영영 바꿔놓았다. 훗날 칼로는 그 사건에 대해 이렇게 말했다. "검투사의 검이 황소를 꿰뚫듯 그 난간이 나를 꿰뚫었다." 칼로의 옷은 폭발로 벗겨져 날아갔고, 다른 승객, 아마 실내 장식가였던 듯한 사람이 페인트 도구 중에 금박 파우더를 소지하고 있었다. 충격에 그 파우더가 터지면서 이미 발가벗겨져 피를 흘리는 칼로에게 쏟아졌다. 칼로의 남자친구는 사람들이 그녀를 보고 "라 바일라리나[117], 라 바일라리나!"라고 외쳤던 것을 기억한다. 피투성이 몸 위로 금색이 붉은 색과 뒤섞였고, 그래서 그들은 그녀가 파편 속에서 팔다리가 꾸며진 듯 뒤틀린 발레리나라고 여겼던 것이다. 처음 칼로를 치료한 의사들은 그녀가 생존하리라고는 생각지 않았다―골반과 쇄골 골절,

---

117 La bailarina. '발레리나, 댄서'.

늑골 골절, 다리 골절과 짓이겨진 발. 척추 세 곳이 산산조각이 난, 뼈로 된 세 폭 병풍화였다.

칼로는 무릎 아래를 절단한 것을 포함, 평생 30회 이상의 수술을 받았다. 어린 시절 소아마비와의 씨름도 힘들었지만, 이 사고와 그 여파는 큰 재앙이었고, 만성 통증에 시달렸다. 칼로는 1929년, 스물둘의 나이에 마흔둘의 디에고 리베라와 결혼했다. 그들의 관계는 예술과 정치, 변덕과 매혹에 기초했다. 리베라는 칼로의 작품을 전적으로 지원했고, 두 사람은 탯줄로 연결된 듯 결속했지만, 그는 칼로의 자리에 자신을 넣을 수 없었다. 그녀의 고통은 그녀만의 것이었다. 고통은 ─ 정열과 달리 ─ 다른 존재와 공유할 수 없고, 고통은 나눌 수 있는 조각이 없다.

나는 병원에서 지낸 십대 시절 프리다를 알게 됐다. 우리의 건강 문제는 크게 달랐다. 프리다의 건강이 쇠약해지는 과정은 무시무시했다. 내 고통이 감히 프리다의 고통과 같다고 말할 수 없었지만, 우리의 경험에서 유사성이 느껴졌다. 그때도, 그리고 지금도, 내 몸에 고통이 없는 경우는 드물다. 통증을 느끼며 사는 삶은 집중하기 어렵고, 다른 어떤 생각보다 아픈 원인이 늘 우선한다. 통증은 존재를 상기시키는, 거의 데카르트적인 실체다. *Sentio ergo sum* : 나는 느낀다, 고로 존재한다. 다른 번역으로는, *patior ergo sum* : 나는 아프다/고통스럽다, 고로 존재한다. 하지만 신체적 경험은 언어에 저항하고, 글자 속에 거주하기를 거부한다. 언어로는 부족하다. 버지니아 울프는 「병듦에 대하여」에서 이렇게 적고 있다.

마지막으로, 문학 소재로서의 질병의 단점 중에는 언어의 궁핍이 있고

199

(……) 아픈 사람이 의사에게 하듯 머릿속으로 아픈 곳을 설명할라치면, 당장 언어가 딸린다. 환자가 쉽게 골라 쓸 수 있는 말이 없다. 직접 말을 만들어내야 한다. 한 손에는 자신의 통증을 쥐고, 다른 손에는 순수한 음소의 덩어리를 쥐고 (……) 그 둘을 함께 짓이겨서 결국 새로운 단어가 생겨나도록.[118]

칼로에게 느끼는 나의 존경심은 항상 작품을 향했다. 삶을 캔버스에 옮기고, 자신을 반영하고, 질병과 여성의 몸에 관한 금기에 도전한 것에. 2005년, 테이트 모던 미술관에서 열린 대규모 회고전[119]에 그녀의 그림을 보러 갔다. 전시실을 돌아다니면서 프리다의 여러 모습을 마주하게 됐다. 그녀의 다양한 모습들. 화가로서, 여성으로서, 환자로서. 벽마다 다른 그녀가 있었다. 나는 그녀의 그림 「부서진 기둥」[120] 앞에서 꼼짝 못 하고 서 있었다. 그 그림 속 칼로는 몸통에 커다란 구멍이 나서 파열된 척추를 드러내고 있었다. 뼈 대신 이오니아식 기둥을 그려, 고통에 지지 않으려는 칼로의 극기심을 나타냈다. 수백 개의 못이 그녀의 온몸에 박혀 있고, 얼굴에 눈물이 흘러내린다. 그 그림은 단순한 통증의 재현이 아닌, 통증을 물리적

---

118 *On Being Ill.* 1925년 집필. 발표는 1926년 두 차례 달리 행해졌다. ① 1월, 런던, *The New Criterion*(Vol. IV, No 1, 1월호, p.32~45). ② 4월, 미국, 수정본(*Illness: An Unexploited Mine*), *Forum*(Vol. 75, No 4, p.582~590). ①의 전문은 '질병에 관하여', 『런던 거리 헤매기』, 이미애 역, 민음사, 2019, p.66~82.

119 *Frida Kahlo*, Tate Modern, 2005년 6월 9일~10월 9일, 총 80점의 작품 전시. 후원(HSBC, Mexico Tourism Board), 제휴(Times Newspapers Ltd.), 큐레이터(Emma Dexter, Tanya Barson), 카탈로그(*Frida Kahlo*, Tate Publishing, 2005, 232p., 250x298x20mm).

120 *The Broken Column*(원제 *La columna rota*), 1944, 목질 섬유판에 유화, 30.6x39.8cm, 멕시코 Museo Dolores Olmedo 소장.

으로 보여준다. 그 그림을 볼 때마다 그것이 떠올려주는 느낌에 공감이 되어 얼굴을 찡그리게 된다. 칼로는 리베라와 아이를 갖고 싶어 했지만, 버스 사고로 망가진 그녀의 몸은 끝내 아기를 임신할 수 없었다. 첫 번째와 세 번째 임신은 건강에 미치는 위험 때문에 낙태수술로 끝났고, 1932년 두 번째 임신은 유산으로 끝났다. 칼로의 성치 못한 몸은 그녀를 배신했고, 그녀의 건강뿐 아니라 모성의 기회도 박탈했다. 「헨리 포드 병원」[121], 「프리다와 유산」[122], 「프리다와 제왕절개」(미완성)[123]는 모두 1932년에 그린 작품이다. 예술과 모성은 상호배타적이 되었지만, 모성—유령처럼 실현되지 않은—은 캔버스에서 반복되고 있다. 그녀의 몸의 역사에서, 모성은 액자 바로 밖에 도사리고 있다.

뒤틀린 뼈들, 오그라든 자아. 나는 프리다와 동질감을 느꼈다. 수술 전날 밤마다, 마취 후 탁한 공기와, 주삿바늘과, 절개와 천공 상처를 겪은 뒤마다, 나는 프리다를 생각했다. 약속을 지키지 않는 몸을 느꼈다. 2018년, 또 다른 프리다의 전시를 보았다. 그러나 빅토리아 앨버트 박물관의 그 전시[124]는 그녀의 삶 속에 있던 물건들을 조명했다. 매니큐어 병과 페이스 크림, 옷가지와 책들이 있었다. 하

121 *Henry Ford Hospital*(원제 *La cama volando* '나는 침대'), 1932, 금속판에 유화, 38x30.5cm, 멕시코 Museo Dolores Olmedo 소장.

122 *Frida and the Miscarriage*(원제 *El aborto*, '낙태'), 1932(훗날 1936년으로 기록), 석판화, 14x22.2cm, 미국 Fine Arts Museums of San Francisco 소장.

123 *Frida and the Caesarean*(원제 *Frida y la operación cesárea*), 1932, 캔버스에 유화, 62x73cm, 멕시코 Museo Dolores Olmedo 소장.

124 *Frida Kahlo: Making Her Self Up. A fresh perspective on Kahlo's compelling life story through her most intimate personal belongings*, London, V&A(Victoria and Albert Museum), 2018년 6월 16일~11월 18일. 큐레이터(Claire Wilcox, Circe Henestrosa, 자문 Gannit Ankori). 카탈로그(*Frida Kahlo: Making Her Self Up*, ed. Claire Wilcox, Circe Henestrosa, V&A, 2018, 256p. 227x290x27mm).

지만 나는 사실 그곳에 프리다의 병원 생활이 남긴 폐기물을 보러 갔다. 전시장은 어둠침침했고, 전시실은 작고 붐볐다. 한 모퉁이를 돌자 프리다의 깁스와 외과용 코르셋이 든 유리 상자가 불쑥 나타났다. 나도 모르게 눈물이 났다. 이것이 칼로가 산 삶의 현실이었다. 그녀를 돕고 동시에 제한한 물건이었다. 필수적인, 그러나 고통의 근원이자 상징인 물건들. 머릿속에서, 오래전 내가 했던 깁스 모습이 떠올랐다. 그 효과가 얼마나 갈까 생각하며 꼼짝하지 못한 채 비참했던 때가 떠올랐다.

많은 자화상에서, 프리다는 찔리거나 관통하거나 잘린 모습으로 그려져 있다. 종종 자신을 동물의 형태로 빗댄, 담담한 그림들이다. 「다친 사슴」(1946)[125]에서 칼로는 자신을 화살에 맞은 동물로 묘사한다. 그림 왼쪽 하단에 'karma'(업보)라는 단어가 보인다. 이 단어가 등장한 것을 보고 처음에 나는 어리둥절했다. 프리다가 그 고통을 당해 마땅하다고 여겼다거나 벌을 받는다고 느꼈다고 생각하기는 어렵다. 나는 칼로가 카르마를 인과 개념으로, 심판과 부활로 생각해서 그렇게 적은 것으로 추정한다. 또한 예술 행위와 작품을 의미할 수도 있다. 악전고투 중인 자신의 한계를 벗어난, 예술의 역동적인 삶을 그리기 위해 선택한 단어로서. 나는 그 단어 — 칼로의 회화에 등장하는 몇 안 되는 단어 중 하나 — 를 증언으로 생각한다. 자신이 바꿀 수 없는 것을 받아들이는 의미로서의. 만약 당신이 운이 좋다면, 질병은 도로를 이탈해 아무 피해 없이 도랑에 박힌 자동차다. 당신은 문을 열어젖히고, 놀라 걸어 나온다. 운이 나쁘면, 자동

---

125 *The Wounded Deer*(원제 *El venado herido*), 1946, 목질 섬유판에 유화, 30x22.4cm, 미국 Collection of Carolyn Farb(Houston, Texas) 소장.

차는 절벽에서 계곡으로 떨어진다. 주홍색 연료 폭발, 구겨진 차체.

    1925년 버스 사고 후, 의사들은 칼로의 전신을 깁스해서 뼈가 붙도록 했다. 의료적 목적은 달성됐지만, 프리다에겐 감옥이었다. 지루하고 꼼짝할 수 없었던 그녀는 그림을 그리기 시작했다. 앉을 수 없었던 그녀에게 어머니는 특수 이젤을 사주었고, 나중에는 침대 위에 거울을 놓아 자화상을 그렸다. 깁스는 몸을 가리는 한 가지 방법이다. 칼로는 그 아래 감춰진 자아를 포착하려고 노력했다. 골반 깁스에 봉인되어 있던 몇 달 동안, 나는 그것을 무덤으로 여겼지만, 프리다는 그녀의 깁스 속에서 가능성을 찾았다. 칼로의 몸에 가해진 모든 것이 작품에 드러나 있다. 그녀는 깁스를 장식했고, 붉은 의족에 화려한 용을 그려 넣었다. 신체적 자아를 캔버스로 사용한 것에 가장 근접한 것이었다.

✳

    '정지'(stillness)라는 말에는 '질병'(illness)이 담겨 있다. 와병의 시절, 나는 부단한 독서가가 되었다. 책은 실내에서 움직일 수 없는 상태를 좀 더 견디기 쉽게 해주었다. 사고 몇 달 후, 칼로는 그림에서 안식을 찾았다 — 하지만 충돌이 없었다면 어땠을까? 사고가 일어나던 날 프리다가 다른 곳에 있었다면, 그래도 화가가 됐을까? 미술을 발견하기 전, 프리다의 꿈은 의사가 되는 것이었다. 움직일 수 없는 상태는 상상력에 불을 지핀다. 회복기에 정신은 탁 트인 공간, 어두운 골목, 달 착륙을 간절히 원한다. 프리다의 그림은 신체적 공포, 위험에-처한-몸에 대한 가르침이고, 고통을 모르는 이들에게 그것을 전달하는 방법이다. 질병과 예술은 주관적일 수 있지만, 내가 칼로의 그림들을 처음 마주했을 때, 그것은 어떤 면에서 십대 시절 내가 설명할 수 없었던, 내가 느꼈던 것을 정확히 재현해주었다.

그녀의 몸과, 그녀의 망가짐과, 그녀의 불임의 문제를 그리는 세월 내내, 칼로는 사고 현장을 자세히 그린 적이 한 번도 없었다. 학살과 찢어진 버스와 뼈들을 묘사한 적이 없었다. 그녀는 그날 오후를 석판화로 거칠게 스케치했고, 「사고」[126]라고 불렀다. 리베라와 칼로는 멕시코의 엑스 보토(ex-voto) ― 질병이나 부상, 죽을 뻔한 경험에서 살아난 뒤 성인들에게 감사의 뜻으로 바치는 작은 그림 ―를 수집했다. 프리다는 버스 충돌 장면이 그려진 한 그림[127]에 덧칠을 해서, 버스의 목적지를 '코요아칸'(Coyoacán)으로 고치고, 쓰러진 희생자의 얼굴을 자기 얼굴로 바꾸고 일자 눈썹을 더했다.

「버스」(1929)[128]에서 프리다는 사고 직전 자신과 승객들을 묘사한다. 이 작품은 인생이 영영 바뀌기 직전, 거의 죽을 뻔한 경험의 직전, 고통 없던 삶의 마지막 순간을 포착한다. 프리다의 작품을 보면, 온기를 갖고 살아 움직이는 몸의 언어가 의료 용어와 불협화음을 일으키는 것이 아주 인상적이다. 프리다에게는 어떤 언어도 충분하지 않았다. 언어는 너무 가볍거나 포괄적이다. 질병의 경우, 적당한 단어를 찾기 어렵다. 조 샤프콧의 2010년 시집 『가변성에 대하여』[129]는

126 *The Accident*(원제 *Accidente*), 1926, 종이에 연필, 26.9x19.8cm, 멕시코 Collection of Juan Rafael Coronel Rivera, Cuernavaca.

127 「봉헌도」(Ex-voto), 1926년 이후, 금속판에 유화, 24.1x19.1cm, 멕시코 Museo Estudio Diego Rivera y Frida Kahlo 소장.

128 *The Bus*(원제 *El camion*), 1929, 캔버스에 유화, 55.5x26cm, 멕시코 Museo Dolores Olmedo 소장.

129 Jo Shapcott(1953~), *Of Mutability*, Faber & Faber, 2010, 64p.(2010년 Costa Book Award for Poetry 수상).

그녀의 유방암 진단 후에 쓴 것이다. "암"이라는 단어는 단 한 번도 등장하지 않으며, 시집은 샤프콧을 담당한 의료팀에게 헌정됐다. 언어는 우리를 실망시킬 수 있고, 프리다를 실망시켰다. 언어는 프리다가 말하고자 한 것을 일궈낼 수 없었다. 그녀에게는 예술—언어가 아니라—이 자신의 고통의 매개체였다.

✳

루시 그릴리는 그녀의 건강이 삶을 지배하기 시작했을 때, 그 상황을 표현하기 위해 언어—시와 에세이—에 몰입했다. 1963년 아일랜드에서 태어난 그녀는 곧 가족과 함께 미국으로 이주했다. 아홉 살 때, 그릴리는 유잉 육종(Ewing's sarcoma)을 진단받았다. 그 희귀한 안면암으로 인해 그녀는 턱 대부분을 제거하고, 3년간 화학치료와 방사선치료를 받아야 했다. 20대 중반이 되었을 때—그리고 환영받는 작가가 되어가고 있었을 때—그릴리는 서른 번에 가까운 수술을 받은 후였다(칼로와 같은 횟수였다). 계속되는 수술은 전쟁, 곧 자신의 얼굴과 싸우는 전투였다. 의사들은 계속해서 메스로 그녀의 얼굴을 열고, 뼈를 제거하고, 피부를 이식했다. 그것은 고도의 외과적 치료였고, 그리고—질병의 부위가 얼굴이었기 때문에—프라이버시의 문제가 존재하지 않았다. 척추나 다리처럼 그녀는 자신의 그 부분을 세상으로부터 감출 방법이 없었다. 봉합하고 흉터가 남은 그녀의 얼굴은 끊임없이 전시되었다. 질병은 짐이었고, 기형은 벗어날 수 없는 것이었지만, 그것이 그녀의 최악의 경험은 아니었다. 한 솔직한 인터뷰에서 그릴리는 이렇게 인정했다. "추하다는 느낌에서 받는 고통, 난 그것을 내 인생에서 가장 큰 비극으로 보았어요. 거기 비하면 암에 걸렸다는 사실은 사소하게 느껴졌죠."

글에서 느껴지는 자신감은 안면수술 이후 촉발된 불안과 대조
됐다.『한 얼굴의 자서전』[130]은 나에게 신체적 질병이, 특히 어린 나
이에, 안겨준 자의식에 대해, 직접적으로, 열렬하게, 심도 있게 말해
준 유일한 책이었다. 그릴리는 흉터의, 불완전함의 신체적 특징을
환기시키고 있을 뿐 아니라, 질병의 고독 ― 외톨이 ― 도 포착한다.
그녀는 아무도 ― 의사, 교사, 그녀의 가족조차 ― 자신이 무엇을 헤
쳐 나가고 있는지, 혹은 어떻게 느꼈는지 묻지 않았다고 회고한다.

그녀의 글에서, 그릴리는 자신이 받은 수술들을 모든 각도에서
살폈다. 의료 개입과 신체를 절개하고 열기 위한 준비과정에는 접
촉과 감촉이 포함된다. 의사, 간호사, 환자 이송 담당자와의 상호작
용, 그것은 거래이자 교환이다. 많은 환자들은 침범으로 느끼지만,
그릴리에게는 접속의 한 형태, 지원의 용인, 일종의 관심이었다. "내
가 수술에서 일종의 정서적 위로를 받는다는 게 상당히 부끄럽지
않은 건 아니었다. 결국, 수술을 받는 건 나쁜 일이니까, 그렇지 않
은가? 그런 돌봄을 받는 데서 위안을 찾다니, 내게 무슨 문제가 있
었던 걸까?"

어쩌면 글쓰기는 미술보다 더 많은 은폐를 제공할 것이다. 글쓰
기에서는, 회화와 달리, 특히 칼로의 작품과 달리, 작가는 대놓고 몸
을 전시하지 않는다. 언어는 무화과나무 잎사귀, 병든 몸의 벌거숭
이 음부를 가리는 패치다. 프리다는 주로 유화 작업을 했고, 외견
상으로는 자신의 신체적 자아를 캔버스에서 남김없이 탐색하는 듯
했다. 회화나 조각이 셀카를 찍는 것보다 더 거리감이 있는 것일까?

130 Lucy Grealy(1963~2002). 아일랜드-미국 시인. *Autobiography of a Face*, Harper
    Collins, 1994, 223p. 국내에 루시 그릴리,『서른 개의 슬픈 내 얼굴』, 김진준 역,
    문학사상사, 1999, 273p.

현대의 자화상 형식은 진화했고, 몇 달 걸려 그리던 유화는 이제 셀카로 신속 처리된다. 칼로는 그런 이미지들의 즉흥성을 거부했을까? 순식간에 찍는 사진은 수개월의 고뇌를 표현할 수 없다는 생각을? 겹겹이 칠하고 고친 붓질이 경험을 더 깊이 담고 있다는 생각을? 하지만 칼로는 또한 멕시코의 모계사회 지역인 테우안테펙(Tehuantepec)에서 만든 수많은 색색의 의상으로 자신의 몸을 감추기도 했다. 1934년 목탄으로 그린 「겉모습은 기만적일 수 있다」[131]에서 칼로는 드레스 아래 부상이 보이는 투시 자화상을 그렸다. 칼로는 "아픈 다리가 너무 못생겼으니 이제 풍성하고 긴 스커트를 입어야 한다"고 말했다. 어릴 적 내가 피했던 온갖 옷들이 떠오른다. 꽉 죄거나 짧은 옷, 몸에 달라붙는, 내 절뚝이는 보행과 혐오스러운 걸음걸이를 강조하는 옷감. 어쩔 수 없이, 내 다리는 나이가 들면서 짧아졌다. 다리 길이의 차이를 줄이고, 날마다 겪는 척추 통증을 상쇄하기 위해 키 높이 구두창을 장만하라는 조언을 받았다. 누구나 가끔은 숨긴다. 어쩌면 우리가 세상에 내놓은 자아의 보호물을, 살아가는 데 필요한 그 액세서리들에 저항하면서. 결국, 우리 모두 몸을 숨긴다.

✳

자신의 몸을 주제로 사용한 점에서, 사진작가 조 스펜스[132](1934~1992)는 그 자체였다. 자신을 촬영하기로 한 결정은 그녀의 건강과 직접적인 연관이 있었다. 유방암을 진단받은 후, 스펜스는 그

---

131 *Appearances Can Be Deceiving*(원제 *Las apariencias engañan*), 1934, 종이에 목탄과 색연필, 20,8x29cm, 멕시코 Museo Dolores Olmedo 소장.

132 Jo Spence(1934~1992). 영국 사진가, 작가, 문화운동가, 사진 테라피스트.

것을 주제이자 작업의 중심으로 삼아 수술 전후 자신의 몸 곳곳을 기록했다. 예술가 테리 데넷[133]과의 협업 연작 「건강의 모습?」(1982~1986)[134]에는 지금도 내 심장을 뛰게 만드는 특별한 이미지가 있다. 그 사진은 병동에서 약간 거리를 두고 찍은 것이다. 아마도 스펜스인 듯한 환자의 시각에서, 병상 두어 개 떨어진 위치에서 본 것이다. 카메라는 환자의 병상을 에워싼 의사들을 향한다. 전부 흰색 가운을 입은 그들은 서로 구별되지 않는다. 관객은 구성원 개개인이 아닌, 한 무리를 볼 뿐이다. 수가 많으면 안전할지 모르지만, 병원 시나리오에서는 반대 효과가 있다. 결과는 일종의 위협을 느끼게 만든다. 그렇게 좁은 공간에서 낯선 사람들이 병상을 에워싸면 위압적이다. 프라이버시도 없고, 인사도 드물다. 퉁명스럽게 말하는 이들, 응시조차 하지 않는 이들. 무표정하게, 환자들에게 행해지는 의료적 서술을 듣는 데 열중한다. "환자는 X가 있었고, Y를 투여했고, Z로 치료 중입니다." 이런 집단 회진에 나는 굉장히 겁을 먹곤 했다. 병 속에 든 표본처럼, 소리 없이 관찰 받는 느낌이었다. 나는 그 자리에 있었지만, 논의의 일원으로서 초대받지 못했다. 스펜스의 사진 속, 그 무리 전체가 남성이다.

「암 충격」[135]에서 스펜스는 한 의사와의 그런 조우를 이렇게 적었다.

133 Terry Dennett(1938~2018). 영국 사진가, 왕립 인류학 연구소 회원(1994~2017), 역사적 예술사진 협회 회장(2006-2011).

134 *The Picture of Health?* 1982~1986. Jo Spence, Rosy Martin, Maggie Murray, Terry Dennett, 54장의 흑백사진(Gelatin silver print photograph, C-Print and laminated press cuttings). 바르셀로나, MACBA Collection, MACBA Foundation 소장(2006년 구입).

135 *Cancer Shock,* Photonovel, 1982.
    • 참조. *Misbehaving Bodies: Jo Spence and Oreet Ashery*, Wellcome Collection(런던, 183 Euston Road), 2019년 5월 30일~2020년 1월 26일 전시.

어느 날 아침, 책을 읽던 중, 나는 흰 가운을 입은 한 젊은 의사가 의대생들을 거느리고 내 병상 옆에 서 있는, 압도적인 현실에 직면했다. 그는 자기소개도 없이, 자신의 메모를 참고하며, 내게 몸을 숙이더니, 내 왼쪽 가슴 위 살 부위에 십자 하나를 그리기 시작했다. 그러자 내 머릿속에 온갖 이미지가 뒤죽박죽되어 스치고 지나갔다. 물에 빠진 느낌이었다. 한 번도 마주친 적 없는 이 의사가, 노상강도일 수도 있는 그자가, 내게 왼쪽 가슴을 제거해야 할 거라고 한다. 마찬가지로 내가 "싫어요"라고 답하는 소리도 들렸다. 믿을 수 없다는 듯, 저항하며, 갑자기, 화가 나서, 공격하듯, 비참하게, 홀로, 아무것도 모르는 상태로.

스펜스는 사진으로 유명하지만, 언어를 이용, 신문을 잘라 붙여 몽타주를 만들기도 했다. 「암 충격」은 그녀의 약물치료와 수술 흉터의 사진들을 담은 사진 소설이다. 그녀는 작품 속 자신의 의료적 재현을 거부하는 동시에 그것과 일체가 된다. 그녀는 「암 충격」이 "예리하고 삭막한 의료 방식으로 기록된, 내 훼손된 몸의 한 기록이기를 바란다", 라고 했다. 스펜스는 맹렬했다. 청중―그리고 의사들―에게, 비록 수술과 절개가 필요할 경우에도, 자신의 몸은 자기 것이라고 했다. 그 사진들은 주도권을 잡고 선택권을 주장하는 시도이다. 2012년 아일랜드에서 있었던 「생명/사망 : 예술 속 질병의 체험」[136]이라는 이름의 한 단체전에서 나는 그녀의 작품을 처음 보

---

136 *Living/Loss: The Experience of Illness in Art*, 2012년 11월 23일~2013년 3월 10일, 아일랜드, Cork, Lewis Glucksman Gallery. 큐레이터(Fiona Kearney), 협찬(Alimentary Pharmabiotic Centre, UCC). 참여 작가(Jo Spence, Cecily Brennan, Martin Creed, Terry Dennett, Damien Hirst, Laura Potter, Mary Rose O'Neill, The Project Twins, Paul Seawright, Thomas Struth).

고 동질감을 느꼈다. 그 전시에 대해 글을 썼고, 내 삶도 그 속으로 스며들었다. 지금 생각하니, 나 자신의 질병에 대한 자체 탐사는 대체로 스펜스의 사진을 보고 시작됐다. 「건강의 모습?」에는 그녀의 가장 유명한 사진들이 담겨 있다. 유방절제술 전날 밤에 찍은 그 사진들 속에서 스펜스는 상반신을 드러낸 채, 무표정하게, 카메라를 응시하고 있다. 그녀의 왼쪽 가슴에 글이 써 있고—조 스펜스의 소유물?— 그리고 완강한, 그러나 꼭 필요한 부호가 달려 있다. 물음표는 확고하고, 약간 위협적이지만, 위엄으로 가득하다.

자신을 결코 예술가라고 부르지 않고, 스스로 "문화 저격수"로서 정의되기를 선호한 스펜스에게 저항 행위는 자연스러운 것이었다. 공과 사, 주체와 객체 사이의 구분이 흐려진다. 신디 셔먼[137]의 작품과 마찬가지로, 스펜스의 작품도 사진으로 쓴 자서전이지만, 셔먼이 옷을 잘 갖춰 입고 과장된 여성성의 면모를 재창조했다면, 스펜스는 자신을 드러내, 질병과 싸우는, 꾸미지 않은 본래의 여성으로 돌아갔다. 스펜스의 작품은 反위장, 反희생이다. 공공보건 시스템 내 통계적 존재라는 사실이 그녀를 대상화하고 비인간화했으며, 그녀는 이를 반박할 구상을 했다. "마침내 나는 몸을 전장으로 보기 시작했다", 라고 그녀는 썼다.

가부장제 문화 속에서 여성 예술가가 페티시, 여성화, 성적 매력을 부여받지 않기는 어렵다. 칼로는 최근 바비 인형으로 부활했다. 더 흰 살결, 대칭적인 몸, 장애—와 인종—는 지워졌다. 빅토리아 앨버트 박물관 전시에 앞서, 한 여성 기자가 칼로에 대해 이렇게

---

137 Cindy Sherman(1954~). 유명 미국 사진작가. 자기 자신을 작품의 모델로 삼은 셀프 포트레이트 기법으로 유명.

썼다. "그녀의 자화상은 장식적이지만, 결코 요란스럽지 않다. 위대한 브랜드가 다 그렇듯, 칼로는 단순함에서 거의 어린애 같은 이미지를 갖고 있다." 그리고는 칼로의 유명한 눈썹을 나이키 로고와 비교했다. 이런 의도적인 아전인수는 그녀의 작품에 담긴 자아의 극단적인 재현과 그녀의 정체성을 놓치는 것이다.

많은 예술가들에게, 특히 스펜스에게, 주요 동기는 가시성이다. 사람들은 한 문화 속에서 자신이 재현되는 것을 보지 못할 경우, 그 공간을 창조하려는 긴박한 요구가 생긴다. 여성으로서, 또한 나이 들고, 병들고, 노동자 계급의 여성으로서, 스펜스는 그 재현을 간절히 원했다. 그녀를 위한, 그리고 그녀 같은 여성들을 위한 예술의 한 형태를. 스펜스는 로지 마틴과 함께 「포토테라피」[138]라는 이름의 연작을 통해 희극과 페미니즘 개념을 결합, 육체적 고통 혹은 과거의 외상으로부터 치유될 기회를 만들었다. 이 작업은 도발적이지만, 스펜스가 만든 작품 중 가장 장난기 넘치는 사진들이 포함되어 있다. 주부 스페스는 아기의 공갈 젖꼭지를 빨고 있고, 로지는 수리공이 되어 담배를 물고 있다. 스펜스는 가장 심각한 주제들—죽음, 트라우마—을 다루면서, 유머를 선택했다.

매번 수술을 받기 전, 나는 칼로가 생각나고, 스펜스의 사진들도 머릿속에 떠오른다. 빙 둘러싼 의사들, 살갗에 쓴 글자가. 바쁜 병동에서, 수술 전에 복용할 약을 먹고, 익숙한 환자복을 입고 있으면, 간호사가 마커(검정인가 파랑인가?)로 내 살갗에 글을 쓴다. 어

---

138 *Phototherapy.*
 • 두 사진가는 1984년부터 협업했다. 참고로, 언급된 사진 일부는 1987년 런던 '사진가 갤러리'(Photographers' Gallery)에서 있었던 전시 사이트를 볼 것. *Photographs in Context V: Double Exposure, The Minefield of Memory. Jo Spence and Rosy Martin*, 1987년 2월 6일~3월 14일.

느 다리인지 표시하기 위해 동그라미 안에 "L"을 써놓는다. 봉합 전임시로 해둔 표시는 언젠가 희미해지겠지만, 결코 사라지지는 않는다. 나는 이 행동을 일종의 예술 과정으로 생각한다. 설명과 지시로서의 예술. 작년, 유방조영술, 초음파, 바늘 흡인에 앞서 한 의사가 내 가슴 낭종 주위에 원을 그렸다. 그게 스크린 속에서는 우박, 혹은 혜성 같았다.

✳

루시 그릴리의 글을 탐색하다 보면, 과도함을 수용하는 느낌, 맞설 수 없는 것을 절대 억누르거나 외면하지 않는 느낌이 있다. 칼로에게는 고요함, 정지, 경직되고 꼿꼿한 자세가 있지만, 스펜스에게는 에너지와 운동이 있다. 「나는 후대를 위해 내 유방을 액자에 넣었다」[139]에서 스펜스는 집―병원이 아니다―에 있고, 낯익은 물건에 둘러싸여 있는데, 곧바로 우리는 병이 그녀의 일상에 도도히 침범했음을 알 수 있다. 그녀는 사진 중앙에 있고, 그녀의 왼쪽에는 일군의 근로자들이 찍힌 사진이 한 장 걸려 있는데, 모두 남자들이다. 스펜스는 상반신을 드러낸 채, 걸친 것은 오직 구슬 목걸이와 왼쪽 젖가슴에 끈처럼 달린 붕대뿐이고, 흡사 지도 속 한 점처럼 그녀의 몸을 표시하고 있다. 가슴 위에 올린 나무 액자는 의도적으로, 전체 장면의 초점을 형성하고 있다. 스펜스는 우리에게 말하고―우리에게 보여주고―있는 것이다. 자신의 신체적 자아는 살갗과 세포의 덧없는 집합체가 아니라, 그녀의 예술을 통해, 오래 존재할 불멸의 작품이라고. 골반 수술을 받던 그 시절 내내 나는 몸을 감추려

---

139 *I Framed My Breast for Posterity*, 1982, 흑백사진(Gelatin silver print).

했지만, 스펜스는 당당히 자신의 몸을 드러내, 그 자체의 선언을 만들어냈다.

칼로는 끝내 다리를 절단한 지 1년 후인 1954년, 47세의 나이로 사망했다. 스펜스는 1992년 백혈병(나와 같은 종류였을까?)으로, 진통제에 의존하게 된 그릴리는 10년 후인 39세의 나이에 헤로인 과용으로 사망했다. 질병의 재현—예술로, 언어로, 혹은 사진으로—은 무슨 일이 일어났는지를 스스로에게 설명하려는 시도이자, 자신의 방식대로 세상을 해체한 뒤 다시 재건하려는 시도이다. 일생일대의 질병을 표현하는 것은 회복의 일부일 수 있다. 당신에게 적합한 발화를 찾는 것도 마찬가지다. 칼로, 그릴리, 스펜스는 내게는 어둠 속 불빛이자 일종의 지표였다. 삼각형 별자리였다. 그들은 내게 그것과 닮은 한 창조적 삶, 무대 중앙에서 환자의 삶을 밀어내고, 그것을 무색하게 만드는 한 삶이 가능하다는 것을 보여주었다. 질병은 있지만, 질병 그 자체가 되지 않을 수 있다고. 그들은 환자의 사적(고립적) 세계를 창조적 가능성의 공적 세계와 연결했다. 카슨이 쓴 구절—"상처는 스스로 빛을 발한다"—은 이 세 명의 예술가들이 구현한 것을 일컫는다. 수술로 파열된 자아의 조각조각을 모아 재조립할 수 있음을. 그리하여 상처를 영감의 끝이 아닌 영감의 원천으로 만들 수 있음을.

모험담

"맑고 푸른 어느 날 아침 도망치는 게 얼마나
짜릿한지는 두말할 필요가 없다."
—진 리스, 「좌안」(1927)[140]

막다른 골목 입구에 세워진 도로 표지판은 아이 가슴 높이의, 풀
밭에 박힌 나무판이다. 우리는 그걸 체조선수의 이단 평행봉으로
상상하고, 공중제비로 넘는다. 한 순간의 전율, 세상이 뒤집히고, 파
랑 대신 초록이 보인다. 표지판은 작은 언덕 꼭대기에 있고, 우리는
비명을 지르듯 웃어대며 바퀴처럼 굴러 언덕을 내려간다. 풀이 팔
꿈치에 들러붙고, 하늘이 갈라진다. 언덕 꼭대기의 하늘색, 밑에 닿
으니 다른 하늘색이다.

---

140 Jean Rhys(1890~1979), 널리 인용되는 이 문장은 단편 22편이 수록된 그녀의
첫 작품집 『좌안』의 마지막 단편 「비엔나」(*Vienne*)의 한 문장이다. 『센강 좌안 및
다른 단편들. 오늘날의 보헤미안 파리의 스케치와 연구』(*The Left Bank and Other
Stories. Sketches and Studies of Present-day Bohemian Paris*, 서문 Ford Madox Ford,
London, Jonathan Cape ; New York, Harper & Brothers, 1927, 256p.) 참조. 진
리스, 『한잠 자고 나면 괜찮을 거예요, 부인』, 정소영 역, 현대문학, 2018(이 단편
집을 포함, 51편의 단편 수록).

저녁인데도 밝고 해가 여전히 높이 떠 있으니 여름이었을 것이다. 달도 떠 있다. 밤에 보이는 모습보다 옅은 흰색이다. 그 달의 모습, 혹은 하늘의 빛깔, 혹은 한 점 구름은 지구가 얼마나 큰지 알려준다. 이 작은 땅은 넓지 않다. 흑사병 무덤 이름을 딴 이 교외도, 이 도시도 넓지 않다. *저 너머에 세상이 있다*, 라고 그것이 말한다.

＊

눈을 감아.

모험을 생각해.

무엇이 보이니?

아마 다음 중 하나일 것이다.

A) 밧줄이 흔들리고, 돛이 펄럭인다. 닦고 타르를 먹인 갑판, 짐 무게에 끼익거린다. 발은 육지를 떠나, 배에 오른다. 닻을 올리고, 배가 출렁이는 바다로 나서, 수천 마일을 항해한다. 시작이다.

B) 고산병에 걸리는 베이스캠프 위, 가파른 산, 높은 곳. 구름 한 점 없이 내리쬐는 햇빛에 눈이 부셔 아무것도 보이지 않는다. 팽팽한 밧줄, 몸뚱이를 돛 삼아. 등정.

C) 눈이 가득 쌓인 변함없는 광경. 텐트, 식량, 지도를 썰매에 높다랗게 싣고 있다. 오로지 바람과 얼음 밟는 소리뿐이다. 누군가 이상 탈의 증세를 일으키며 사망한다. 열이 나서 몸이 뜨겁다고 착각한 뇌가, 수영하려고 옷을 벗듯, 옷가지를 벗도록 하는 증상이다.

저체온증이 빠르게 일어난다. 손가락이 나뭇가지처럼 꺾인다.

이런 이야기는 끝이 없다. 시대를 초월한 용기와 대담함에 관한 이야기. 매번 새로운 사실 혹은 거짓을 이어 붙여 반복되는 모험담. 모험은 정글의 짙은 녹음, 거친 바다 위의 배, 장거리의 누적, 뒤에 남는 것이다. 모든 이야기는 반복이며, 독자인 우리 하나하나를 이야기 속으로 옮겨주는 작업이다. 나는 이 풍경 속으로 달려가, 눈 속에 야영지를 세우고, 몰래 밀항하는 나를 상상했다 — 하지만 수세기 동안 이런 이야기는 여성의 몫이 아니었다.

뒤를 돌아보자. 낯익은 얼굴들이 찰칵찰칵 지나간다. 마젤란과 아문센, 쿡 선장과 프랜시스 드레이크, "리빙스턴 박사로군요?" 남자들이 지배하는 모험담들. 끝없이 펼쳐진 바다를 가로질러, 모험 서사는 늘 남성성의 이야기 위에 세워졌다. 남자들이 모험을 규정하고 경험할 가치가 있는 중심 주체다. 지붕 삼을 별들이 있고, 건널 초원과 항해할 바다가 있다면, 역사는 그것이 기름 낀 피부에 털옷을 입고 더께 앉은 얼굴의 남자의 몫이라고 전하려고 애쓴다. 여자들은 집에 머물렀고, 가정생활의 평정을 유지했다.

기분 내키는 대로 여행을 떠나는 것은 전통적으로 남성, 그리고 부자들의 전유물이었다. 돈과 남성이라는 것이 도와주었다. 가사는 여성을 얽매었고, 떠나는 건 남성이었다. 그러나 단지 떠나는 문제가 아닌, 모험의 가능성과 마주하는 문제였다. 떠남은 모든 책임을 버릴 면허이기도 했다 — 돈을 벌거나 가족을 보살피는 것도 마찬가지였다. 가정의 기대와 노동에의 헌신을 완전히 벗어던지는 것은, 당연히 솔깃하게 느껴졌을 것이다. 가능한 최고의 모험, 세계 일주의 가능성도 남성의 전유물이었다 — 적어도 넬리 블라이[141]가 아니라고 결단하기 전까지는 말이다. 1889년, 그녀가 일하던 미국 신문사에서 필리어스 포그의 *80일간의 세계 일주*를 재현하기로 결정했다. 처음에는 남성 직원이 제안을 받았지만, 블라이가 혼자서 하겠다고 주장했다. 고프로나 GPS 대신 그녀는 입고 있던 옷 그대로, 작은 가방에 필수품만 챙겨 떠났다. 수행자 없이 — 19세기에 여행하는 여성에게는 드문 일이었다 — 블라이는 배와 기차를 갈아타며 72일 만에 여행을 마쳤고, 그 기록은 1년간 유지됐다. 블라이는 바다와 도시를 누빈 것만이 아니었다. 몇 주나 집을 비우는 여행을 떠나기 위한 투쟁도 어려웠을 것이다. 반대가 있었을까? 분명, 안전에 대한 걱정에, 혹은 남녀의 차이를 줄이는 이 행동에 불안을 느낀 반대가 있었을 것이다. 그저 일어나서 떠나려는 누군가 — 특히 여성 — 를 염려하는 척. 모험을 추구한 19세기 여성 대부분은 남성 가족의 허락을 받아야 했다. *여자가 어찌 감히?*

살아 있는 사람들의 기억 속에는, 자기 나름대로 세상을 보고자 애쓴 여성들이 숱하게 많다. 에베레스트에 처음 오르거나 남극이나 북극에 처음 도달한 여자들의 이름은 널리 알려지지 않았다(1975년에 와서야 다베이 준코[142]가 에베레스트 정상에 올랐고, 1986년 앤 밴크로프트[143]가 재보급 없이 팀 소속으로 북극에 도달했다). 하

---

141 Nelly Bly(본명 Elizabeth Cochran Seaman, 1864~1922).

142 田部井 淳子(1939~2016). 일본 산악인. 1975년 5월 16일, 여성으로서 처음 에베레스트(8,848m) 등정에 성공했다.

143 Ann Bancroft(1955~). 미국 작가, 교사, 탐험가. 북극과 남극을 밟은 최초의 여성. 1995년 여성 명예의 전당에 올랐다(참조. 리브 아르네센, 앤 밴크로프트, 체릴 달 공저,『우리는 얼음 사막을 걷는다 : 최초로 남극을 횡단한 두 여자의 탐험기』, 한승오 역, 해나무, 2004, 270p. ; Liv Arnesen, Ann Bancroft, Cheryl Dahle, *No Horizon Is So Far: Two Women and Their Extraordinary Journey Across Antarctica*, Da Capo Press, 2003, 253p.)

지만 그들은 *진짜* 최초를 이뤘다거나 완주해낸 것으로 취급되지 않고, 남성의 성취만큼 중요하게 여겨지지도 않는다. 남성 최초는 역사에 기록된다. 그들을 학교에서 가르치고, 미술 작품으로 남기고, 퀴즈 정답이 된다. 이렇게 역사 속에서 지워진 여자들은 누구일까?

✳

나이로비 공항에서 아마 천 번쯤 비행기를 이륙시켰지만, 바퀴가 땅에서 하늘로 활주할 때마다, 첫 모험의 불안과 상쾌함을 느끼지 않은 적이 없다.[144]

베릴 마컴은 1902년, 영국 이스트 미들랜즈의 내륙 소도시 애쉬웰에서 태어났다. 네 살 때 가족과 아프리카로 이주한 후, 그녀는 무더운 케냐에 빠르게 적응했다. 가만히 있지 못하고 스릴을 좋아하던 마컴은 말 길들이는 일을 했지만, 항상 하늘에서 가장 행복했다. 조종사 자격증을 가진 그녀는 드넓은 오렌지빛 아프리카의 하늘과 바람, 위에서 내려다보는 풍경을 몹시 사랑했다. 그녀는 수천 시간 비행하며, 우편물을 나르고, 사파리 사냥꾼들을 위해 사냥감을 찾았다. 마컴은 내기를 위해 대서양을 동서로 홀로 횡단한 첫 여성이 됐으며, 샌드위치 하나와 커피 한 병만 가지고 24시간 비행을 한 첫 여성이기도 했다. 그녀의 비행기 조종석(명칭은 남성의 전유물임을 상기시킨다[145])은 비좁은 목재였다. 미국 해안을 떠났을 때, 비행기의 연료관이 얼기

---

144 Beryl Markham(1902~1986), 『밤과 함께 서쪽으로』(*West with the Night*), Boston, Houghton Mifflin Company, 1942, p.9(참조. 베릴 마크햄, 『아프리카를 날다』, 이혜정 역, 서해문집, 2005).

145 조종석(cockpit). cock(수탉) + pit(자리, 구덩이).

시작해 마컴은 노바스코샤(Nova Scotia)에 불시착해야 했다. 파테(Pathé)의 극장뉴스 영상에서 그녀는 이마의 상처에 작은 반창고를 붙이고, 폭이 넓은 바지를 입고, 웃고 있다. 마컴은 그 경험에 대한 탁월한 회고록 『밤과 함께 서쪽으로』를 썼는데, 그 저서를 높이 평가한 헤밍웨이는 다음과 같이 말했다.

그녀는 글을 너무나, 놀라울 정도로 잘 써서 나는 작가로서 굉장히 부끄러웠다. 나는 마치 주어진 말을 아무거나 골라 못을 박은 뒤 이따금 쓸 만한 돼지우리를 만드는 목수가 된 느낌이었다.

동료 작가에게 너무 많은 칭찬을 한 것이 될까 봐, 헤밍웨이는 편집자 맥스웰 퍼킨스에게 마컴이 여성이며(사실 그는 마컴을 "여자애"라고 부른다), 글을 그렇게 잘 쓰다니, 끔찍한 악몽 같은 여자일 거라고 주지시킨다.

하지만 내가 알기로 매우 불쾌한, 고급 암캐라고 불러도 좋을 만한 이 여자애는 자칭 작가라는 우리 모두보다 훨씬 더 글을 잘 쓴다. (……) 정말 더럽게 멋진 책이다.

✳

여성 모험가는 마치 그녀의 자아실현이 남성의 노력을 침해한 것처럼 의심의 눈길을 받았다. 여행의 갈망은 왜 여자가 부엌과 가정에서 멀리 떠나고 싶어 하는지 이해할 수 없다는 반응을 일으켰을 터이다. 힘들고 단조로운 집안일, 어찌어찌 버티며, 더 많은 입을 먹이고, 자신보다 남을 행복하게 만들려는 일을 떠나는 것에 대해. 스릴을 추구하는 여성은 두려움의 대상이었다. 혈기 왕성한 여성은 비난의 대상이었다.

아일랜드는 이런 성향의 어린 소녀들을 능숙하게 비난했다. 지나치게 독립적이라고 간주되거나, 분노의 말과 어리석은 생각으로 가득 찬 소녀들로 치부되거나, 혹은 그저 아이를 많이 낳는 여자들로 간주되었다. 막달레나 세탁소에 갇힌 임신한 미혼모들은 "구출된" 것에 감읍하라는, 구원의 퍼포먼스를 요구 당했다. 남성이 50퍼센트 연루된 끔찍한 일을 소녀들이 감내토록 한 것은 충분히 악하고 충분히 잔인하며 충분히 끔찍하다. 하지만 다른 소녀들도 거기 갇혔다. 너무 명민하거나, 성적 매력이 강하거나, 너무 과한 소녀들. 목소리를 높이거나, *아뇨, 안 할래요*, 라고 말한 소녀들. 어머니나 할머니의 삶을 답습하지 않겠다고 한 소녀들. 임신을 할 수 *있기에* 이 보호소에 보내진 소녀들. 끼를 부리거나, 자신만만하거나, 통제 불능이라서, 일종의 선제공격으로서 감금된 소녀들. 이름만 다른 감옥. 만약 당신이 모험심을 가졌다면, 그 모험은 거기서 끝났다. 수십 년의 비타협적인 법 집행으로 켜켜이 쌓인 안갯속 다른 여행들도 있었다. 외딴 농가에서 요양원으로, 혹은 시내 친척 집 다락방으로. 옛 삶을 버리고 새 삶을 시작하기 위해 잉글랜드로. 최근까지도 낙태수술을 받기 위해 매일 열두 명의 여성이 아일랜드를 떠난 여행들이 그것이다.

✳

21세기에 ―마음만 먹으면 거의 어디든 갈 수 있는 시대에―, 산이나 숲이나 바다로 향하는 여성은 여전히 아무렇지 않게 던지는 질문을 받는다.

긴장되지 않나요?

✳

어린 시절부터, 누군가 "커서 무엇이 되고 싶니?"라고 물으면 내 대답은 항상 똑같았다. 비행기 조종사였다. 유럽을 가로지르는 비행기에서 (목발도 잘 신고서) 나는 조종석에 가볼 수 있었다. 9.11 이후로 지금은 불가능한 행동이다. 에어 몰타 여객기 기장은 조그만 공간의 조종 장치를 "넘겨"주었다. 유럽 상공의 구름 위에서, 나는 문득 비좁은 조종석에 몇 시간이나 앉아 있으면 내 아픈 다리가 괴로울 거라는 생각이 들었다. 몇 년째 받은 수술 때문에 신체검사를 통과하지 못한다는 뜻이다. 하지만 몇 분 동안, 새파란 하늘을 가로질러 구름 위로 날아오르는 기체의 조종간을 잡으니 행복했다.

✳

공중으로 오르면 모든 것을 두고 떠난다. 모든 국가, 경계, 시간대를. 땅 위로 솟구치는 것은 장소를 벗어난 어느 곳에 있는 것이고, 그래서 많은 여성들에게 하늘은 그들 고유의 영토였다. 에이미 존슨[146]과 어밀리아 에어하트[147]에 앞서 1878년 켄트에서 태어난 잉글랜드계 아일랜드인 릴리언 블랜드[148]가 있었다. 어머니의 사망 후, 그녀

---

[146] Amy Johnson(1903~1941). 영국 비행사. 영국에서 호주까지 단독 비행에 성공한 최초의 여성 조종사. 1930년대에 수많은 장거리 기록을 수립했고, 제2차 세계대전 중 영국 항공수송예비대(Air Transport Auxiliary) 소속으로 비행 중 사망했다.

[147] Amelia Earhart(1897~1939). 미국 비행사, 작가. 여성 최초로 대서양 횡단에 성공했다. 1937년 7월 2일 남태평양을 횡단하던 중 실종, 이후 실종 당시 사망한 것으로 1939년 공식 발표되었다. 국내에 그녀의 자서전이 소개되었다. 아멜리아 에어하트, 『펀 오브 잇. 즐거움을 향해 날아오르다』, 서유진 역, 부산, 호밀밭, 2021, 305p.(*The Fun of It. Random Records of My Own Flying and of Women in Aviation, etc.*, New York, Brewer, Warren & Putnam, 1932, 218p.)

[148] Lilian Bland(1878~1971).

와 아버지는 가족의 고향인 벨파스트 북쪽 앤트림 카운티의 칸머니(Carnmoney)로 돌아갔다. 블랜드에 관해 남은 기록이라고는 무술을 좋아하고, 바지를 입고, 담배를 피우고, 말을 탈 때 다리를 한쪽으로 모으기를 거부했다는 내용뿐이다. 이 모두 블랜드가 남성적이고, 다른 여자들과 달랐다는 생각을 은근한 비방을 섞어 강조한다. 그녀는 사진기자와 사진작가로서 일했지만, 일찍이 비행에 관심을 가졌다. 이미 라이트 형제가 1903년에 비행의 역사를 이뤄냈고, 블랜드는 연구 후 스스로 글라이더를 제작, 결국 엔진을 추가할 생각으로, 좀 더 발전된 모델 작업에 착수했다. 블랜드는 비행기 구조에 가문비나무와 물푸레나무를 썼고, 날개에는 물푸레나무를 이용했으며, 축에 연료탱크를 부착했다. 날개 길이는 20피트를 조금 넘었고, 조종 장치는 자전거 핸들을 본떠 제작했다. 블랜드는 칸머니 언덕에서 시험 비행을 실시, 한 동네 소년과 RIC(왕립 아일랜드 경찰대) 경찰관 다섯 명에게 바람에 날아오를 때까지 비행기를 잡아달라고 했다. 그녀는 총 중량에 근거, 기체가 엔진을 감당할 수 있도록 계산한 뒤, 20마력 2스트로크 엔진을 구매했다. 배달이 늦어지자, 블랜드는 조급증을 느껴 맨체스터로 가서 직접 엔진을 사서 페리에 싣고 아일랜드로 돌아왔다. 1910년 8월, 오빌 라이트의 발명 7년 후, 릴리언 블랜드는 마침내 비행에 성공했다. 메이플라이(*Mayfly*)는 30피트 상공에 도달했고, 0.5킬로미터에 조금 못 미치는 거리를 날았다. 훗날, 「비행」(*Flight*) 잡지에 발표된 활기 넘치는 서신에서 블랜드는 "비행했습니다!", 라고 적었고, 이로써 그녀는 자신의 비행기를 설계, 제조, 비행한 최초의 아일랜드 여성이 됐다. 그녀의 부친은 비행을 그만두면 자동차를 선물하겠다고 약속하며 말렸지만, 블랜드는 이미 계획한 바를 이룬 뒤였다. 모험의 역사에는, 그녀처럼 호기심으로 가득하고, 타협에 거부

반응을 일으키는 여성들 ─ 리머릭의 레이디 메리 히스[149], 등반가 애니 스미스 펙[150], 탐험가 패니 벌럭 워크먼[151] ─ 의 이름들로 가득하다. 블랜드, 마컴, 블라이는 이야기도 전했지만, 주도권을 잡고 자신의 서사를 직접 썼다. 그들은 가만히 있으라는, 그리고 조용히 있으라는 훈계를 무시했다. 그러나 이 모든 어밀리아 이어하트, 잔 바레[152], 이사벨라 버드[153] 외에, 한 발자국도 움직이지 못하는 수백만의 여성들이 있다. 대단한 모험도, 하늘에서 내려다보는 광경도 없다. 가난한 소녀들, 아프거나 장애를 지닌 여성들, 세상 속 역할이 일찌감치 결정되어 돌처럼 꼼짝 못 하는 이들 여자들이.

✳

방랑벽 ─ 낭만적이고 묘한 떨림을 주는 말이지만 ─ 은 모두를 위한 건 아니다. 정해진 일정과 확실성이 누군가에게는 억압이 아닌 편안함을 느끼게 하는 틀이 될 수 있다. 모험에는 확실한 태도가 요구된다. 위험을 무릅쓰고, 변화를 수용하는 욕구. 어디서 잠을 청할

---

149 Lady Mary Heath(1896~1939). 아일랜드 비행사. 뉴캐슬의 리머릭(Limerick) 카운티에서 출생, 1920년대 중반, 세계에서 가장 유명한 여성 중 하나였다.

150 Annie Smith Peck(1850~1935). 미국 산악인, 모험가, 참정권 운동가, 저명한 연설가.

151 Fanny Bullock Workman(1859~1925). 미국 지리학자, 지도 제작자, 탐험가, 작가, 특히 히말라야 산맥의 산악인으로, 최초의 여성 전문 산악인 중 한 명이었다.

152 Jeanne Baré(또는 Jeanne Barret, 1740~1807). 프랑스 탐험가, 식물학자. 1766~1769년 부갱빌 원정대와 함께 세계를 일주한 최초의 여성.

153 Isabella Bird(1831~1904). 영국 여행가, 지리학자, 작가. 우리에겐 비숍(Bishop) 여사로 유명. 그녀의 저서 2종이 소개되었다. ① 이사벨라 버드 비숍, 『한국과 그 이웃나라들』(Korea and her neighbors, 1897), 이인화 역, 살림, 1994, 603p. ; I. B. 비숍, 『조선과 그 이웃 나라들』, 신복룡 역주, 집문당, 2019, xxiii, 486p. ; ② 이사벨라 버드 비숍, 『양자강 저 너머』(The Yangtze Valley and Beyond, 1899), 김태성, 박종숙 공역, 지구촌, 2001, 570p.

지 알 수 없는 스릴, 매일 밤 펼쳐지는 다른 하늘, 남색 하늘을 수놓는 별들. 떠나는 것보다는 머무르는 편이 쉽다.

모험은 잠시 생각할 여지도 없이 뒤돌아보지도 않고 떨치고 떠나는 것을 의미한다. 매슬로의 욕구단계론[154]—인간 욕구의 피라미드로, 맨 밑의 생리적 욕구(숨쉬기, 물, 음식, 잠잘 곳)에서 시작, 안전, 애정/소속감, 자존감을 거쳐 자기실현으로 상승한다—에서 모험은 최상단에 가깝다. 세계를 여행하고, 기구 비행을 하고, 세계 일주 경주를 하는 것은 가장 높은 수준의 호사이다. 빈민과 노동계급에게 모험은 자본과 연결됐다. 스릴을 추구할 기회는 스스로 만들어야만 했다. 배를 타기 위해 뱃일을 자원하거나, 부유한 여행자의 하인이 되거나 탐험가의 조수가 되거나, 미국 고속도로 건설 일을 하는 것. 1960년대, 아일랜드 정부는 14파운드에 오스트레일리아 여행을 제공했고, 조건은 여행자들이 2년간 머무는 것이었다. 여행으로는 너무 길고, 망명객이 되기에는 충분하지 않은 시간이었지만, 오지 사막을 탐험하거나 도시의 뜨거운 벽돌 길을 살펴보기에는 충분했다.

✳

아일랜드 여성 더블라 머피[155]는 열 살 때, 세계지도를 선물 받았다. 지형과 국경에 반해버린 그녀는 언젠가 자전거를 타고 인도

154 Maslow's Hierarchy of Needs. 미국 심리학자 매슬로(Abraham Maslow, 1908~1970)가 1943년 발표한 이론('*A Theory of Human Motivation*', in *Psychological Review*, 1943, Vol. 50, No 4, p.370~396). 국내에 『매슬로의 동기이론 외』, 소슬기 역, 부산, 유엑스리뷰, 2018, 159p.

155 Dervla Murphy(1931~2022). 아일랜드 자전거 여행가, 작가.

에 가겠다고 결심했다. 1963년, 서른두 살의 그녀는 (로즈Roz라는 이름을 붙인) 자전거를 타고 아일랜드를 출발했다. 자전거였기 때문에 머피는 필수품 — 지도, 나침반, 0.25구경 자동권총, 옷가지와 울 방한모, 털을 덧댄 가죽장갑, 비누 한 장, 나이프 — 만 챙겨 유럽을 횡단했다. 그녀가 갖고 간 의약품에는 아스피린 100개, "햇볕 화상 크림"(6개), 팔루드린 알약(말라리아 예방), "과망간산칼륨 1온스(뱀에 물렸을 때)"가 있었다. 독서용으로는 윌리엄 블레이크의 시집 한 권과 네루의 인도사가 있었다.

머피는 프랑스와 이탈리아를 지나, 옛 유고슬라비아, 불가리아, 이란, 아프가니스탄을 거쳐, 히말라야산맥을 넘어 파키스탄으로 갔다. 그녀는 종종 낯선 이들의 도움을 받았다. 부유한 이들도, 매우 가난한 이들도 있었고, 그들의 친절을 일을 해서 보답했다. 어려움도 있었다. 라이플총 개머리판에 맞아 갈비뼈가 부러지기도 했고, 식사를 제대로 못했으며, 성폭력에서 가까스로 벗어나기도 했다. 머피의 여행기 『전속력으로. 자전거로 아일랜드에서 인도까지』[156]는 1965년 출간되었지만, 아일랜드인들은 그녀의 동기를 이해하지 못했고, 그녀를 나무라려고 했다. 1960년대 그녀의 모국은 여성에게는 탐험이 허용되지 않는다고 여겼다. 가정 혹은 정원의 울타리가 대부분의 여성이 삶을 영위하는 영역이었다. 머피는 자신의 여행을 모험이 아니라 "현실도피"(escapism)라고 부르는데, 그 이중의 의미는 분명하다. 자전거를 타고 떠났을 때, 그녀는 혼자 사는 호기심 많은 여성은 위험하다고 보는 나라에 작별을 고한 것이다.

훗날 머피는 딸을 낳았고, 딸을 데리고 떠났다. 파키스탄의 발티

---

156 *Full Tilt: Ireland to India with a Bicycle*, John Murray, 1965, 235p.

스탄을 탐험하던 그녀는 은퇴한 폴로 경기용 조랑말을 사서 아이와 짐을 실었고, 거기에는 겨울에는 현지 주민들의 식량이 부족했기 때문에 여러 포대의 밀가루도 포함되어 있었다. 3년 후, 레이첼이 아홉 살이 된 해, 그녀는 어머니와 함께 당나귀를 타고 페루에서 첫 960킬로미터를 여행했다. 머피의 말로는, 아이와 함께 있으니 사람들이 더 친절하게 대해주었고, 아이의 존재가 대화와 공감의 시작점이 됐다고 했다. 이토록 두려움 없는 어머니를 갖는 것은 어떨까? 여성은 무엇이든 할 수 있음을, 독립과 혼자 생활하는 것이 소중한 것임을 행동과 실천으로 보여 주는 어머니가 있다면?

✳

아일랜드에는 *샤나히*[157] ─ 군중을 사로잡는 이야기꾼 ─ 라는 오랜 전통이 있다. 수 세기 동안 그들은 이 집 저 집을 방문하며 오락거리 이야기를 전하고, 음식을 얻었다. 마찬가지로 그런 재주가 있는 여성들은 난롯가나 부엌에서 이야기를 전했다. 여자들은 대체로 밤에 집 밖으로 나가 돌아다닐 수 없었고, "ceili"(마실)[158]하는 여자들을 못마땅하게 여기는 건 확실했다. 복잡한 이야기들(영웅담이나 길고 신기한 이야기)에 재주가 있는 가장 중요한 이야기꾼들은 거의 남성이었다. 그들의 이야기는 대부분 옛 전설이나 토착 설화가 포함된 역사 이야기였다. 여성이 전하는 이야기에도 방랑자들이 등장했지만, 정작 그들 자신은 집에서 멀리 돌아다니는 것이 금지됐다. 여성들도 나름의 복잡한 이야기가 있었고, 기억에 의존해 노

---

157 *seanchaí*(/ˈʃanˠəxiː/, /ʃanˠəˈxiː/). 아일랜드 전통의 이야기꾼, 음유시인, 역사가.

158 cèilidh(/ˈceːlʲiː/). 스코틀랜드와 아일랜드의 전통적인 마실 모임. 오늘날에는 집이든 공연장이든, 소규모나 대규모의 춤, 놀이 모임도 포함된다고 한다.

트 없이 전했다. 난롯가에서, 숄을 걸치고, 다른 여성과 아이들에게 그 이야기를 전했다. 페그 세어즈[159]와 밥 페어테어[160] 등의 이름도 등장하지만, 이야기가 오락의 핵심 형식이었던 전통사회에서는 남성이 주로 그 중심에 있었다. 나는 여성작가들의 단편 선집 두 권을 편집하면서 여성의 글쓰기 내용에 대한 선입견이 있음을 알게 되었다. 즉, 여성이기 때문에, 작가의 시선은 의당 여성과 관련된 주제로 향할 것이라는. 비록 그들이 사랑, 연애, 가족과 죽음에 대해 쓰더라도, 그것은 덜 중요한 한낱 가정사의 문제로 간주된다. 같은 주제로 글을 쓰는 남성은 자연스레 위대한 미국/아일랜드/영국 소설의 주동자로 간주된다. 그들은 인간 조건의 기수이며, 그 누구도 그들의 작품에 대해 "가정적"이라는 말을 언급하지 않는다. 그런데 우리 모두 사랑에 빠지지 않나? 가족이 있지 않나? 죽지 않나? 섹스하지 않나? 왜 화자가 누구인가에 따라 존중에 차이가 있나?

✳

모험가의 몸은 토템이다. 틴타이프 사진[161]에서, 수척한 얼굴들이 렌즈를 응시하고 있다. 눈은 여행한 거리에 대해서는 아무것도 드러내지 않지만, 진흙이 말라붙은 부츠 안에는 물집 잡힌 발이 있고, 겹겹의 옷감은 영양실조와 괴혈병을 감추고 있다. 장신구는 총과

---

159 Peig Sayers(/ˌpɛg ˈsɛərz/, 1873~1958). '현대의 가장 위대한 여성 이야기꾼의 하나'로 평가받는 샤나히.

160 Bab Feirtéar(혹은 Cáit Feiritéar, 1916~2005). 샤나히. 이야기꾼인 아버지(Mícheál Ó Guithín)로부터 이야기하는 법을 배웠고, 삼촌, 할머니, 고모 모두 이야기꾼이었다.

161 tintype photograph(또는 ferrotype photograph). 사진의 인화 표면에 광택을 주어 마무리하는 것. 1860~1870년대에 널리 사용되었다가, 최근 부활했다. '습판(濕板)사진'으로 불린다.

나침반, 망원경이다. 현대로 다가오면서 모험가의 건강, 젠더, 경험한 고생을 가늠하기 더 어려워진다. 이제 초췌함은 매끈한 근육과하얀 자외선 차단 크림 자국으로 대체됐다. 직접 만든 카키색과 갈색 옷가지는 의복이 '파타고니아' 브랜드가 되면서 야한 네온 빛으로 바뀌었다. 오늘날 사진에서 가장 눈에 띄는 것은 여성이 더 많이등장한다는 점이다.

✳

수평선을 향해 떠나는 것은 그 아른거리는 선을 향해 출발하는것이다. 나는 매번 새로운 장소에 도착할 때마다, 가방을 내려놓고 획 돌아서서 걷기 시작한다. 외지인이 되는 것, 내가 어디서 왔는지 모르는 현지인들을 스쳐 지나가는 것에는 연금술의 마력이있다. 모퉁이를 돌 때마다, 모든 벽돌과 함께 섞여들기. 물론 선택해야 한다. 구글을 이용할지, 진짜 지도를 살지. 아니면 없어도 된다.밖으로 나가 왼쪽 혹은 오른쪽으로 돌아서 빵빵거리는 자동차를 지나 길을 건넌다. 소도시의 순환로를 따라 걷거나 외곽으로, 바다나들판으로, 내륙지역으로 향하든지. 국경을 찾든지. 새로운 곳에 가면, 자연스레 가장자리로 끌린다. 나는 걷기 전까지는 그곳이 불안하다. 긴 여행은 기운이 빠지고 방향감각을 잃게 하지만, 걸어 다니기 시작하면, 곧바로 편안해진다. 단지 새로운 억양을 듣고, 낯선 화폐를 만져보기 위해 커피나 껌을 사는 거래를 갈망한다.

모험과 함께, 앞에 놓인 미지의 길과 대면함으로써, 기대라는 일종의 필수적인 맹목성이 나타난다. 무계획적 여행의 유혹은 미스터리 그 자체이다. 새로운 사람과 길을 발견하는 것과 평행으로, 모든여행자는 자신의 모습이 드러나기를 기다린다. 출발은 옛 자신의 일부를 물리적으로 두고 떠날 것을 요구한다. 어쩌면 이 잔여물—물리적이든 감정적이든—이 너무 고통스럽거나 소중해서 함께 가져갈 수 없고, 그렇기에 버려야 하는 것일지도 모른다. 익숙한 무엇인가를 두고 떠나면, 집으로 돌아가는 길을 밝혀주는 신호등이 되거나 창가에 세워둔 촛불이 될 수도 있다. 여행하는 발걸음 하나하나가 여행자를 한 삶에서 다른 삶으로 옮겨주고, 남겨진 조각의 기억이 지친 방랑자를 지탱하게 해줄 것이다. 우리에게서 떨어져 나가 남은 나 자신의 그 일부는 변했을 수도 있다. 분명 그것을 되찾을 기회는 늘 있겠지만, 새로운 길들과 붉은 언덕들이 이미 그걸 밀어내기 시작했는지도 모른다. 이미 새로운 것으로 대체가 되었음에도, 마음속에서는, 두고 온 그것이 자석처럼 잡아당기는 느낌이 든다.

✳

　도네걸 북쪽 말린(Malin)에서 혼자 지내던 나는 매우 다른 두 날을 경험한다. 하나는 사방이 밝은 청록색이고, 작은 마을은 너무나 뜨거운 햇볕을 받아 풀이 그을릴 정도다. 하얗고 긴 모래사장 파이브 핑거스 스트랜드에 나가면 위험한 조류 때문에 수영하지 말라는 경고판들과, 거기에다 모래 언덕이 무너져 내린다는 경고판들까지 있다. 자연의 위험은 대단히 아름다운 곳에서도 절묘하다. 눈물이 날 만큼 밝은 빛이 360도로 펼쳐져 있다. 24시간 후, 빗줄기가 거리를 무섭게 때린다. 나는 뉴스와 해안지역 예보로 유명한 기상관측소가 있는, 아일랜드 섬의 북단인 말린 헤드로 출발한다. 소도시를 한 바퀴 돌아보니 항구 하나가 있고, 스케이트보드장 만한, 4미터짜리 파도가 내리친다. 강한 바람이 귀를 찢는 소리를 내지만, 소음의 대부분은 좌현과 우현이 맞닿아 부딪히고 있는 낚싯배들에서 나는 것이다. 기상관측소를 찾는 데 시간이 좀 걸리지만 눈에 확 띄는 안테나 기둥을 보고 찾아간다. 소박하고 외딴 작은 요새를 예상하고 갔는데, 조그맣고 수수했다. 내 상상력은 조용한 바닷가 마을의 평범한 관공서 건물이 아닌 좀 더 신비한 것을 생각했었다. 실제로 예전의 해양경비대 사무소가 있고, 그 옛날 무선 통신을 주고받으며 대서양에서 길을 잃은 배들의 도착점이다. 모스 부호로 구조했던 곳.

✳

나는 까다로운 여행자이다. 여행의 유혹, 동떨어짐과 낯선 광경의 약속이 나를 부르지만, 여행의 현실이나 짧은 기간에 종종 실망한다. 부모가 된 후로 그것도 바뀌었다. 늘 집으로 돌아가고 싶다. 며칠 집을 나와 있으면 아이들이 너무나 보고 싶다. 표는 항상 왕복으로 산다. 무단이탈. 밀항. 마크 아이첼이 노래했듯, "고속도로 위에서, 당신이 사라지고 싶다면 백만 가지 방법이 있다."[162] 그리고 우리 모두, 가끔은, 혼돈이나 평온을 찾기 위해, 온갖 요구를 피하기 위해, 테크놀로지에서 벗어나기 위해, 슬픔으로부터 숨기 위해, 그렇게 한다. 길을 잃을 가능성도 있다. 나를 찾지 못하게 할 수도 있다. 칸머니 언덕에 그림자를 드리우던 릴리언 블랜드의 글라이더처럼, 히말라야산맥을 자전거로 넘던 더블라 머피처럼, 베릴 마컴이 처음 바라본 노바스코샤의 해안처럼, 끈 없이 오를 수도 있다. 모험은 예측불허의 영역에서 작동한다. 교차로마다 폭풍이 불고, 지도상에 보이지 않는 사각지대가 등장한다. 그러나 우리는, 모험

---

162 Mark Eitzel(1959~), *Will You Find Me*(앨범 *The Ugly American*, 2002, 4:07). 미국 뮤지션. 샌프란시스코의 인디 록밴드인 American Music Club의 리드싱어로 유명.

이 선사하고 숨기는 모든 것들과 함께, 수평선을 향해 몸을 숙이고, 그곳으로 향한다.

신체 자주권의 열두 가지 이야기
(매일 열두 명씩 떠났던 여자들을 위해)

아일랜드에서 몸에 대해 말하면서 낙태를 논하지 않는 것은 불가능하다. 만약 당신이 여성이고, 그리고 몸에 대해, 또 그 몸이 무엇과 직면하고 무엇을 감내할지에 대해 글을 쓰면 특히 피하기 어렵다. 한 몸의, 한 사람의 생명의 경험은 하나의 실존적 아크[163]다. 한 사람에게 가해지는 고군분투의 상황들. 2018년 국민투표 이전까지, 아일랜드는 개인을 개별적 존재로 보지 않았다. 만인에게 두루 통용되도록 제정된 법에 근거, 모든 여성에게 동일한 법적 규제를 뒤집어 씌웠다. 그 국민투표 결과가 발효된 2019년 1월까지, 아일랜드의 그 어떤 여성도, 온갖 특수하고 엄밀한 예외적 조합이 아니고서는 임신중절 수술을 받을 수 없었다. 게다가 그 경우에도, 신청은 여전히 거부될 수 있었다. 다른 누군가가, 원치 않거나 위기임신 중인 당사자 아닌 누군가가 최선책이 무엇일지를 결정했다. 당신이 아일랜드 여성이 아니라면, 몇몇 맥락은 설명이 필요하다. 왜냐하면 이 상황들은 불쑥 아무 데서 솟은 것이 아니기 때문이다. 통제와

---

163 an existential arc. 물리용어 '아크'(전기불꽃)를 빌은 표현.

억압으로 쌓아올린 그 태산은.

✳

1983년, 낙태에 관한 국민투표는 그와 관련된 모든 투표와 토론에 촉수를 뻗쳤다. 국민들은 임신한 산모와 태어나지 않은 태아에게 동등한 생명권을 부여, 1주가 된 배아든, 23주에 근접, 생존 가능한 태아든, 그들을 물리적으로—또 법적으로—분리할 수 없는 것으로 만든 한 조항—제8조—을 헌법에 삽입하는 것에 찬성했다.[164] 임신 초기의 세포-덩어리 시기, 아기가-아닌 단계를 생각해보자. 이 법은 수많은 소녀와 여성의 삶에 영향을 끼쳤다. 1980년부터, 15만 명 이상의 여성들이 임신중절 수술을 위해 아일랜드를 떠났다. 몸과 자궁을 구분하는 선들이 흐릿해졌다. 배 속의 배. 물리적 몸—우리가 세상에 보여주는 뼈와 살의 가시적 집합체—은 만약 그 몸 안의 자궁이 계획에 없거나 원치 않는 임신을 담고 있다면 온전히 그 몸의 주인의 것이 아니다. 그런 여성을 상기시켜 줄 온갖 종류의 사람들이 줄지어 서 있다.

2017년 7월, 더블린의 한 거리에서 수백 명이 행진 중이다. 참가자들은 분명하다. 대부분 노인들이고, 그들은 길가에 늘어선 낙태 찬성자들에게 화를 내며 얼굴을 찌푸린다. 한 노인은 차도 턱에 서 있는 여성들에게 "살인자들!"이라고 외친다. 낙태반대 그룹의 한 산하단체가 조직한 이 행진은 "생명을 위한 시위"로 명명됐다. 산모와 태아 "모두를 사랑하라"고 주장하는 포스터를 움켜쥔 그들은 실은

---

164 1983년 9월 7일 국민투표 결과, 제8조('산모와 태아의 평등한 생명권 인정')의 헌법 삽입이 발표되었다. 총유권자 2,358,651명, 투표율 53.67%, 투표 1,265,994명 중 찬성 841,233명(66.90%), 반대 416,136명(33.10%), 무효 8,625명(0.68%).

두려움에 사로잡힌 그룹이지만, "태어나지 않은 아이"(the unborn)의 죽음을 생각해서가 아니다. 또한 정관사 "the"는 복수형을 뜻하는 중요한 표현이다. 낙태반대 운동은 항상 "태아"(foetus)를 "아기"(baby)와 동일시했지만, "unborn"이라는 애매한 용어, 즉 각각의 임신이 지닌 복잡하고 구체적인 사항을 포착하지 못하는 애매한 표현을, 정치적으로 사용한다.

성모 마리아(정절과 처녀성이 아닌, 인류애의 수호성자)와 과달루페 성녀(태어나지 않은 아이들의 수호성자)의 현수막들 사이로 요란하게 행진하는 그들은 과거라는 집단 유물이다. 그들은 나이가 문제가 아닌 — 그들과 비슷한 연령층에도 낙태 찬성자들은 많다 — 과거 여성의 삶이 어떠했는지를 선언하는 1950년대의 타임캡슐을 대변한다. 온갖 종교 교리를 들먹이는 그들이지만, 임산부에 대한 동정심이 부족한 점은 숨이 막힌다. 거룩하고도 거룩한 신자들이 노골적인 포스터를 들고 여성들에게 지옥에 떨어질 거라고 하면서도, 전혀 부적절하다고 느끼지 않는다. 이 군중은 수십 년 동안 피임에 반대한, 그 결과 수천 건의 위기임신을 양산한 한 사고방식의 분노의 표현이다. 수세대의 젊은 여성들을 집단적으로 마멸시킨 그 임신들, "불법적" 아이들이라고 압박을 가하고, 평생 수치심을 안기고, 막달레나 세탁소 혹은 모자 보호소[165]로 강제로 쫓아낸 그 임신

---

[165] mother-and-baby home. 가톨릭교단이 운영하는 이런 보호소들이 아일랜드에 다수 존재했다. 더블린의 St Patrick(1904~1985), 북부 티퍼래리 주의 Sean Ross(1932~1970), 서부 골웨이 주의 St Mary(1925~1961) 등. 2015년 2월, 정부 조사위원회가 구성, 2017년 9월, St Mary 보호소에서 796구의 아기들이 매장된 유해가 발견되어 충격을 자아냈다. 2021년 1월, 조사위는 최종 보고서에서 1922~1998년 사이 18개 보호소에서 태어난 어린이 7명 중 1명꼴인 약 9,000명의 어린이가 사망했다고 밝혔다. 2021년 1월, 아일랜드 수상은 주를 대신하여 생존자들에게 공식 사과했고, 위원회는 2021년 2월 해산되었다.

들. 감옥과 다름없는 그곳에서 엄마와 아이는 모두 상품화됐다. 아일랜드의 신생아는 현금이었고, 어쩔 줄 모르는 젊은 엄마에게서 강제로 빼앗아 입양시키거나 팔았다. 이들 여성들은 수녀원과 사설 요양원을 위한 장려금의 보조 수입원이었고, 그들은 수익을 위해 그녀들을 뼈 빠지게 돌렸다. *어서 오렴, 소녀들아! 여기 너희들의 작업복이 있단다. 아기들은 이리 내!*

＊

2년 전, 나는 한 문학 페스티벌에 참가, 내가 쓴 작품들, 픽션과 논픽션을 몇 개 읽었고, 마침 두 개 모두 낙태를 언급했다. 낭독이 끝나고, 질의응답 시간에 패널의 다른 작가—똑똑하고 간혹 재미있는 뉴욕 작가—가 나를 정치적인 작가라고 한다. *내가?* 난 전혀 알지 못했던 일이고, 내가 놀라자 그 작가는 내가 기분이 상한 모양이라고 한다(아니다). 그녀는 내가 그 생각에 반대하는지(솔직히 아니다), 내 글의 해부학적 주제가 몸의 정치학과 관련이 있는지 묻는다. 분명 그렇다. 여성의 몸에 대해 무엇을 혹은 어떻게 쓰든—생식에서부터 성에 이르기까지, 질병에서부터 모성에 이르기까지—그것은 정치적이 된다. 여성은 육체적인 것에 국한되었다. 여성을 더 쉽게 무시하기 위해. 그들을 위해 정하고, 지배하고, 입법화하기 위해. 하지만 상황은 변하고 있다. 더 많은 사람들이 모였고, 목소리는 더 커졌다. 친구들은 낙태 이야기를 들고 대중 앞에 나서고 있고, 그 결정이 그들의 삶에 미친 현실과 파장을 알리고 있다.

✳

　2018년 5월 8일, 낙태에 관한 국민투표 17일 전, 나는 모르는 사람 집의 현관 앞에 서 있다. 집 안 어딘가에서 개가 줄기차게 짖어 대고 있다. 심호흡을 하고, 간유리 뒤에서 나타날 사람의 모습을 기다린다. 그달 말에 있을 투표를 위해 홍보 중이다. 아일랜드 유권자는 헌법 40조 3항 3절 — 혹은 수정헌법 제8조로 알려진 — 을 폐지할지 여부에 대해 투표할 예정이다. 그날 밤 내가 찾아간 많은 이들처럼, 현관 앞에서 만난 그 사람도 찬성을 던질 것이라고 한다. 단호히 반대한 사람은 낙태는 살인이라고 한 한 젊은 여성뿐이다.

　"엄마의 생명이 위험해도 말인가요?" 내가 묻는다.

　"신은 선하십니다. 신께서 결정하실 일이죠", 라고 그녀가 답한다.

　나는 시간을 내줘서 고맙다고 하고 다음 집을 찾는다. "반대" 의견을 들으면 기운이 빠진다. 여성의 의견이면 더욱 그렇다. 여러 저녁에 걸친 홍보 중 대다수는 "찬성"이지만, 우리 중 누구도 5월 25일 투표 결과에 만족하고 싶지 않다.

✳

　1992년, 14세 더블린 소녀가 임신했다는 기사로 뉴스가 도배된다. 그 상황 — 아이가 아이를 가진 것 — 은 이미 충분히 무섭고 당혹스럽기 그지없다. 거기에 강간의 결과였다는 공포까지. 소녀의 가족이 잘 알고 있던 한 40대 남성이 소녀를 오랫동안 성적으로 학대했다. 나는 그 소녀를 많이 생각했다. 그녀의 모습을 떠올려 보려고 했다. 긴 머리일까, 짧은 머리일까? 반려동물이 있었을까? 음악을 좋아했을까? 얼굴에 주근깨가 많았을까? 확실한 건 몸집이 작다는 것이었지만, 작다는 것이 그녀를 보호하지는 않았다. 입에 담을

237

수조차 없는 상황에 직면한 그 아이와 부모는 임신중절을 결정했다 — 그러나 여긴 아일랜드였다. 가톨릭 국가에, 전통적이고, 반동적인 아일랜드. 경찰에 강간신고를 했고, 친자확인 테스트 상담을 받은 후, 아이의 가족은 경찰에게 딸이 영국으로 가서 낙태하고 싶다는 뜻을 알렸다. 그들이 출발할 때, 경찰이 법무장관에게 연락했고, 장관은 수정헌법 제8조에 의거, 명령서를 발행했다. 소녀의 법률 팀이 그녀를 대신하여 대법원에 항소를 제기했고, 그 사이 런던에서 그 십대소녀는 어머니에게 자살하고 싶다고 했다. 법원은 결국 명령을 해제하고 낙태를 진행하도록 허용했지만, 그 몇 주간의 스트레스와 트라우마가 극심했던 탓에 소녀는 유산하고 말았다.

그해 말, 헌법에 3가지 수정조항을 추가할 것을 제안한 국민투표가 행해졌다. 나는 막 18세가 되었고, 민주적 절차에 처음으로 참여, 투표할 기회였다. 그 경험은 3차원적이었다. 그때를 머릿속으로 돌이켜보면, 법정과 관공서들, 의사봉과 투표함들, 흰 네모 칸 속 검정 체크 표시가 보인다. 죽은 태아들의 사진이 박힌 플래카드를 들고 외치는 사람들. 토요일마다 그들은 시내에서 작은 해마처럼 생긴, 생명의 조각들이 그려진 똑같은 플래카드를 들고 서명을 받았다. 그 사진들은 — 그들의 의도처럼 — 눈에 확 띄고 불길했다. 윤곽 없는 살덩어리에 새카만 눈이 그려져 있었다. 하지만 그 열네 살 소녀는 어쩌란 말인가? 그 태아보다 채 15살도 더해지지 않은 그 소녀는. 난 그 애만을 생각했다. 그 상황의 두려움과 공포를, 그 애가 자기 입장을 말하지 못한 것을. 법관들의 손아귀에서 성적으로 성인이자 또 아동으로서 취급받는 것이 어떤 것일지를. 어떻게 한 체제가 가장 어린 시민에게 상처를 주고 배신할 수 있는지를. 그리고 그게 이 소녀와, 그녀가 몸에 지녔던 세포의 차이다. 인간성. 시민권.

아일랜드는 소녀들을 경멸한다. 국가는 가족/여성/소녀가 믿는 것이 그들에게 가장 이롭다는 것에 반대할 수 있고, 실제로 반대한다. 태어난 소녀가 태어나지 않은 태아보다 못한 권리를 가진다. 이렇게 유지되는 가부장제 안에는, 심지어 이들 경우에서도, 그 결과가 결국 임신하게 된 그 소녀들과 여성들이 공모한 것이라는 어떤 믿음이 있다. 그들이 *자초한 짓이라는 것*. 한 여성의 몸 밖에서 살아남을 수 없었던 것에만 행해지는 동정.

✳

2018년 5월, 국민투표 1주일 전이다. 모두 바쁘고 지쳐 있다. 더블린은 예민하고 날이 서 있다. 나는 롱포드 주에서 한 문학 행사를 주재했고, 도시는 반대 포스터로 가득하다. 내가 본 단 두 개의 찬성 포스터는 지워져 있었다. 국민투표는 잠들지 못하는 걱정거리이다. 내가 아는 여자들은 전부 잠을 못 잔다. 갑자기 울음이 터진다고 털어놓는 이들도 있다. 한 친척은 자신은 반대에 찬성할 거라고 끝내 시인하고, 난 뭔가 배신당한 느낌을 받는다. 우리는 오랫동안 통화를 하고, 통화 마지막에 마음을 바꿨다는 말을 듣는다. 한 작가 친구는 20대 남자들이 기차에서 나누는 대화를 듣는다. 잔뜩 으스대는 한 남자가, "그들에게 그걸 주고 싶지" 않다고 하면서, 여자들이 건방지게 자신들의 몸을 통제하고 싶어 한다고 암시한다. 하지만 다른 남자들도 있다. 친절하고 공감하는 남자들. 그들도 무엇이 위험에 처했는지 깨닫고, 우리와 나란히 서서 전단을 돌린다. 우리 모두 투표함을 집계하고 마침내 아일랜드가 그 법을 바꿔야

한다는 사실을 인정하는 5월 26일에 있을 것이다.[166]

✴

2012년, 31세의 사비타 핼러파나바는 패혈성 유산의 합병증으로 골웨이에서 사망했다. 그 이야기가 지닌 비극적 요소—젊은 나이, 급속한 쇠약—는 모두에게 충격을 주었다. 그녀가 자신을 살릴 수 있었던 임신중절을 간청했을 때, 산파는 그녀에게 "이곳은 가톨릭 국가이므로" 불가능하다고 했다. 그녀의 죽음은 잔인했고, 막을 수 있었다. 그것은 이전에 낙태에 찬성하지 않았던 많은 이들의 마음을 바꾸는 전환점이기도 했다. 그 사건은 즉각적인 항의를 불러왔고, 수천 명이 헌법 개혁을 밀어붙이는 도화선이 됐다. 2018년 모두가 사비타의 이름을 들먹인다. 그녀의 부모는 아일랜드가 찬성 투표할 것을 촉구한다.

✴

국민투표가 다가오면서, 다른 보건 관련 이야기들이 등장하기 시작한다. 하나는 국립 자궁경부검사 프로그램을 통해 정기적으로 스미어 테스트(smear test)를 받는 여성들에 관한 것이다. 200명이 넘는 여성이 잘못된 검사 결과를 받고 17명이 사망했다는 것이다. 이러니 어떻게 우리가 아일랜드 여성의 몸이 결국 정치적이 아니라고 생각하겠는가? 국민투표 1주일 후, 아일랜드 대통령 마이클 D. 히

---

[166] 2018년 5월 25일, '수정헌법 제8조 폐지' 국민투표 결과, 1992년의 수정헌법조항 40.3.3을 대체하는 것이 가결, 4개월 후인 2018년 9월 18일부터 발효되었다. 총 유권자 3,367,556명, 투표율 64.13%, 투표 2,159,655명, 찬성 1,429,981명(66.40%), 반대 723,632명(33.60%), 무효 6,042명(0.28%).

긴스는 여러 대의 버스에 태운 여성들을 아라산 우크트란(Áras an Uachtaráin, 대통령 관저)으로 초대한다. 막달레나 세탁소에서 살아남은 여성들. 국가와 종교단체들에 의해 수감되어, 무급으로 일하고, 임신으로 인해 "타락"했거나 난잡하다고 수치를 당한 여성들. 아일랜드 여성의 예속의 역사는 과거와 현재에 모두 연결된 길고 복잡한 것이다—이 역사의 무게는 2018년 국민투표로 크게 줄어든다.

✳

2013년, 임신 중 생명 보호법이 통과된 날 밤, 나는 하원인 달(Dáil)에서 그 투표를 지켜보았다. 그 법은 자살의 위험을 포함, 임신이 여성의 생명에 위험이 될 경우 낙태를 허용했지만, 임신중절 수술을 진행하려면 몇몇 엄격한 기준을 담고 있었다. 의회(Leinster House)로 가는 길에 나는 일군의 낙태반대 시위자들을 지나쳤다. 놀랍게도 십대 소녀와 젊은 여성도 많았다. 두근거리는 가슴을 안고 임신테스트기를 바라볼 수도 있는 바로 그런 소녀들. 그들의 가톨릭 신앙이 열렬하고 절대적이라면—혼전 금욕, 피임 금지—혹 원인이 무엇이든 계획에 없던 임신을 한 것을 알게 되면 어떻게 할까? 2018년, 국민투표 후, 관공서 앞에서 "낙태는 뛰는 심장을 멈춘다"라고 적힌 티셔츠를 입고 고함을 질러대던 그 소녀들이 생각난다. 아직도 그들은 임신중절을 혐오하고 있을까? 법이 바뀌었는데도, 원치 않은 임신을 꿋꿋이 견디고 있을까? 그들이 대변하는 그 그룹들은 늘 문제를 윤리적, 종교적인 것으로 보았다. 신과 도덕이 억지로 새 생명을 낳는 이유라고. 그들은 문제를 온전히 보건의 문제로 파악한 적이 없었고, 낙태반대 운동이 임신과 태아에 대해 논할 때마다 논의의 무게를 여성의 건강이 아닌 태어나지 않은 이들을 향해 기울였다. 여성의 몸은 부차적이다.

역사적 논쟁은 늘 존재한다. 비록 수정헌법 제8조가 불과 사반세기 전, 손만-뻗으면-닿는-지척의 과거에 도입되었지만 과거의 아일랜드는 아주 다른 곳이었다. 그 무렵, 십대 앤 로빗이 빈민 지역에서 아이를 낳다가 사망했다. 에일린 플린은 신부에 의해 임신했다고—하지만 결혼은 하지 않았다고—교직에서 해직되었다. 그리고 조앤 헤이즈가 사산된 아이를 살해했다고(부분적으로는 역시 결혼하지 않았다고) 고소한 케리 신생아 사건. 여성들의 이런 공포를 강화하고, 그들을 확실히 통제하기 위해 우리 헌법에는 여전히 가정 내 여성의 위치에 관한 41조 2항 1절이 있다. ("국가는 한 여성이 가정 안에서의 삶으로 국가를 지원하며, 공익은 그것 없이 달성될 수 없음을 주지한다." 또한 "그러므로 국가는 어머니들이 경제적 필요에 의해 가정 내 의무를 방임하게 될 노동에 참여하지 않아도 된다는 확신을 갖도록 노력해야 한다." 이 조항을 없애는 국민투표를 하자는 이야기가 있다). 역사는 누적된 행위들로 비난받을 수 있지만, 조금씩 진일보하면 그 움직임이 진보를 향할 것임은 당연하다. 보다 민주적인 목표들, 사회적으로 보다 자유로운 사상들을 지향함으로써 전통적으로 여성의 삶의 대의는 진전되었다. 아일랜드는 변했지만—또 변하고 있지만—그것이 여성들에게 가해진 피해와 트라우마를 돌이킬 수는 없다.

2018년 봄, 아이들을 학교에 데려다주는데, 가로등마다 붙어 있는 반대 포스터를 보고 아이들이 묻는다. 왜 사람들이 아기를 죽인다고 말하는지. 내 아이들—아직 어려서, 아기들이 실제로 어디서 나오는지 아직 묻지 않았다—은 이런 심란한 이미지들을 보면 안 되었다. 나는 우울한 대화를 하기 싫은 마음과 대충 얼버무리고 싶지 않은 마음 사이에서 갈등한다. 나는 포스터에 적힌 거짓말에 대해, 그리고 그것이 여성에게 얼마나 슬프고 복잡한 일인가에 대해 설명한다. 이 투표는 선택과 건강에 관한 것이며, 자신의 문제를 스스로 결정하도록 하기 위함이라고 설명한다. 딸은 표지판을 만들어 창문에 붙인다. *반대 투표할 사람은 오지 마세요!* 공원에서 가족 모임이 있던 날, 아들은 반대 배지를 단 남자와 마주치더니 찬성 투표하라고 말한다. 한때 화면 속 태아의 이미지였던 내 아이들이 이제는 의견과 질문으로 가득하다. 복잡한 이야기들이지만, 모두 귀 담아들으며 이해한다.

낙태를 명목으로 한 많은 법적 소송들이 제기된다. X, C, D, 또 D, A, B, Y, NP. 여성을 알파벳으로 바꿨다. 특히 미성년자도 있으므로 신원 보호를 위한 일이었지만, 그것은 또한 삭제 행위이기도 하다. 알파벳으로 치환, 이로써 여성들은 익명화된다. 한낱 알파벳으로 그녀들의 실제의 삶이 대변되면 여성들의 소망에 반대하는 사람들은 그들을 부정하기가 더 쉬워진다. X, C와 미스 D는 미성년자였고 —모두 강간 피해자다—그들의 증언은 카메라를 통해 전달됐다. D는 기형 태아를 가진 여성이었다. Y씨는 고국에서 강간당한 망명 신청자였다. 낙태를 거부당하고, 임신이 너무 많이 진행됐다는 말을 들었을 때, 그녀는 단식투쟁에 들어갔다. 아기는 25주째에 제왕절개로 강제 분만했다. 이후 침입, 태만, 폭력, 구타 소송을 취한 그 여성은 인큐베이터처럼 취급당했다. 어린아이들이 있는 임산부 NP는 심각한 신경 손상을 입고 가족의 바람에 반해 생명유지 장치를 통해 연명했다. 헌법을 위반하는 것이 두려웠던 병원은 태아를 분만할 때까지 그녀를 인공적으로 살릴 수밖에 없었다. 그녀의 부모와 배우자는 병원의 결정에 반대했고, 그녀의 신체 상태에 관한 끔찍하고 심란한 뉴스 기사가 나왔다. 자신의 상황에 동의하지 않았던—혹은 할 수 없었던—여성들은 기괴한 태아 양육 장치로 취급당했다. 아일랜드 여성들은 『시녀 이야기』[167] 같은 악몽에서 깨어날 수 없는 듯 보였다. 아일랜드에서 몸에 대해 이야기하고 글을 쓰는 것은 이 자주성 박탈에 맞서는 행위다. 누가 몸을 통제하는지, 혹은 누가 그럴 권리를 가지는지, 왜 남성에게 영향을 미치는 법에 상응하는 법이 없는지 살피는 행위다.

✳

내가 처음으로 선거운동에 참여하고 이틀 후, 정기검사로 과거 백혈병이 재발하지 않았는지 확인하러 더블린의 한 큰 병원의 암 병동에 간다. 나는 고문의사 앞에 앉아 혹 그가 내가 치료 중에 겪었던 피임 문제를 기억하는지 묻는다. 당시 내가 복용한 약에는 생명을 구하는 능력도 있지만, 심한 태아 손상을 일으킬 수 있다는 경고문이 있었다. 내가 만난 많은 의사들에게서는 찾을 수 없었던 따스함을 지닌 친절하고 깔끔한 남자인 내 고문의사는 당시 걱정스러운 표정으로 경청하더니 사후피임약을 처방해주었다. 오늘 나는, 당시 아프고 두려웠던 내가 피임약이 듣지 않아서 임신하면 어쩌냐고 물었을 때 그가 한 대답이 기억나는지 묻는다. 15년이 흘렀지만

167 Margaret Atwood(1939~), *Handmaid's Tale*, 1985, Toronto, McClelland & Stewart(마거릿 애트우드, 『시녀 이야기』, 김선형 역, 황금가지, 2002).

그는 한 마디도 빠짐없이 자신의 대답을 기억한다. "음, 대화해야죠." 그건 내 병이 복잡하기 때문일까, 혹은 그가 아주 많은 여성 환자들과 "대화"를 했기 때문일까? 궁금하다.

당시 그 상황을 해결해줄 법이 없었음을 나는 알고 있다. 암 환자의 경우―임신이 아니라―회복이 우선이다. 우리 둘 다 내 건강에는 임신이 죽음보다 미미하게 더 해로울 뿐이라는 사실을 알고 있었지만, 그는 법적 현실에 완전히 손이 묶여 있었다. 나는 "만약"의 문제를 너무 오래 생각하지 않는다. 그때 런던이나 리버풀로 여행할 만큼 건강했었는지 고민하지 않는다. 혹은 그때 법이 내 여행을 금지하고, 임신을 유지하기 위해 치료를 중단하라는 결정을 내려 내게 치명적인 결과를 가져왔었는지도.

✳

생식 보건은 자주성과 주체성, 선택과 의견 청취에 관한 것이다. 또한 돈과 계급, 접근성과 특권의 문제이기도 하다. 아일랜드의 역사는―여성에게는―우리의 몸의 역사이다. 가장 기본적이고 단순한 차원에서의 미래의 목표는 평등과 존중, 피임과 동일 임금이다. 어렵게 변화를 얻어냈다. 목소리를 높이고, 저항하고, 행진하고, 로비하며 앞장섰던 여성들 덕분에 변화가 일어나기 시작했다. 사적 공간에서 공적 화두로 이야기를 꺼낸 사람들 덕분에. 투표일, 나는 아이들과 함께 투표하러 걸어가면서 그 여자들을 생각한다. 날은 덥고, 햇볕은 자애롭다. 그리고 나는 이것을 감정적 오류로 추정하지 않으려고 애쓴다. 투표소 앞, 표지판 옆에 선 딸의 사진을 찍는다. 아이의 몸도 변화의 기미를 보이고 있다. 나는 그녀의 생식의 권리가 통제되지 못하는 마지막 날이기를 바라며, 이 순간을 기록하고 싶다. 햇빛이 아이의 머리카락을 비추고, 나는 아이의 삶이 모든 점에서 달라질 것임을 안다. 아이는 내 손을 잡고, 우리는 시원한 복도로 걸어 들어간다. 미래를 바꾸기 위해.

두 번째 엄마

기절과 함께 시작됐다고 그들이 말한다. 숲도 아닌 곳에서 벌목 나무처럼 쓰러졌다고. 서너 차례, 그분이 사는 상가 근처 외곽에서. 동네 사람들이 모두 그분을 알아서 그런 일이 벌어질 때마다 그분의 형제 집으로 달려가 문을 두드린다.

"쓰러졌어요."

그리고 그분은, 4피트 11인치의 몸을 땅에 누인 채 있다. 소형 쇼핑카트에는 비스킷이 들어 있고, 구급차를 기다리는 동안 접시 위에 차려놓은 하루 묵은 야채 저녁식사가 굳어가고 있다.

밖에서 일어난 일이라 다행이다. 만약 집 안이었으면, 욕실이나 계단일 수도 있었다. 침대 옆 바닥에 쓰러진 채 발견되지 못했을 수도 있다. 하지만 사실 모든 면에서 행운은 아니다. 그분은 올바르게 살았다. 정년까지 일했고, 책을 닥치는 대로 읽었으며, 침대 옆 스탠드 불빛 아래서 단어 퍼즐을 풀었다. 통계가 그분을 옭아맨다. 그분은 들어서더니 무슨 영문인지 어리둥절한 표정으로 고분고분 자리에 앉았다. 이따금 여전히 시각을 확인하거나 우리가 가져오는 신문에서 유명인의 얼굴을 알아보는 그분의 몸에서 기억이 분리됐다.

눈과 뇌 사이의 신경 통로는 이제 잡초로 무성하다.

기절이 시작이 아니었다. 우리는 알고 있다. 그분의 뇌에는 다른 종류의 정전이 일어난다. 사교적인 질문을 겨우 던지는, 반복적인 대화와 함께 시작된 증상이다. 그 정도면 예의는 차리는 셈이다. 몇 주 동안 식사 시간에 식탁에 앉은 그분을 보면, 우리에게서 떠나가는 것이 보였다. 예전 그분의 해상도 낮은 복사본 같은 모습. 내 아이들은 "너희 오늘 학교 갔니?"라는 그녀의 질문에 언제나 인내심 있게 답한다. 가끔 30분 동안 여섯 번을 묻기도 한다. 가끔은 토요일일 때도 있다.

✳

테리 같은 고모는 없지. 다른 고모들이, 반감 없이 자주 하는 말이다. 그들 모두 그녀의 선한 마음씨를 인정한다. 사람들에게 고모에 대해 이야기할 때면, 나는 종종 그녀가 내 두 번째 엄마라고 말한다. 고모는 내 대모이기도 하다. 내 가운데 이름은 고모의 이름이고, 딸의 가운데 이름으로도 붙여주었다.

테리 고모는 당신을 좋아한 아이들과 함께 당신이 해야 할 일을 다 했다― 빵을 굽고, 요리하고, 그림 그리고, 만들고. 고모는 내가 이런저런 옷가지에 빠져들 때마다, 섬세하게 잘 고른 옷과 액세서리를 선물해주었다. 내가 처음 가진 책들은 고모의 선물이었다. 모조 가죽 양장본과 고전 축약본들. 훗날, 우리는 함께 애거서 크리스티와 나이오 마시[168]를 찾아 중고 서점을 뒤지곤 했다. 진지하게 말

168 Ngaio March(1895~1982). 뉴질랜드 미스터리 작가, 연극 연출가. 국내에 나이오 마시, 『죽음의 전주곡』, 원은주 역, 검은숲, 시공사, 2012, 489p.(*Overture to Death*, London, Geoffrey Bles ; New York, Lee Furman, 1939, 352p.).

해서, 고모 덕분에 나는 독자이자 작가가 됐다. 고모가 끊임없이 부드럽게 문자의 세계로 이끌어 준 것은 갚을 수 없는 은혜이다.

고모의 작은 몸집은 독특하다. 자그마하지만 다부지다. 고모는 숄(Scholl) 구두(사이즈3)를 신고, 얇은 목도리를 두른다. 외출하는 밤이면 랩 드레스에 하이힐을 신어 키를 5피트(152.4cm)로 높인다. 연한 분홍색 립스틱을 바르고, 옅은 파우더로 주근깨를 덮는다. 고모는 늘 화이트 와인 혹은 보드카, 세븐 업을 마신다. 아니, 예전에는 그랬다. 고모를 과거시제로 말하지 않으려니 자꾸 헷갈린다. 드레스들은 포장해서 치웠다. 고모는 이제 양털 옷에 슬리퍼를 신는다. 머리카락은 그 어느 때보다 길다. 파란 눈에는 세월의 막이 덮였다.

고모가 거리에서 네 번, 다섯 번, 아마도 여섯 번째 쓰러진 때, 구급차가 병원에 싣고 갔다. 얼마 후, 아일랜드 건강보험공단에서 고모의 병상을 다른 사람에게 넘겨야 해서, 고모는 디킨스의 소설에 나오는 듯한 건물의 치매 병동으로 옮긴다. 환자 이름을 적은 화이트보드에서 저명한 시인의 이름이 보이지만, 그를 직접 본 적은 없다. 이곳에서는 사람들이 사라진다. 자기 내면으로, 난간을 친 병동과 불 꺼진 구석으로.

고모 건너편에 다급하게 약강격으로 한바탕 고함을 치는 여자가 있다. 그녀는 내게 다가오더니 쉰 소리로 말한다. "그 여자한테 말하지 마! 네 일을 딴 사람들에게 말하려고 하니까!" 다른 환자는 어딜 가나 인형을 들고 머리카락을 쓰다듬는다. 그녀의 남편이 침대 옆에 앉아 있다. 자식을 낳고, 저마다의 삶과 성취를 지닌 이 여자들은 현재의 자신의 모습을 알아보지 못할 것이다.

나는 죽는 것보다 정신을 잃는 것이 더 두렵다. 정신을 빼앗기고 그 자리에 연기가 들어차느니 상어에게 물리고 높은 데서 떨어지고 칼에 찔리는 편이 낫다. 치료할 수 없는 치매에 걸리느니 또 한 차례 암에 걸리겠다. 혈관에 독을 흘려 넣는 화학치료를 받겠다. 내 가족이 내 개성, 내 기억, 내가 어느—닿을 수 없는—바다 밑바닥으로 빠져드는 걸 지켜보느니 그편이 낫다. 검은 해저에서 꼼짝 못하고 있는 것을 보느니. 기억에 구멍이 나서, 서서히 쪼그라드는 것보다. *너 어디 갔었니?*

이 모든 일이 일어나기 전, 고모는 수십 년을 바쁘게 살았다. 질병이 고모를 빼앗아 가기 전까지. 1950년대에는 크럼린[169]의 노동계급 십대들을 위해, 테리 고모처럼 열네 살에 학교를 그만둔 소녀들에게 문을 열어 준 공장들이 있었다. 화장품 제조사들과 제과공장들. 어린 소녀들이 재봉틀 앞에 줄줄이 늘어앉아 일하던 의류회사들. 테리 고모는 그 모든 곳에서 일했다. 고모의 아버지는 다른 아일랜드 이주민들과 함께 홀리헤드[170]로 가는 배를 탔고, 오랫동안 떠나 있었다. 20대 초, 고모의 어머니가 돌아가셨다—아버지는 겨우 열한 살이었다. 가정의 유일한 여자로서, 일차 보호자 역할은 고모에게 떨어졌다. 고모에게 직장과 앞날의 인생이 있든 없든 상관없었다.

수 세대에 걸쳐 여성은 그들의 성역할로 인해 아이를 낳지 않더라도 어머니 역할을 떠맡았다. 테리 고모에게 일종의 어머니 역할

---

169 Crumlin. 북아일랜드 벨파스트의 한 구.

170 Holyhead. 아일랜드의 주요 항구로, 2009년까지 이곳의 주요 산업은 대규모 알루미늄 제련소였다.

이 맡겨졌다—동생들과 나이든 친척을 돌보는 일이다. 고모는 여자였기 때문에 실질적인 보호자로 간주됐다. 시트를 빨고, 침대를 정리해주는 사람으로. 의료보조금 때문에 지역 당국을 상대로 불필요한 요식을 놓고 싸우는 사람으로. 병원 진료시 운전기사로. 이런 여성들에겐 분명 어떤 포기가 있었을 것이다. 인생을 축소해야 했다. 그런데 무엇을 포기하지? 사랑, 예술 혹은 독립?

노년에 기억을 잃어버릴 가능성이 남자보다는 여자들이 더 높다. 내가 물어본 의사의 말에 따르면, 대부분의 사람들은 "치매"(dementia)와 "알츠하이머"(Alzheimer)를 함께 쓰지만, 알츠하이머는 모든 치매 사례 중 50~75% 정도이다. "25%는 항상 다른 이유가 있죠", 라고 그가 말한다—진단하기 어려운 질병이다.

왜 여성이 더 많이 걸리는지, 이론들은 있지만, 확실한 원인은 없다. 스탠퍼드 대학의 연구자들은 여자들이 지닌 ApoE4 유전자 복사본이 에스트로겐과 반응하는 방식 때문에 여성에게 위험을 증가시킨다고 믿고 있다. 어느 정도 호르몬 문제라는 게 기정사실이다. 또 하나의 기본적이고, 단순한 요인은 연령과 기대수명이다. 여성은 남성보다 오래 살기 때문에, 알츠하이머에 걸린다.

한 간호사가 또 한 가지 젠더 요인을 알려준다. 종종 간병인들인 여성들은 그들이 대처할 수 없을 때까지 집에서 친척을 보살피는 경우가 많다. 남성, 특히 오늘날의 노인세대는 간병이나 요리를 맡지 않았다. 그들은 아내를 돌보는 법을 몰라 병이 진척되면 곧바로 요양원에 보낸다.

그것이 언제 시작되는지 우리는 어떻게 알 수 있을까? 치매와 뭔가를 가지러 계단을 오르다가 그게 뭐였지를 기억하지 못하는 것과의 차이는 무엇일까? 유명한 사람의 얼굴을 잊었다고(있잖아, 저 사람 이름이 뭐지?) 알츠하이머가 시작됐다고 보는가? 경계가 분명 하지 않지만, 어느 순간 우리 신경세포는 재편성이 어려워진다. 대 뇌피질과 해마가 복구 불가능한 정도로 변한다. 기억상실에는 이미 죽음이 있다. 세포들이 죽고, 각 세포는 과거의 일부를 처분한다. 세 포가 있던 자리에 피질이 수축한다. 그 사이의 공간은 커진다. 정신 이라는 바다에 섬들이 생긴다. 옛 자아의 군도가.

테리 고모는 결혼한 적이 없었고, 내 평생, 어떤 파트너도 없었다. 나는 고모가 그런 상황에 만족했다고 보지만, 단언할 수는 없다. 고 모는 또래의 여성들이 지닌 사회적인 모습과 달랐다. 『롤리 윌로우 즈』[171]의 삶을 사는 독신 고모, 혹은 노처녀. 그녀의 친구들이 고모 의 사교생활 전부였고, 그들은 지역 교회가 조직한 노크 순례를 함 께 다녀왔다. 돌아오는 고속버스에서 웃어대면서, 성수 병을 보드 카로 채웠다. 고모는 큰 주류회사에서 일했고, 뒤늦게 술을 배워, 집 에는 늘 술이 있었다. 나는 십대 후반 고모를 주기적으로 찾아갔고, 가끔 난롯가에서, 여름에는 정원에 앉아 와인을 홀짝이곤 했다. 나 는 살금살금 물어볼 수 있는 것들을 질문하면서 고모의 삶을 되짚 어 보려고 했다. 남자들도 있었고, 조심스러운 데이트도 있었지만 "남자들은 늘 짜증 났지", 라며 고모는 웃었다. 우리는 가깝지만 비 판하는 일 없이 편안했고, 이야기를 나누다 보면 고모는 누구와도 육체적인 관계를 갖지 않았다는 생각이 들었다. 고모가 그것을 아

---

171 Sylvia Townsend Warner(1893~1978), *Lolly Willowes or The Loving Huntsman*, Chatto & Windus(UK), Viking Press(US), 1926, 250p. 영국 소설가, 시인, 음악 가. 그녀의 데뷔작으로, 페미니즘 소설의 고전으로 평가 받는다.

쉬워했는지까지는 말하진 못했지만, 나는 그저 있는 그대로 받아들였다. 지금 생각해보면, 고모의 외로움이 밀치듯 고스란히 느껴진다.

여전히, 고모에게는 가까운 몇몇 친구들이 있고, 늘 가족에게 둘러싸여 있다. 누구와 함께하든지, 고모는 늘 자신을 유지한다. 신랄하고, 현명하며, 재미있는 분이다. 강인하고 자족적인 고모는 남에게 요구하는 법이 없다. 계급 혹은 당시 모두가 따랐던 가톨릭이 그녀에게 너무 많이 요구하지 말라고 가르쳤을 것이다. 난 가끔 고모가 상류층처럼 말하는 것을 들었다. 실제 상류층을 존경하는 마음의 발로였다.

고모는 한때 기쁨의 표현으로 자주 웃었지만, 요즘은 드물다. 농담을 듣고 웃는 건 당신이 이해한다는 뜻이다. 문득문득 인지의 순간이 있다. *난 네가 거기서 뭘 했는지 알아.* 치매 병동에서 집으로 돌아온 후, 고모는 책을 TV로 바꿨다. 어느 날 오후, 낚시 프로그램이 요란하게 방송 중일 때, 나는 고모에게 가장 친한 친구와 다녀온 리미니[172] 여행을 물어본다. 햇볕에 화상을 입고, 리몬첼로[173]를 마시는 고모와 친구에게 남자들이 다가와 말을 걸기도 했다. 고모가 그 이야기를 할 때, 나는 오드리 헵번처럼 머리에 스카프를 두르고 절벽 도로를 따라 차를 모는 고모를 떠올린다. 그때, 젊은 고모를 알았다면 좋았을 것 같다. 집안에서는 너무 많은 책임이 있었지만, 이탈리아의 해안에서 며칠간 의무로부터 자유로웠던 고모.

매주 우리는 고모를 저녁 식사에 초대하는데, 서서히 고모에게

---

172 Rimini. 이탈리아 북부의 관광도시. 고대와 중세의 역사적인 유물, 아름다운 해변.
173 Limoncello. 이탈리아 레몬 리큐어(limoncello).

서 단어들이 바닥나기 시작한다. 마치 렌치를 다루듯, 어휘는 고모에게 낯선 도구가 된다. 늘 편안한 대화와 토론이 있었지만, 이제 단어들은 고모가 붙잡을 수 없는 부유물이 된다. 언어를 늘어세우기가 너무 힘들어 고모는 파스타와 샐러드를 먹는 동안, 가끔은 디저트까지도, 묵묵히 앉아 있다. 고모의 친구들도 한둘만 빼고 탈락된다. 고모는 여행도, 가족 행사 참석도 거부한다. 미사에도 참석하지 않고, 가까운 이웃의 장례식에도 가지 않는다. 고모가 알던 자아가 조금씩 멀어지고, 자기 삶을 버리기 시작한다. 『롤리 월로우즈』의 한 줄이 생각난다. "나이가 들면 가진 걸 내려놓고, 나무처럼 몸을 낮추고, 죽기 전에 거의 완전히 흙이 되는 게 최선이야."[174]

흐트러짐에 대한 이 두려움은 선천적이다. 보도에서 내려서는 순간 달려오는 차를 못 보거나, 총알이 피부를 꿰뚫는 순간을 느끼지 못할 수도 있지만, 무슨 일이 벌어진 것은 알 수 있다. 피가 흐르리라는 것도 알 수 있다. 알츠하이머가 잔인한 건, 아무도 모른 채 일어난다는 점이다. 대부분의 죽음에서 — 심지어 오래 끄는, 숨이 꼴딱 넘어가는, 모르핀에 취한 사망에서도 — 우리는 자아를 유지한다. 약을 투여하고, 관을 삽입해도 우리다. 이 병은 내면만을 바꾼다. 몸은 감옥보다는 수족관이 된다. 방문객들, 당신을 사랑하는 사람들이 몸에게 빼앗긴 당신의 정신을 들여다보고, 관찰한다. 당신은, 밖을 내다보고, 당신이 보는 모든 세상은, 물과 저 두꺼운 침투 불능의 막에 의해 뒤틀린 듯하다. 지금의 당신, 그리고 예전의 한때의 당신, 서로 다른 면 위에 존재한다.

174 위의 책, 2부, p.106.

결국 테리 고모에게 종일 보호가 필요해지지만, 그걸 인정하는 건 충격이다. 내 부모님은 우리가 사는 곳에서 가까운 요양원을 찾는다. 직원이 친절하고 정원이 있는, 깨끗하고 쾌적한 곳을 찾아낸다. 고모를 병원에서 옮긴 첫날, 고모는 건물 앞에서 비명을 지르고, 내 아버지를 욕하면서 들어가지 않으려 해서, 아버지는 괴로워한다. 고모를 위해 많은 애를 썼지만, 부모님도 늙어가고 있다. 고모를 맡을 수 없다.

처음 몇 주 동안 고모는 혼자 2인실에 틀어박혀 나가지 않는다. 다른 침대에는 늘 잠든 여자가 있다. 들리는 것이라곤 압력 매트리스 펌프가 연약한 팔다리 아래 공기를 채우는 소리뿐이다. 벽에는 문학상을 받는 내 사진 액자가 걸려 있다. 어느 겨울날, 해가 진 늦은 오후에, 고모가 그 사진을 가리키면서 내 딸을 바라보며 말한다. "저것 보렴! 저기……." 그리고 내가 바로 옆에 있음에도, 내 이름은 미스터리이다. 무너진 모래 언덕처럼, 고모의 기억 속 구멍에서 수천 개의 모래알이 흘러내린다.

고모가 자란 노동자 거주지역의 집은 1930년대에 지어졌고, 뒷마당은 긴 사각형이다. 내가 성장한 만큼 정원도 자랐고, 지금 잔디밭은 높은 나무들이 그림자를 드리운다. 고모가 장갑을 끼고 전지가위를 들고, 늘 심고, 씨를 뿌리고, 썩은 꽃을 떼어내는 모습이 눈에 선하다. 노란 금어초와 보드라운 월계화. 해가 지면 꽃잎이 닫혀 고모가 "노조원 꽃"이라고 부르던 자줏빛 아프리카 데이지. 여름이면 공기 중에 핑크와 연보라(이 말만 들으면 이내 고모가 떠오른다) 스위트피의 향이 느껴진다. 그리고 1년에 두어 달 무성한 라벤더 덤불이 있다. 엎어놓은 갈비뼈처럼, 줄지은 플럼 나무들이 가깝게 심겨 있고, 가지에는 간이 그네 두 개가 달려 있다. 우리는 미끈거리는 줄을 꽉 잡고, 가속도를 만들려면 하강 시 다리를 밑으로 내리는 법을 배우면서, 최대한 몸을 높인다. 고모의 가장 행복했던 시절은 그곳이었다. 제멋대로 자란 인동을 끈으로 다듬고, 억센 부들레아와 싸우며 보냈던.

여름에 요양원 뒷마당에 나가 앉으면, 고모는 내게 —아무도 모르게— 벽에 비밀 문이 있다고 한다. 처음에는 궁금했다. 그런데 세탁실과 건조기 돌아가는 소리, 수증기와 인공 풀밭 냄새뿐이다. 목재 화단의 꽃들에 대해 물었지만, 고모는 꽃 이름을 잊은 지 오래다. 지나칠 때마다 고모는 내 아버지가 그걸 심었다고 한다(아니다).

이제 고모의 요령을 알게 됐다. 기억과 마찰이 생긴다는 사실을 감추려고 할 때 쓰는 요령. 고모는 이따금 들리지 않는 척하면서 —"뭐라고?"— 질문에 대해 생각할 시간을 번다. 대부분, 별거 아니라는 듯 어깨를 으쓱이지만, 얼굴에 그늘지는 것이 보인다. 분투. 고모는 무슨 일이 벌어지고 있는지 절대 말하지 않지만, 난 그녀가 알고 있다는 걸 안다. 이야기를 꺼내려고 유난히 애를 쓴 후, 고모는 말을 멈추고, 띄엄띄엄 말하면서 분위기를 무겁게 한다. "가끔…… 단어가…… 하나도 생각이 안 나."

우리가 남에게 그들의 이야기, 그들 삶의 자잘한 순간들과 커다란 기쁨들에 대해 묻는 일은 드물다. 그들도 회한도. 그러다가 그만 기회를 놓친다. 누군가의 장례식에서 엉뚱한 잔에 위스키를 마시는 그날까지. 고모는 아직 곁에 있지만, 난 아직도 *사랑에 빠진 적 있으세요?*를 어떻게 물어봐야 할지 모르겠다. 이제는 너무 거창한 질문이다. 고모의 뇌가 "TV 소리를 줄일까?"라는 말을 만드느라 애쓸 때 던지기에는 너무 무례한 질문이다.

내 딸이 테리 고모의 방문에 걸 이름표를 만든다. 고모가 세상에서 제일 좋은 고모라는 이름표이다. 소유권을 주장하는—산꼭대기에 꽂는 깃발처럼—것이지만, 주된 기능은 이 새하얀 바닥의 좁고 곧은 복도에서 고모가 자기 방을 찾도록 하는 것이다. 과외활동—미술, 공예, 사교 행사—이 많지만 고모는 참여하지 않는다. 예전에 고모는 그림을 그렸고, 내 어린 시절 응접실 벽 위의 바다 풍경 액자를 나는 기억한다. 고모가 은퇴했을 때, 나는 새 붓과 퉁퉁한 유화물감과 작은 캔버스를 선물하며 고모가 다시 그림을 그리기를 바랐다. 아버지가 집으로 고모를 모시기 위해 고모의 짐을 싸다가 옷장 안에서 따지도 않은 그 물감을 발견했다.

요즘도 고모를 뵈면 이따금 잠시 알아보는 눈빛이 스치지만, 매번 좀 더 흐릿해진다. 어느 주말 요양원에 가보니 고모가 다른 환자와 웃고 있다. 나는 고모 팔짱을 끼고 방으로 돌아가 새 친구에 관해 묻는다. 대답을 회피하는 내색은 없다. 대신, 고모는 이미 친구와 함께 웃던 순간을 잊었고, 그녀의 이름도 모른다. 문자 그대로, 방금 있었던 순간이 소멸하는 건 새 증상이다.

최악은 그게 아니다. 다른 이들이 내게 이런저런 이야기를 들려준다. 부모를 모시는 친구들의 얼굴에는 모두 같은 체념이 떠오른다. 형제자매—전부 잉글랜드에 사는—를 만난다고 나가서 늘 버스 정류장에서 발견되는 여자. 다 큰 딸을 딸의 남편의 새 애인이라고 생각하고 때리는 엄마. 전쟁에 나간 적도 없으면서 참호 생활을 이야기하는 남자. 테리 고모의 증상은 조용히 틀어박히고, 반복하고, 뭔가 좋지 않은 느낌이다.

봄이 되자, 고모의 몸도 정신과 같은 정도의 악화가 시작된다. 이중 실금이 있고, 식욕이 줄어든다. 검버섯 난 손에 찻잔이 위험하게 매달려 있다. 문장의 완성도는 절반 이하로 떨어지고, 어휘는 유령 단지[175] 수준이다. 고모는 나를 문까지 배웅하고, 나는 구부정하고 굽은 그녀의 등, 힘없는 팔을 본다. 간호사도 감지하고 있다. 그 후 고모가 가벼운 뇌졸중을 일으켜 입원했다는 연락이 온다. 하지만 고모는 깨어 있고, 거기서도 단어를 순서대로 나열하려 애쓴다. 수백 가지 이야기로 가득하던 상냥한 얼굴이 이제는 잠만 자려고 한다.

우리 중 한 명은 배에 있고, 한 명은 육지에 있다. 요즘 고모가 너무 꼼짝 않고 너무 조용해서, 흡사 절벽 위에서 내려다보는 것 같다. 나는 거센 물살에 흔들리며 떠나는 여행자다. 고모의 존재감이 가득하던 집과 정원은 조용히 장미꽃잎을 떨어뜨리고, 매년 가을, 가지에 달린 자두들은 여전히 말라간다. 고모는 그녀의 지난 삶에서 2킬로미터 떨어진, 그녀의 집에서 거의 직선거리인 곳에 산다. 조용한 방에서 80세를 맞이하며, 뉴스도 보지 않고, 침대 옆 사물함 위의 책도 읽지 않지만, 안다고 생각하는 사람이 방에 들어올 때마다 여전히 미소를 짓는다.

4월, 또 한 차례 가벼운 뇌졸중이 일어나 앞으로의 일을 예고한다. 잦은 발작, 혈압상승, 언어능력의 완전한 증발. 고모의 삶

---

175 ghost estate. 2000년대 후반, 아일랜드의 경기침체와 막대한 주택 과잉으로 인해 생긴 '빈 주택단지'를 일컫는 표현.

은 요양원과 병원 사이를 핀볼처럼 오간다. 음식을 거부하기 시작한다. 나는 요거트와 쌀죽을 수저로 건네지만, 고모는 입을 꾹 다문다. 호스피스 간호사가 찾아와 모르핀 펌프를 주입하고, 죽음의 단계에 대해, "실제" 사망 과정에 대해 낮게 설명한다. 그리고 그 순간이 다가온다. 이제 우리는 고모가 며칠 후 떠날 것임을 안다.

고모의 방에 직원이 작은 제단을 차려둔다. 하얀 성모 마리아 상과 성수, (안전을 위해 전기) 촛불. 세속적인 분위기를 더하기 위해 나는 책 한 권과 고모의 정원에서 따온 런던 프라이드와 아프리카 데이지를 더한다. 라벤더는 아직 피지 않아 대신 방향유를 가져다 고모 베개에 떨어뜨리고, 핸드크림에 섞어 핏줄이 불거진 고모의 손에 발라준다.

주말이 지나며 폐부 깊은 곳에서 끌어올리는 고모의 호흡이 끊어지기 시작한다. 요동치는 소리 후, 25초 동안 고요하다. 나는 올라오지 않는 가슴을 보고, 살갗 아래서 점점 약해지는 신호, 목덜미의 맥박을 살핀다. 간호사가 아직은 고모가 들을 수 있다고 해서 나는 고모에게 애거서 크리스티의 「시계들」을 읽어준다. 직원이 이따금 찾아와, 확인하고, 차를 건넨다. 고모가 스스로 불만스러웠던 것 중 하나가 키였는데—고모는 "작은 상자 안 좋은 물건"이라고 말하곤 했다—이제 시트를 덮으니 보이지 않을 정도로 작다.

죽음에는 특유의 냄새가 있다. 종말 그리고 부패. 환기를 시키지 않은 집이나 계단 아래 공간에서 나는 냄새와 비슷하다. 고모 방이 그렇게 작게 느껴진 적이 없었다. 기다림이 참 길다. 시간은 멈춰 있지만, 악화하는 호흡에 따라 기어가듯 움직인다. 일요일, 자정 후 숨소리는 코골이처럼 커진다. 자기 몸과의 이 싸움은 지켜보기 힘들다. 아버지와 나는 가짜 촛불 옆에 앉아 있다. 고통을 완화시키기 위해 모르핀을 더 주사한다. 목덜미의 신호가 속도를 늦추고, 살갗이 식기 시작한다. 그날 밤 마지막으로 요양원을 떠나며, 나는 고모의 손에 키스한다. *고모는 정말 중요한 분이셨어요.* 내가 말한다. *많은 사랑을 받으셨어요.*

테리 고모는 5월 1일 이른 새벽에 돌아가신다. 메이데이 혹은 벨테인(Beltane), 간혹 라 뷔데 벨텡(*Lá Buidhe Bealtaine*, "밝은 노랑의 날")으로도 불리는 날이다. 메이데이에는 노란 꽃들이 불꽃을 닮았기 때문에 여름의 시작을 축하하고, 행운을 위해 집마다 문이나 창틀에 놓아둔다. 테리 고모의 관 위에 우리는 노란 백합꽃들을 올려둔다. 붓과 책, 60년대 미니 드레스와 선글라스를 쓴 고모와 친구들의 흑백사진 액자와 함께. 고모의 인생에 여전히 수많은 가능성이 있고, 근심걱정 없고, 세상을 열심히 알고자 했던 시절. 벨테인 축제는 춘분과 하지 중간이다. 달력에서 벨테인은 끝과 어두운 달과 추수를 상징하는 삼하인(Samhain)과 반대되는 축제이다. 반면 핼러윈은 산 자와 죽은 자의 세계를 만나게 한다. 치매는 테리 고모를 최근의 자아와 우리가 알고 사랑하던 사람 사이 중간쯤에 두었다.

작가 실비아 타운젠드 워너 역시 39년 전 5월 1일에 세상을 떠났다. 『롤리 윌로우즈』를 창조하면서 타운젠드 워너는 가장 유명한 여성 인물 중 하나를 문학에 선사했다. 여성의 한계에 관한 생각을 지우고, 독립적인 지위를 즐기며, 자연에서 기쁨을 찾는 여성을. 우리 모두에게 이런 질문을 던지는 여성을. '자신이 결정한 삶, 잘 산 삶을 구성하는 것은 무엇일까?' 테리 고모의 삶의 방식 — 활기 넘치고, 현실적이며, 정확히 자기 모습으로서 — 은 내 형제들과 내게 큰 영향을 주었다. 우리는 고모의 혈육이 아니지만—이건 더 길고 복잡한 이야기이다—그녀는 우리의 DNA 속에 존재했다. 고모의 피부색은 우리의 피부색이었고, 우리의 심장은 고모의 것이었다.

고모가 돌아가신 날처럼 어두운 날—충격으로 가득해 멍해지는 날—은 드물다. 몇 년 전, 폐에 혈전이 생겨 입원했던 날이 그랬다. 남편은 몇 시간을 기다리다 돌아갔고, 테리 고모가 함께 있을 때 정말 나쁜 소식을 들었다. 전혀 예상하지 못한 악성 백혈병 진단. 우리는 어쩔 줄 모르고 얼이 빠진 상태로 서로를 빤히 보았다. 고모가 우는 모습을 본 건 그때뿐이었다. "너 없이 내가 어떻게 살지?", 라며 고모가 한참 만에 말했다. 그리고 그 5월의 월요일 이후 난 그렇게 스스로 묻고 있다.

드디어 여름이 되고, 테리 고모의 정원에 핀 꽃 모두 햇볕을 받아 건강하게 자라고 있다. 고모의 여든 번째 생일이 되던 날, 우리는 유골을 뿌린다. 피어난 꽃에, 장미 가시에, 고모가 잔디밭 가꾸기를 멈춘 이후 무성해진 데이지와 클로버에, 산들바람에 흔들리는 자줏빛 라벤더에 회색의 재가 떨어진다.

딸에게 보내는 편지 아닌 글
(전사 여왕의 이름을 받은 아이[176])

딸아, 네게 적는 글이니
이 글을 네 손에 들으렴.
그러면 네가 여자아이란 이유로
세상이 네게 어떻게 굴지
이해하는 데 도움이 될 거야.

네 세포 속에서
화학과 생물학이
결탁했음을.
누군가에게
네 존재가
훈계할 까닭이 되고
네 몸이 경고,
경종이 되고

---

176 저자의 딸 메이브(Maebh). 'Méabh'(/mɛɣv/)는 아일랜드 신화의 여왕, 주권의 여신.

X 혹은 두 개의 X가 그 위치를 표시한다는 것을.
내가 할 수 없는 것
혹은 말하거나 될 수 없는 것의 표적이.

딸아, 보렘, 네게 이 글을 쓰고 있지만
내 아들에게
이 글을 쓸 수도 있었어
하지만 조 잭슨이 노래했듯이
여자아이들에겐 모든 게 다르단다.

네가 여자아이라는 것, 그 불공평함이
여전히 계속되고 있단다 ― 세상이
기울어지고 돌아갈 때면 ― 널 밀어낼 것이고
너를 보는 도중에
너의 사이즈와 얼굴
네가 차지하는 공간으로 평가될 거야
그리고 네가 애쓰거나 견디는 것들로.

모래사장에서
너는 돌아다니며
모래알의 제국을, 너만의 건축물을 파고 있구나
머리에는 고대의 돌 알갱이를 점점이 묻히고서
미소 지어야 한다는 의무감은 버리렴
누군가가 시킨다고
해서 말이야

어이, 기운 내, 라는 말에,
이봐, 내가 말하고 있잖아, 라는 말에,
야, 이 거만한 년아, 라는 말에.

네가 원하지 않는다면 변하지 마
하지만 변화는 빛으로의 도약이란다
번데기야, 원하는 대로 살아가렴
하지 마, 라는 말은
소녀들에게 쓸 말이 아닌 것을.

네가 너무 일찍 태어났을 때
네 폐는 네 몸 중에서 마지막으로
제대로 움직인 부분이었지만
너는 노래하고 또 노래하고 또 노래하지.
그리고 누군가 네가 *이탈시킨* 음을 조롱한다면,
네가 세상에 내보낸 노래를 조롱한다면
더 크게 부르렴. 담대해지렴.

네 도자기 같은 배 속에 담아두지 마
달걀처럼 매끈한 살결의 배에
네가 나더러 삶아달라더니
노른자만 먹던 달걀이 생각나는구나.

좋은 친구들,
눈부신 소년소녀들을 놓치지 마라

네 이름을 들으면 환한 미소를 짓는 아이들을,

그 여자아이를 너처럼 만들려고 하지 마
네가 제외된다고 짜증 부리지 말고
상한 짐은 버리렴

면전에서 흉을 보고
네 좋은 소식을 피해 딴 길로 가는 자들
세상이 너를 보고 웃을 때 웃는 척만 하는 자들
네가 언젠가 해낼 일을
두려워서 시도도 안 하는 자들.

방랑자, 노마드,
여행자, 배회자가 되렴
별들의 안내를 받아
모든 바다를 항해하고
나무를 오르고, 새들에게 말을 걸고
등산을 하렴.

가는 곳마다 씨를 뿌리고
모든 도시마다 발자국을 남기고
키스하고 키스 받으렴.

네 자매를 찾으렴
다른 어머니가 낳은

네 아마존 여전사와 마녀들을 찾고
신들과 괴물을 믿으렴
네가 원한다면 말이야

호수와 강에서 헤엄치렴
갈대밭에서
강물의 녹색 콧노래를
들으며
구릿빛 물속에 뛰어들어라.

높은 곳을 포용하고
더 높이 오르렴
절벽과 다리를 두려워하지 마
네 강한 호흡이
그 모든 것을 견뎌낼 수 있으니.

먼 길을 택하고
새벽과 씨름하고
밤에겐 친구에게 하듯이 작별인사를 하렴

누군가가 공중에 백기를 들고
도움을 청할 때면
말하지 않고
귀 기울여야 할 때가
있다는 것을 이해하렴.

네 공작새 같은 기쁨

호랑이 같은 척추

오, 네 유리 몽돌 같은 두 눈

물주머니를 가늠하듯

세상을 가늠하렴

네가 원하는 삶의 무게를 짐작해보렴.

두려워하지 말고,

겁내지 마라.

그건 같은 게 아니란다.

다음에 무슨 일이 벌어질지 염려하지 마라.

사방에 선함이 있다고 생각하렴

그게 아님을 알 때까지,

그리고 그렇다 하더라도, 네가 선이 되렴.

감사의 말

책은 한 사람이 쓰는 것이 아닌지라, 『내 몸의 별자리』가 탄생하는 과정에서 도움을 주신 여러분들에게 감사를 전하고 싶다.

피카도어(Picador)에 편집자가 한 분이 아니라 두 분이라 행운이었다. 원고를 읽는 순간부터 큰 도움을 준 뛰어난 폴 베걸리(Paul Baggaley), 더없이 지적이고, 이 책에 큰 관심을 보여준 키샤니 위디아래트나(Kishani Widyaratna)에게 감사드린다.

에세이 세 편을 보고 나를 맡아주고 변함없는 지지를 보내준 에이전트 피터 스트러스(Peter Straus)에게 감사드린다.

코맥 킨셀라(Cormac Kinsella)에게 감사드린다 ─ 나는 좋은 친구를 홍보담당자로 갖는 드문 행운을 얻었다.

내 에세이를 출간한 편집자들에게 감사드린다. 「윈터 페이퍼스」(*Winter Papers*)의 멜리사 해리슨(Melissa Harrison), 케빈 배리(Kevin Barry), 올리비아 스미스(Olivia Smith). 「밴시」(*Banshee*)의 클레어 헤네시(Claire Hennessy), 에이미어 라이언(Eimear Ryan), 로라 제인 캐시디(Laura Jane

Cassidy). 「고스」(*Gorse*)의 수전 토마셀리(Susan Tomaselli). 「엘스웨어」 (*Elsewhere*)의 폴 스크래튼(Paul Scraton). 골웨이 아트센터(Galway Arts Centre)의 한 그룹전에 '파놉티콘'의 원고를 의뢰한 메이브 멀레넌(Maeve Mulrennan). 「그랜타」(*Granta*)의 루크 니마(Luke Neima)에게 특별히 감사 드린다.

프리랜서 작업을 잠시 쉬며 집필에 전념할 수 있도록 보조금을 허락해주 신 예술위원회(Arts Council)에 감사드린다.

다양한 예술가에게 몰입하고 생각할 시간을 주신 타이런 거스리 센터 '안 나크메케릭'(Tyrone Guthrie Centre, *Annaghmakerrig*)에게 감사드린다. 내 겐 꼭 필요한 시간이었다.

치매부터 DNA에 이르기까지 온갖 주제에 대해 도움과 조언을 주신 모든 분들께 감사드린다. 그리고 선한 행동을 해주신 분들께 고마움을 전한다. 로넌 캐버나(Ronan Kavanagh), 이파 맥클레사(Aoife McLysaght), 아일랜 드 헌혈원, 빅토리아 앨버트 박물관, 루이즈 드레즈(Louise Dredge), 조이 코민즈(Zoë Comyns).

훌륭한 의사들께 감사드린다. 패트리시아 크라울리 교수(Professor Patricia Crowley), 미리엄 캐리 의사(Dr Miriam Carey), 폴 브라운 교수(Professor Paul Browne)와 세인트 제임스 병원 혈액과와 버킷 임파종 유닛에서 일하 는 모든 분들께 감사드린다(혈액과 혈소판 기증을 바랍니다).

앤 엔라이트(Anne Enright)의 우정과 위트, 격려에 고마움을 전한다.

조언과 잡담, 즐거움을 선사한 작가 친구들에게 감사드린다. 루시 콜드 웰(Lucy Caldwell), 패트릭 드위트(Patrick deWitt), 일레인 피니(Elaine

Feeney), 새러 마리아 그리핀(Sarah Maria Griffin), 엘리자베스 로즈 머레이(Elizabeth Rose Murray), 도린 니 그리파(Doireann Ní Ghríofa), 리즈 너전트(Liz Nugent), 마크 오코넬(Mark O'Connell), 데렉 오코너(Derek O'Connor), 맥스 포터(Max Porter), 애너카나 쇼필드(Anakana Schofield).

내가 글을 쓰지 않거나 글쓰기를 두려워하던 옛날, 내 글을 읽고 격려해준 작가들에게 특별히 감사를 전한다. 콤 키건(Colm Keegan), 피터 머피(Peter Murphy), 준 콜드웰(June Caldwell).

모든 작가가 간절히 바라는 최초의 독자가 되어 준 시번 마니언(Siobhán Mannion)에게 특별히 감사드린다.

평생, 특히 병원에 갈 때마다 지원해주신 부모님 모라(Maura)와 조(Joe), 좋은 형제들인 마틴(Martin), 콜린(Colin), 클레어(Claire)와 대니얼(Daniel)에게 감사드린다.

내가 꼭 갖고 싶은 자매가 되어 주고 최고의 친구가 되어 준 네바 엘리엇(Neva Elliot)에게 감사드린다.

내 작은 별들, 이얼라(Iarla)와 메이브(Maebh) — 너희가 있어서 정말 행운이란다.

그리고 스티븐 셰넌(Stephen Shannon)에게. 그토록 사랑해주고, 지지해주고, 격려해주고, 웃어주고, 음악을 들려주고, 이루 말할 수 없는 도움을 준 것에 감사하다.

내 몸의 별자리에 쏟아진 언론의 찬사

"몸과 예술, 혼령들과 여성성, 슬픔과 모성에 관한 뜨겁고 탁월한 글이다. 제목이 웅변하듯, 각각의 별들이 실은 하나의 거대한 우주이자 별자리임을 알려주는 감동의 글쓰기다." — *Elle*

"아름답고, 삶을 긍정하는, 마음이 따뜻해지는 놀라운 글쓰기." — *Irish Examiner*

"여성의 몸이 정치의 전장이라는 확실한 증거." — *Telegraph*

"정직하고 감동적인 글이다. 병, 건강, 모성에 관한 놀라운 체험의 탐구." — *Literary Hub*

"더없이 아름답고, 정직하고, 맹렬한 글이다. 진정 모두 읽어야 할 필독서다. 빛나는 글들이 휘몰아치고, 모두의 문제는 흥미로운 지성의 별자리로 빛난다. 열정과 인간미 가득한 이 독창적인 데뷔작의 저자는 놀라운 지성을 노래하고, 삶을 향한 뜨거운 공감은 투지와 연대와 영광을 찬미한다. 체험과 성찰과 시가 어우러진 아름다운 작품이다." — *RTÉ* (아일랜드 방송협회)

"기막힌 제목 덕에 우리는 별 같은 단어들과 마주한다. 각각의 글은 각고 의 노력 끝에 얻은 몸의 회복력을 찬미한다. *별자리*와 함께 저자는 빛 속으 로, 반짝이는 별 속으로 발을 내딛는다." — *Dublin Review of Books*

"뛰어난 글이다. 넓고, 친밀하고, 다채롭다. 분명한 것은, 저자의 통찰력이 고통의 산물이라는 것, 그리고 자신에게 영감을 준 여성들처럼 그 체험을 경청해야 할 강력한 무언가로 만들 방법을 찾았다는 것이다." — *Observer*

"놀라운 글이다. 맑고 정갈한 목소리에 힘찬 근력과 능숙함마저 있다. 활기 차고 단호하며 확신에 찬 글에 생명과 진솔함이 묻어난다. *별자리*는 삶과 죽음, 사랑과 예술, 여성성에 관한 깊은 성찰과 놀라운 시적 감성, 감각, 예 리한 정직함이 돋보이는 책이다." — *Irish Independent*

"유창한 이야기꾼인 저자는 자신의 세상을 놀랍도록 섬세한 균형감각으로 분석하고 있다." — *Guardian*

"건강하다는 것, 부모가 된다는 것, 그리고 여성의 육체에 담긴 잔혹함에 관한 감동적인 에세이." — *Harper's Bazaar*

"우리는 병에 걸리면 적절한 단어를 찾기 어렵지만 저자의 분투는 그 노력 이 충분한 가치가 있음을 보여준다." — *Publishers Weekly*

"정치적이고 시적이며 별을 헤아리는, 영혼을 휘젓는 이야기다. 잊을 수 없 는 책이다." — *Image*

"뛰어난 설득력으로 우리를 최면에 빠지게 하는 글이다. 의심의 여지없 이 페미니스트 작가인 저자는 각각의 사안을 섬세한 뉘앙스로 포착하고 있다." — *Sunday Business Post*

"글은 다채롭고, 메시지 전달은 완벽하다. 개인사를 넓은 주제로 연결하여 탁월하게 결합하고 있다. 허풍과 과대 선전이 난무하는 출판계에 이처럼 사려 깊고 섬세한 글이라니, 더없이 환영할 일이다." — *The Big Issue*

"매력과 매혹이 넘치는 글에 반하지 않을 수 없다. 모든 고통과 난관에도 불구하고 귀중하고 놀라운 낙관과 희망을 선사하는 책이다." — *Lonesome Reader*

"역사적으로 여성의 신체 자주권이 거부된 아일랜드의 불완전한 몸, 특히 여성의 몸으로 사는 것에 대한 날 것 그대로의, 아름답고 드넓은 시각의 글이다. 저자의 렌즈는 촘촘하고 친밀하지만 자기 연민은 없다. 이 책은 정치, 문학, 예술, 과학, 역사를 논하기 위해 발산된 몸의 회고록이다. *별자리*는 정치적 불씨를 품고 있음에도 포용과 연대로 가득하다." — *Litro*

"정교하고 탐구적인 책이다. 축복이다." — *The Scotsman*

"더없이 시의적절한 이 책은 여성의 몸의 가능성과 그 한계를 탐구하기 위해 서로 상이한 주제들을 창의적으로 결합하고 있다." — *Bookish Beck*

"*별자리*는 호흡이자 어둠 속 한 줄기 빛이다." — 프랑스 *Lire Magazine littéraire*

"더없이 빛나는 *별자리*다." — 프랑스 *L'Obs*

"매혹적인 문학 작품이다." — 프랑스 *La Vie*

"말할 수 없는 것들에 맞서, 손상된 육체를 예술화함으로써 전달할 수 없는 이야기들을 모두의 이야기로 빚어낸 책." — 프랑스 *L'Humanité*

"귀한 책이다." — 벨기에 *La Libre Belgique*

"우리의 몸에 대한 시적이고 과학적인 시각을 제시하는 책."—프랑스 *Madame Figaro*

"자전이자 모두에게 열린, 시학이자 페미니스트 선언인 지극히 급진적인 책."—프랑스 *Diacritik*

"용기 있고 시의적이며, 빛과 힘과 회복력을 선사하는 책. 놓칠 수 없는, 다시 읽고, 모두가 돌려 읽어야 할 책이다!"—프랑스 *Lettres d'Irlande et d'ailleurs*

"저자는 자신의 몸을 보다 넓은 사회문제의 한 통로로 사용하는 것을 두려워하지 않는다. 여성의 몸은 언제나 정치적이었음을 알려주는 책이다."—네덜란드 *De Groene Amsterdammer*

작가들의 찬사

"수술의 여파로 몸속에 박힌 금속을 '인공별'이라고 부르는 시네이드 글리슨. 그녀는 여성의 몸이 전해줄 수 있는 이야기가 얼마나 끝이 없는지를 이 한 권의 책으로 강력하게 증명한다. 그녀에게 질병은 '매일 새로운 단어를 알게' 되는 사건이었고, 몸을 둘러싼 무지와 베일을 깔끔하게 벗게 된 시작이었고, '운 좋은 사람들은 결코 완전히 이해할 수 없는' 것을 이해하게 된 '전초기지'였고, 그 자체로 '이야기 충동'이 가득찬 고유한 세계였다. 시네이드는 자신의 흉터가 얼마나 위대한 자긍심인지를 입증하는 데서 그치지 않았다. 그녀가 여성으로서 겪어온 몸 그 자체가 얼마나 커다란 선의인지를 완벽하게 설득해내고야 말았다. 시네이드 글리슨이 앤 카슨, 프리다 칼로, 버지니아 울프, 루시 그릴리, 조 스펜스 등의 여성 예술가들과 마치 편대비행을 하는 듯한 장관이 펼쳐지는 대목에서는 극장에서처럼 기립박수라도 치고 싶은 심정이었다. 함께 읽게 될 많은 여성들과 의자를 박차고 기립하여 함께 우렁찬 박수를 쳐보는 상상을 해본다." ─김소연 시인

"여성의 목소리에 대한 옹호를 통해 아일랜드 문학의 풍경을 바꾼 저자. 마침내 우리는 *별자리*에서 그녀의 목소리를 듣는다. 이 책은 그녀의 몸의 역사이자 그녀의 피와 뼈가 들려주는 목소리다. 열정과 끈기가 어디서 나오는지 알고 싶다면 이 책을 읽으시라." ─Anne Enright

"*별자리*는 진정 아름다운 책이다. 음악에서부터 별에 이르기까지, 우주의 거의 모든 것을 관통하는 몸의 광대무변함에 관한 책이다." —Sara Baume

"더없이 놀랍고, 훌륭하고, 아름다운 책이다." —Kate Mosse

"몸의 승리와 패배, 인간의 몸과 인간조건을 조감하는 이 책은 우리에게 크나큰 희망과 구원을 선사한다. 글은 놀라울 정도로 훌륭하고, 더없이 이지적이다. 연구는 정교하고, 그 결과는 모든 독자들에게 보내는 선물이다." —Liz Nugent

"*별자리*는 특별한 글이다. 아름다운, 삶을 부둥켜안은, 온기 가득한 책이다." —Louise O'Neill

"매끈한 글쓰기와 우아한 문체, 진지하고, 활기차고, 웅숭깊은 *별자리*는 전세계 독자들에게 선사하는 힘찬 영감이다." —Jami Attenberg

"*별자리*는 반짝반짝 빛난다. 대담한 육성, 아름다운 형식, 도전적인 주제에서. 정치적이고 시적이며, 온화하면서 분노하는 놀라운 책이자 놀라운 데뷔작이다." —Robert Macfarlane

"지극히 사적이지만 지극히 보편적이다. 내가 수년 동안 읽은 책 중 가장 강력한 에세이다." —John Boyne

"소설인 듯, 친구와의 대화인 듯, 고백인 듯 읽히는 회고이며 에세이이며 시집이다. 마치 우리에게 더없는 고통을 극복한 여성(특히 이 여성)의 능력을 확인하는 것이 필요했던 것처럼, 아름답고 중요한 책이다." —Kit De Waal

"이 빼어난 글의 저자는 독자에게 모종의 맹세를 건네는 듯, 마치 자신의 생애를 빌어 인간의 몸으로 산다는 것의 의미 — 좋든 나쁘든, 부자든 빈자든, 아프든 건강하든 — 를 밝히겠다는 맹세인 듯 보인다. 뼈아픈 유머와 실존적 공포를 마주하시라. 아름다움과 부드러움을 느끼시라." — Jenny Offill

"마침내 이 책이 미국 땅에 닿았다. 더없는 행운이다! 웅장하고, 엄밀하고, 풍요롭다. 예리한 감성과 분석적 탐구로 빚어낸 저자의 특별한 융합은 보는 것만으로도 흥미롭다. 무릇 좋은 손으로 빚어낸 개인의 에세이에는 그 어떤 한계도 없음을 여실히 보여주는 증거다. — Kate Bolick

"*별자리*는 감동적이고 박식하다. 최고의 글쓰기란 자신과 세상을 잇는 것임을 알려주는 하나의 시금석으로서 나는 저자의 작업으로 거듭 돌아간다." — Emilie Pine

"몸, 질병, 모성, 죽음, 자아에 관한 아름다운, 생을 찬미하는 일련의 성찰이다. 현대 아일랜드에 뿌리를 둔 현장의 생생한 글임에도 불구하고 저자의 차분한 성찰은 마치 수백 년 전에 쓰인 듯하다." — Fintan O'Toole

"*별자리*는 개인의 아픔을 드러냄으로써 깊은 감동을 줄 뿐 아니라 그녀가 평생 가깝게 살피며 독해한 삶의 지혜를 공유할 수 있다는 지적 만족에서 커다란 깨달음과 가르침을 안겨준다." — Martin Doyle

"가장 아름답고 빛나는 책이다. 화려하고, 강렬하고, 힘차고, 다정하고, 재미있고, 훈훈하고, 놀랍도록 현명하다. 눈부신 재능과 생생한 통찰력의 *별자리*는 아주 드문 마법의 책 중 하나로, 독자는 온몸으로 자양분을 얻고 있음을 느낀다. 특별하기 짝이 없는, 삶을 고양시키는 책이다." — Daisy Buchanan

옮긴이 **이나경**

이화여대 물리학과 졸, 2009년 서울대 영문학과 대학원에서 르네상스 로맨스와 영시 연구로 박사학위를 받았다(필립 시드니, 에드먼드 스펜서, 메리 로스의 작품 연구). 번역가로 100여 종 이상의 역서가 있다. 아도니스에서 딜런 토머스, *젊은 개예술가의 초상, 시전집*(출간예정)을 냈다

내 몸의 별자리. 삶의 빛

초판 1쇄 발행 2024년 5월 20일

지은이   시네이드 글리슨
옮긴이   이나경
펴낸이   조동신
펴낸곳   도서출판 아도니스
팩스   0504-484-1051
이메일   adonis.editions@gmail.com
📘   adonis.books
📷   adonisbooks
출판등록   2020년 1월 29일 제2017-000068호

디자인   전지은
교정교열   이정란

ISBN   979-11-970922-4-4 03840